निमिष

-ब्रजेश कुमार शर्मा

टाइम

इज द गेम

समर्पित

रसायन शास्त्र के विद्वान, मेरे प्रिय शिक्षक

श्री हेमेन्द्र कुमार आचार्य जी

एवं मेरे समस्त प्रिय शिक्षकों-श्री राजेन्द्र कश्यप, श्री श्रीकांत मिश्रा, श्री विमल दुबे, श्री जे.एल. सोनी, श्री शैलेन्द्र सोनी, श्री आर.के. श्रीवास्तव, श्री चन्द्रशेखर सिंह गौर, श्री डी.एस. साहू, श्रीमती मन्नू शर्मा, श्री कुशवाहा सर, सहित मेरे समस्त गुरूजनों को

जिनके प्रेरणा और स्नेह के शब्द आज भी मेरे लिए प्रेरणास्त्रोत हैं।

लेखकीय

इससे पूर्व मैं अपने पेन नेम अजिंक्य शर्मा से भी 8 उपन्यास लिख चुका हूं, जिनमें हर उपन्यास पिछले उपन्यास को पाठकों से मिले भरपूर प्रतिसाद का ही नतीजा है। करीब तीन साल पहले मेरा पहला उपन्यास मौत अब दूर नहीं प्रकाशित हुआ था, जो एक क्राइम फिक्शन था। मैंने यही सोचकर लिखा था कि शायद मैं इसके आगे और उपन्यास नहीं लिख पाऊंगा। सोशल मीडिया की दुनिया और उसमें भी किताबों की दुनिया से जुड़ने के बाद मुझे बहुत सारे अच्छे दोस्त मिले, जिन्होंने मुझे भरपूर सहयोग दिया। मित्रों, पाठकों से लेकर प्रकाशकों तक से जो सहयोग व प्रोत्साहन मिला, उसके लिए मैं सदैव उनका आभारी रहूंगा।

उनके सहयोग और प्रोत्साहन के बल पर ही लेखन जारी रखते हुए आज मैं इस मुकाम तक पहुंच पाया हूं कि पाठक निरंतर मेल आदि के माध्यम से पूछते रहते हैं कि आपका अगला उपन्यास कब आ रहा है? इस सहयोग व प्रोत्साहन के लिए मैं अपने सभी मित्रों व पाठकों का हार्दिक आभार व्यक्त करता हूं।

जो उपन्यास इस वक्त आपके हाथों में है, उसकी तुलना में क्राइम थ्रिलर उपन्यास लिखना मुझे कदरन आसान काम लगता है लेकिन कुछ उपन्यास वृहद स्केल के

कथानक पर भी लिखने का मेरा शुरू से ही बहुत मन था। इस उपन्यास के माध्यम से मेरी ये इच्छा पूरी हो रही है और आगे भी कोशिश रहेगी कि मेरे पेन नेम से आने वाले जासूसी उपन्यासों के अलावा दो-तीन साल में एक-दो उपन्यास ऐसे भी लिख सकूं, जो कुछ नया, कुछ लीक से हट कर हो। जिनसे उन विषयों पर लिखने की मेरी इच्छा भी तृप्त हो सके।

एक लेखक की उपलब्धि उसकी रचना ही होती है और चाहे किसी भी स्तर की हो, लेखक को अपनी रचना अनमोल सम्पत्ति, बेहद प्रिय वस्तु लगती है। मैं भी एक छोटा-सा लेखक हूं और अपनी इस छोटी-सी रचना के माध्यम से श्री दीपांशु काबरा, डॉ. विमल चोपड़ा, श्री मोहन चोपड़ा, श्री विनोद चन्द्राकर, श्री के.पी. साहू, श्रीमती उत्तरा विदानी, श्री आशुतोष शर्मा, डॉ. मंजीत चंद्रसेन, डॉ. स्मित चोपड़ा, श्री अखिलेश लूनिया, डॉ. अमित शर्मा, डॉ. दीपक बिस्वाल, डॉ. सत्यदेव शर्मा, डॉ. एच.बी. कालीकोटी सहित सभी सभी पत्रकार साथियों (जिनमें ज्यादातर तो मेरे वरिष्ठजन ही हैं), मित्रों व शुभचिंतकों का हार्दिक आभार व्यक्त करता हूं।

उपन्यास के प्रति आपकी प्रतिक्रिया की अपेक्षा में-

ब्रजेश कुमार शर्मा
brajeshsharma841@gmail.com

डिस्क्लेमर

इस उपन्यास में वर्णित सभी पात्र, घटनाएं आदि काल्पनिक हैं। जैसा कि हिन्दी उपन्यासों में होता है, पात्रों के विदेशी पात्रों या विदेशी माहौल में किए गए संवाद कहानी के अनुसार भले ही इंग्लिश में हुए हों, पाठकों की सुविधा हेतु उन्हें हिन्दी में ही प्रस्तुत किया गया है। वास्तविक स्थान आदि का प्रयोग केवल कहानी की रोचकता बढ़ाने के उद्देश्य से किया गया है। इसका किसी भी जीवित अथवा मृत व्यक्ति से कोई सम्बन्ध नहीं है। किसी प्रकार की समानता पाए जाने पर इसे संयोग माना जाएगा।

उपन्यास – निमिष
लेखक – ब्रजेश कुमार शर्मा

टिम जहाज के डेक पर खड़ा हाथ में थमी दूरबीन से समुद्र को देख रहा था। उनका जहाज इस वक्त जहां से गुजर रहा था, वहां दूरबीन से भी दूर-दूर तक तट नजर नहीं आ रहा था।

केवल समुद्र, और समुद्र!

उसने दूरबीन को आंखों पर से हटाया और उलट-पलटकर उसे देखा, जैसे उसमें कोई खराबी आ गई हो। फिर कंधे उचकाकर दूरबीन को वापस आंखों से लगा लिया।

डेक उस वक्त लगभग खाली था। जहाज के लंबे-चौड़े डेक पर इक्का-दुक्का लोग ही मौजूद थे, जो अपने-आप में बिजी थे। डेक की रेलिंग पर दूरबीन से समुद्र को देखते बच्चे में उनमें से किसी की भी दिलचस्पी नहीं थी।

कुछ दूर तक दूर समुद्र का नजारा देखते रहने के बाद उसने दूरबीन आंखों से हटा ली और यूं ही इधर-उधर देखने लगा।

क्या उसे व्हेल देखने को मिल सकती थी?

उसने आज तक कभी व्हेल नहीं देखी थी। सिवाय टीवी के। टीवी पर तो उसने बहुत कुछ देख रखा था। व्हेल भी उन चीजों में शामिल थी।

'एक विशाल व्हेल अचानक समुद्र का सीना चीरकर प्रगट हो जाती तो मजा ही आ जाता।'-उसने सोचा।

उसने सुना था कि व्हेल के ऊपर एक छेद होता है-जिसकी तुलना वो इंसानों की नाक की तरह करता था-जिससे वो पानी का फव्वारा जैसा छोड़ती है। समुद्र में तो बहुत सारी व्हेल होती हैं। उनमें से एक अगर अभी सतह पर प्रगट होकर अपने छेद से पानी का फव्वारा छोड़ने का करतब दिखा देती तो ये उसका टिम पर बहुत बड़ा अहसान होता।

लेकिन प्रत्यक्षत: समुद्र में मौजूद ढेर सारी व्हेलों में से किसी को भी टिम पर ये अहसान करने में दिलचस्पी नहीं थी।

तभी एक छोटी बच्ची-जो शायद उससे भी छोटी थी-आकर उससे थोड़ी ही दूरी पर रेलिंग से टिककर खड़ी हो गई।

टिम ने उस बच्ची की ओर देखा। वो उसे पहले भी जहाज में उसके माता-पिता के साथ घूमते देख चुका था। वो उससे बात करने की भी सोचता था। जहाज में बच्चे कम ही थे। कम-से-कम टिम ने तो कम ही देखे थे। अगर वो उसकी दोस्त बन जाती तो उसे खेलने के लिए साथी मिल जाता। यहां जहाज पर उसके साथ खेलने के लिए सिर्फ उसकी बड़ी बहन लेक्स थी। लेक्स उससे तीन साल बड़ी थी। टिम 8 साल का था जबकि लेक्स 11 की थी।

टिम खिसककर उसके थोड़ा और पास चला गया।

वो अपनी बड़ी-बड़ी आंखों से टिम को ही देख रही थी।

"मैंने तुम्हें डेक पर देखा था।''-टिम ने कहा।

उसने कोई जवाब नहीं दिया। वो बस टिम को देखती रही।

"क्या नाम है तुम्हारा?''-टिम ने पूछा।

"स्वीटी।''-वो बोली।

उसकी आवाज इतनी पतली थी कि टिम को हंसी आ गई।

"मेरा नाम टिम है।''-टिम ने कहा-"अगर तुम चाहो तो मेरी दूरबीन से देख सकती हो।''

स्वीटी ने दूरबीन लेने का कोई उपक्रम नहीं किया।

"हम लोग अमेरिका जा रहे हैं।"-टिम ने वार्तालाप आगे बढ़ाते हुए कहा-"हमारे दादा जी ने वहां हमें एक वंडरपार्क दिखाने का वादा किया है। मैं और लेक्स उसे देखने के लिए बहुत रोमांचित हैं। वो दादा जी का ड्रीम प्रोजेक्ट है। दादाजी हमेशा कहते हैं कि वैसा वंडरपार्क किसी ने कभी नहीं बनाया। बल्कि कोई उसे बनाने की सोच भी नहीं सकता। जो भी उसे देखेगा, दंग रह जाएगा।''

"ऐसा क्या है उस पार्क में?''-स्वीटी ने पूछा।

"ये तो मुझे भी नहीं पता।''-टिम का स्वर थोड़ा उदास हो गया-"दादा जी ने उस वण्डरपार्क के बारे में ज्यादा नहीं बताया है। वे इसे एक सीक्रेट रख रहे हैं। पर वो जो भी है''-उसका स्वर फिर उत्साहित हो गया-"कुछ बहुत बढ़िया ही होगा।''

वो रेलिंग के पार समुद्र को देखने लगी।

शायद उसका बात करने का मूड नहीं था। टिम भी आसमान में देखने लगा। आसमान में बादल घिरने लगे थे। हवाएं भी तेज हो गईं थीं। समुद्र में भी ऊंची लहरें उठनी शुरू हो गईं थीं।

'शायद तूफान आने वाला है।'-उसने सोचा।

तभी एक आदमी स्वीटी के पास पहुंचा और उसे वहां से चलने के लिए कहने लगा। वो जरूर उसके पापा थे। टिम ने स्वीटी को उनके साथ डैक पर घूमते हुए पहले भी देखा था।

"टिम।''-तभी टिम को लेक्स की आवाज सुनाई दी, जो थोड़ी दूरी पर खड़ी होकर उसे पुकार रही थी-"रेलिंग के पास मत खड़े हो। तुम्हें ऑक्टोपस खा जाएगी।''

"यहां कोई ऑक्टोपस नहीं है।''-टिम ने जवाब दिया-"और मैं बहुत ऊंचाई पर खड़ा हूं। ऑक्टोपस की टांगें मुझ तक नहीं पहुंच सकतीं।''

"हां, पहुंच सकती हैं।''

"नहीं। नहीं पहुंच सकतीं।''

"पहुंच सकतीं हैं।''-लेक्स उसके पास पहुंचकर उसका हाथ पकड़कर उसे रेलिंग से दूर खींचते हुए बोली-"तुम यहां से नीचे गिर जाओगे, तो ऑक्टोपस की टांगें भी तुम तक पहुंच सकतीं हैं और दांत भी। चलो रूम में, डैड कुछ खाने के लिए लेकर आए हैं।''

टिम उदास मन से रेलिंग से हट ही रहा था कि तभी उसकी नजरें आसमान में दिख रहे एक प्लेन पर टिक गई।

'प्लेन'-वो अपनी बहन द्वारा खींचे जाते हुए उत्सुकता से विशाल नीले आसमान में प्लेन को देख रहा था। काश, वो लोग उस प्लेन में होते। तो उन्हें न्यूयॉर्क पहुंचने में इतना टाइम नहीं लगता। सर्र से कुछ ही घंटों में वे लोग न्यूयॉर्क पहुंच जाते। जैसे वो अपने मॉम-डैड और लेक्स के साथ कई बार लंदन से न्यूयॉर्क आ-जा चुका था। लेकिन इस बार उसके मॉम-डैड ने जहाज से यात्रा करने को चुना था। शुरू में तो उसे मजा आया था लेकिन अब एक ही रूम में बंद रह-रह कर उसे बोरिंग लगने लगा था।

अब तो उसे वो जहाज भी छोटा लगने लगा था, जिसमें वो लोग सफर कर रहे थे। उसने जब पहली बार उसे जहाज को देखा था, तब वो उसे काफी बड़ा लगा था।

उसकी उत्सुक निगाहें आसमान में दिख रहे उस प्लेन पर थीं, जो थोड़ा कम ऊंचाई पर उड़ने के कारण साफ-साफ दिखाई दे रहा था।
'क्या उस प्लेन के यात्री भी उसे देख रहे होंगें?'-उसके दिमाग में सवाल उठा- 'जैसे वो जहाज से उस प्लेन को देख रहा था?'
तभी एक अजीब घटना हुई।
वो अपनी बहन के घसीटे जाने पर चुपचाप खिंचे चले जाने की जगह उल्टे उसका हाथ पकड़कर उसे रोकने लगा।
"लेक्स...''-उसके स्वर में रोमांच था-"लेक्स...।''
"क्या हुआ?''-लेक्स ने रूककर अपने छोटे भाई के चेहरे पर नजर मारी। टिम की आंखें फैलकर बड़ी-बड़ी हो रहीं थीं, जैसे उसने कोई बहुत आश्चर्यजनक चीज देख ली हो। उसकी नजरें आसमान पर थीं।
लेक्स ने भी आसमान की ओर देखा। आसमान में कुछ भी नहीं था।
"कुछ भी तो नहीं है वहां।''-लेक्स ने कहा।
"वहां एक प्लेन था। न्यूयॉर्क की ओर जाते हुए।''
"तो? कहां है वो प्लेन?''
"यही तो। प्लेन गायब हो गया।''
"गायब...?''-लेक्स बोलते-बोलते रूक गई। उसने घूरकर अपने भाई को देखा। शायद वो उसके साथ किसी तरह का मजाक कर रहा था।
"प्लेन उड़ते-उड़ते अचानक गायब नहीं होते, टिम।''-लेक्स ने कहा।
"हां। मुझे पता है। प्लेन तो क्या, कुछ भी गायब नहीं होता। लेकिन वो प्लेन सचमुच गायब हो गया। अभी। मेरी आंखों के सामने।''
"फिजूल की बकवास मत करो।''-लेक्स बोर होने वाले अंदाज में बोली- "चलो, सब तुम्हें रूम में बुला रहे हैं। मौसम खराब हो रहा है। डेक पर रूकना ठीक नहीं।''
"लेकिन वो प्लेन कैसे गायब हो गया, लेक्स? हवा में उड़ता हुआ प्लेन अचानक कैसे गायब हो सकता है?''
लेक्स ने एक बार फिर आसमान पर नजर डाली। आसमान में दूर-दूर तक किसी प्लेन का नामोनिशान तक नहीं था। हां, बादल जरूर गहराने लगे थे।
"हो सकता है प्लेन बादलों की वजह से नजर न आ रहा हो।''-लेक्स ने कहा।

"नहीं।''-टिम जिद भरे स्वर में बोला-"वो काफी नीचे उड़ रहा था। बादलों से अलग दिख रहा था। मैंने उसे अचानक गायब होते देखा था।''

"क्या तुमने उसे दूरबीन से देखा था?''

"नहीं, पर...।''

"फिर इतनी दूर से तुम कैसे कह सकते हो कि वो गायब हुआ था। वो बादलों के कारण ही नजर नहीं आ रहा होगा। अब चलो।''

"नहीं लेक्स वो मेरे देखते ही देखते गायब हो गया। मेरा यकीन करो।"

लेक्स कुछ देर तक उसे देखती रही, फिर बोली-"तुम्हें वहम हुआ होगा।''

"नहीं। मैं सच कह रहा हूं। मेरी बात का विश्वास करो...।''

"चलो, टिम।''-लेक्स ने उसका हाथ पकड़ा और उसे खींचते हुए ले जाने लगी।

टिम समझ गया था कि लेक्स उसकी बात का विश्वास नहीं करने वाली थी। उसने आसमान की ओर देखा। प्लेन क्या, अब आसमान में एक पक्षी तक नजर नहीं आ रहा था।

जाते-जाते टिम ने स्वीटी की ओर देखा। उसके पापा भी उसकी बांह पकड़कर उसे ले जा रहे थे।

उनकी नजरें मिलीं और स्वीटी की फैली हुई आंखें देखकर टिम को समझ आ गया।

कि आसमान में प्लेन के इस तरह अचानक गायब होने का दृश्य देखने वाला वो अकेला नहीं था।

18 साल बाद

10 अगस्त 2022

निमिष शुक्ला ने बैड के किनारे साइड टेबल पर रखी छोटी-सी घड़ी पर नजर मारी।

4 बज रहे थे।

इतनी सुबह किसका फोन हो सकता था?

वो पोर्टो रिको में सान जुआन के एक प्रसिद्ध होटल सी पैलेस के रूम नंबर 245 में ठहरा हुआ था। वो यहां छुट्टियां बिताने आया था। घूमने-फिरने के लिए वो हमेशा समुद्र किनारे वाली जगहों को प्राथमिकता देता था। सुबह समुद्र किनारे की सैर और शाम में समुद्र के रेतीले तट से सूर्यास्त का दृश्य देखना उसे बेहद सुकून देता था।

वैसे उसकी हफ्ते भर की छुट्टियां भी अब खत्म होने वाली थीं। आज अवकाश का आखिरी दिन था। आज ही शाम की फ्लाइट से उसे वापस दिल्ली जाना था, जहां वो एक प्राइवेट एयरलाइंस में पायलट था।

निमिष ने मोबाइल की स्क्रीन पर नजर मारी, जिस पर 'अभिजीत अस्थाना' लिखा चमक रहा था।

अभिजीत उसका हमपेशा मित्र था, जो पहले उसी के साथ एयरलाइंस में पायलट था। निमिष ने कई बार उसके साथ उड़ान भरी थी। हालांकि बाद में अभिजीत ने एयरलाइंस की जॉब छोड़ दी थी और निमिष के सुनने में आया था कि वह फ्री लांसर पायलट के तौर पर काम करने लगा था।

"हैलो, अभिजीत।''-निमिष ने कॉल रिसीव करते हुए लेटे-लेटे ही मोबाइल कान से लगाकर अलसाई आवाज में कहा।

"हैलो।''-उधर से अभिजीत की आवाज सुनाई दी-"इतनी सुबह-सुबह तुम्हें तकलीफ देने के लिए माफी चाहता हूं, दोस्त। लेकिन काम ही ऐसा था कि तुमसे जल्दी बात करना जरूरी हो गया था।''

"कैसा काम?''-निमिष ने कहा। हालांकि अवकाश के दिनों में काम की बात करने वाला उसे दुश्मन नजर आता था लेकिन वो अभिजीत को जानता था। अगर कोई बहुत जरूरी बात नहीं होती तो अभिजीत उसे परेशान नहीं करता।

"एक टीम प्यूर्टो रिको से न्यूयॉर्क जा रही है।''-उधर से अभिजीत की आवाज सुनाई दी-"प्राइवेट प्लेन है। फ्लाइट के मुख्य पायलट के तौर पर मुझे हायर किया गया था लेकिन कल रात मेरा एक छोटा-सा एक्सीडेंट हो गया, जिसके चलते अभी कम-से-कम दो-चार दिनों तक तो मैं कोई प्लेन उड़ाने की स्थिति में नहीं हूं।''

"अरे। कैसा एक्सीडेंट?''

"कुछ खास नहीं। मैं जिस टैक्सी में घूम रहा था, उसका ड्राइवर अनाड़ी निकला। गाड़ी ठोंक दी। हाथ में चोट लगी है। प्लास्टर चढ़ाने की नौबत तो नहीं आई लेकिन दर्द है और डॉक्टर ने फिलहाल कुछ दिनों के लिए आराम करने करने की हिदायत दी है। अब ऐसी हालत में मैं प्लेन तो उड़ा नहीं सकता। इसीलिए तुम्हें फोन किया। वैसे तो जिन लोगों ने मुझे हायर किया था, वे खुद ही दूसरा पायलट ढूंढ लेते लेकिन ऐन वक्त पर मेरे कारण उन्हें प्रॉब्लम हो रही है इसलिए मैं गिल्टी फील कर रहा था। कुछ दिन पहले एफबी पर तुम्हारा कमेंट देखा था कि तुम सान जुआन में ही हॉलीडे मना रहे हो तो सोचा क्यों न तुम्हें ही ऑफर करूं।''

"प्राइवेट फ्लाइट?''-निमिष ने कहा।

"हां। एक साइंटिफिक रिसर्च टीम है। पैसे भी काफी अच्छे दे रहे हैं। बल्कि बहुत ज्यादा अच्छे दे रहे हैं।''

"तुम प्राइवेट फ्लाइट से कैसे जुड़ गए?''

"मेरी जान-पहचान के लोग हैं। भरोसेमंद हैं। समझ लो, मुझे भी इसीलिए उन्होंने हायर किया था।''

निमिष सोच में पड़ गया।

आज वैसे भी उसकी छुट्टी का आखिरी दिन था। सान जुआन से दिल्ली के लिए डायरेक्ट फ्लाइट वैसे भी नहीं थी। उसका प्रोग्राम पहले वहां से लंदन, फिर लंदन से दिल्ली जाने का था।

लेकिन न्यूयॉर्क से भी दिल्ली के लिए फ्लाइट ली जा सकती थी।
और उस ऑफर में जो सबसे खास बात थी, वो ये थी कि अगर वो उसे मान लेता तो उसे न्यूयॉर्क तक प्राइवेट प्लेन उड़ाने का मौका मिल जाता।
वो अक्सर मूड फ्रैश करने के लिए छुट्टियों पर जाता रहता था लेकिन उसे अपने काम से इतना प्यार था कि छुट्टियां खत्म होते-होते प्लेन उड़ाने के लिए बेचैन-सा होने लगता था।
और एक और बात, जो उसे प्लेन में असहनीय लगती थी, वो थी प्लेन में पायलट के रूप में न होकर यात्री के रूप में सफर करना।
न्यूयॉर्क में इस बात के चांसेज भी काफी ज्यादा थे कि उसे दिल्ली तक किसी यात्री के रूप में प्लेन में सफर न करना पड़ता। बल्कि वापस ड्यूटी पर लौटते ही अपनी एयरलाइंस की ही किसी दिल्ली जाने वाली फ्लाइट को उड़ाने की जिम्मेदारी उसे सौंप देती।
अभिजीत पैसे भी अच्छे बता रहा था। एक बड़ी एयरलाइंस में पायलट होने के कारण पैसों की उसके पास कोई कमी नहीं थी। लेकिन वो ऑफर उसे इस लिहाज से आकर्षक लग रहा था कि फिर उसे प्यूर्टो रिको से लंदन प्लेन में यात्री बनकर नहीं जाना पड़ेगा बल्कि वो पायलट के रूप में प्राइवेट प्लेन उड़ाते हुए न्यूयॉर्क जा सकता था।
"कोई जल्दी नहीं है।''-अभिजीत ने कहा-"फ्लाइट 11 बजे रवाना होगी। आराम से चाय-नाश्ता करके भी जवाब दे सकते हो।''
"ठीक है।''-निमिष ने कहा-"प्लेन कौन-सा है?''
अभिजीत ने प्लेन के मॉडल वगैरह के बारे में जानकारी दी, फिर कहा-"एक को-पायलट भी तुम्हारे साथ होगा। वैसे तो उस प्लेन को तुम अकेले भी उड़ा सकते हो।''
"इंटरनेशनल फ्लाइट में कम-से-कम दो पायलट होने का ही नियम है।''
"हां, ये भी है। मैं टीम मैनेजर सुदीप राणा जी को बोल देता हूं कि तुमने हां कर दी है और उन्हें तुम्हारा नंबर दे देता हूं। वो कुछ ही देर में तुमसे बात करेंगें।''
"ठीक है।''
"ओके। एंड थैंक्स।''
"थैंक्स किस बात का? तुमने बताया न ये लोग अच्छा पैसा दे रहे हैं।''

"हां। लेकिन मैं इसे अपने लिए एक फेवर की तरह मान रहा हूं। भाई, तुम तो एयरलाइंस में काम करते हो। मैं फ्री लांसर पायलट हूं। तुम नहीं समझोगे। एक प्राइवेट पायलट कॉन्ट्रैक्ट के अनुसार समय पर उपलब्ध न हो पाए तो उसकी रेपुटेशन पर असर पड़ता है। ऊपर से मैं गिल्टी भी फील कर रहा था कि ऐन वक्त पर मेरे कारण कस्टमर टीम को परेशानी का सामना करना पड़ रहा है।''

"अब तुम्हें पता थोड़े ही था कि तुम्हारा एक्सीडेंट हो जाएगा।''

“हां। ये भी है।“

उसने एक बार फिर निमिष का धन्यवाद ज्ञापित किया और कॉल डिस्कनेक्ट कर दी।

निमिष ने गहरी सांस ली और तकिए से टिककर अचानक बने इस नए प्रोग्राम के बारे में सोचने लगा।

दस मिनट में ही उस टीम मैनेजर की कॉल आ गई।

"हैलो।''-उधर से आवाज सुनाई दी-"मैं सुदीप राणा बोल रहा हूं। मैं निमिष जी से बात कर रहा हूं?''

"हां।''

"इतनी सुबह आपको तकलीफ देने के लिए माफी चाहूंगा। हमारे साथी ने बताया कि आप उसकी जगह हमारी यात्रा में पायलट के रूप में सेवाएं देने के लिए तैयार हैं?''

"जी मैं सान जुआन से न्यूयॉर्क तक आपके प्लेन में पायलट के रूप में अपनी सेवाएं देने के लिए तैयार हूं।''

"गुड। और थैंक्स भी। इतने शॉर्ट नोटिस पर हम लोगों के लिए भी यहां किसी दूसरे कुशल पायलट की व्यवस्था करना मुश्किल था...।''

हम लोगों के लिए भी? लगता है काफी पहुंचे हुए आसामी हैं।

"...हम इस यात्रा के लिए आपको 50, 000 डॉलर देंगें। अब आपने हां कर दी हैं तो मैं बाकी औपचारिकताएं पूरी करवा लेता हूं। आप सान जुआन में ही हैं न?''

"जी हां। होटल सी पैलेस के रूम नंबर 245 में ठहरा हूं।''

"9 बजे मैं अपने किसी आदमी को आपको लेने भेज दूंगा। आप तैयार रहिएगा।''

"ठीक है।''

"ओके। एयरस्ट्रिप पर मिलते हैं।''-कहकर दूसरी ओर से कॉल डिस्कनेक्ट कर दी गई।

निमिष ने गहरी सांस ली और फोन वापस टेबल पर रख दिया।

50 हजार डॉलर प्यूर्टो रिको से न्यूयॉर्क तक की उड़ान के लिए काफी अच्छा पैसा था।

मुश्किल से चार घंटे का काम और निमिष की छुट्टियों का पूरा खर्चा ही वसूल हो जाना था।

सौदा बुरा नहीं था।

हालांकि वो इस नजरिए से सोच भी नहीं रहा था।

वो अभिजीत को काफी पसंद करता था और उसके कहने पर बिना एक भी पैसा चार्ज किए भी वो काम कर सकता था।

कुछ पल वो बिस्तर पर बैठा ही सोचता रहा।

नींद तो उसकी आंखों से कोसों दूर भाग चुकी थी।

फिर वो बिस्तर से उठा और स्लीपिंग ड्रेस में ही रूम से बाहर निकल गया।

लिफ्ट से वो नीचे ग्राउंडफ्लोर पहुंचा, जहां होटल का आलीशान कॉरीडोर पार कर वो मेनगेट से बाहर निकल गया।

होटल समुद्र तट के किनारे ही था, जो कि आम तौर पर किसी भी होटल को चुनने की निमिष की पहली शर्त थी। वहां से समुद्र तट का खूबसूरत नजारा दिखाई देता था।

निमिष और समुद्र के बीच एक रिश्ता जैसा था। समुद्र तट के आसपास या समुद्र में सफर करते हुए वो एक अनजानी-सी खुशी और सुकून महसूस करता था, जिसे वो शब्दों में बयां नहीं कर सकता था।

होटल के प्रांगण के बाहर लगे विशाल मेनगेट के बगल में गार्ड केबिन था, जिसमें बैठा वर्दीधारी गार्ड-जो कि प्यूर्टो रिको का स्थानीय निवासी था-बैठा रात की उस घड़ी ऊंघ रहा था।

वो होटल के आयरन गेट से बाहर निकल गया। किसी ने उसे रोका नहीं। किसी ने उसे टोका नहीं।

समुद्र तट होटल के गेट से भी दिख रहा था। कुछ ही मिनट चलने के बाद वो तट पर पहुंच चुका था, जहां लहरें उससे चंद कदम की दूरी पर ही थीं।

आसमान में पूरा चांद था, जिसकी निर्मल स्वच्छ रोशनी दूर-दूर तक फैली हुई थी।

वो वहीं रेत पर बैठ गया।
दूर-दूर तक समुद्र! और सिर्फ समुद्र!
निमिष सोचने पर विवश हो गया। शायद वो यहां सोचने के लिए ही आया था।
क्या इस तरह अभिजीत की कॉल आना सिर्फ एक संयोग था?
अभिजीत को वो काफी समय से जानता था।
अभिजीत पूरी एयरलाइंस में भविष्यवक्ता, फॉर्चून टैलर के रूप में मशहूर था। और उसकी ये प्रसिद्धी अकारण नहीं थी।
सभी का कहना था कि वो हाथ देखकर, या कभी-कभी सिर्फ आदमी को देखकर ही उसका भविष्य बता सकता था।
कितने ही पायलटों, एयर होस्टेस और उनके सर्कल से जुड़े लोगों को अभिजीत ने उनके भविष्य से जुड़ी बातें बताईं थीं। और आश्चर्यजनक रूप से उनमें से ज्यादातर बातें सच भी साबित हुईं थीं।
निमिष का एक अन्य साथी पायलट तो यहां तक कहता था कि अगर वैज्ञानिक अभिजीत की हाथ देखकर भविष्य बताने की कला को देख लें तो उन्हें मजबूर होकर पामिस्ट्री यानी हस्तरेखाशास्त्र को स्यूडोसाइंस यानि छद्म विज्ञान की श्रेणी से बाहर निकालकर वास्तविक विज्ञान मानना पड़ेगा।
अभिजीत की इसी विशेषता के कारण लोगों में उसे अपना हाथ दिखाकर अपना भविष्य जानने की उत्सुकता रहती थी।
निमिष को अभिजीत के साथ कई बार प्लेन उड़ाने का मौका मिला था। और उसे भी ये देखकर आश्चर्य हुआ था कि वो कई बार प्लेन के रनवे छोड़ने से पहले ही उनकी यात्रा से जुड़ी भविष्यवाणियां-जैसे मौसम कैसा होने वाला था, वे समय पर मंजिल पर पहुंच जाने वाले थे या लेट होने वाले थे या यात्रा के दौरान होने वाली कोई खास घटना-कर दिया करता था, जो कि अक्सर सही भी निकलती थीं।
शुरू में तो निमिष ने उसके इस हुनर की ओर कोई ध्यान नहीं दिया था क्योंकि वो इसे कोई ट्रिकबाजी ही समझता था और वो नहीं चाहता था कि उसके सामने अभिजीत का भेद खुले और उसे शर्मिंदा होना पड़े। लेकिन उसके साथ प्लेन उड़ाने के दौरान तीन-चार बार यात्रा से संबंधित उसकी भविष्यवाणियां सही निकलने पर निमिष को आश्चर्य भी होने लगा था और उत्सुकता भी।

इसके बाद भी अन्य लोगों की तरह निमिष ने कभी भी अभिजीत से अपना हाथ देखने का अनुरोध नहीं किया था।

इसके दो कारण थे।

पहला-निमिष इन सब चीजों में विश्वास नहीं करता था।

दूसरा-वो वर्तमान में जीने वाला व्यक्ति था।

लेकिन एक दिन अभिजीत ने ही उससे आग्रह किया था।

निमिष को वो घटना आज भी स्पष्ट रूप से याद थी। उस दिन वे दोनों लंदन से मुम्बई जाने वाली फ्लाइट के कॉकपिट में मौजूद थे।

"अपना हाथ दिखाओ।''

अभिजीत ने उससे कहा था।

निमिष की भंवें उठीं।

टेक ऑफ करने में अभी थोड़ा समय बाकी था।

"क्यों?''-निमिष ने पूछा।

"क्यों?''-अभिजीत ने हैरानी से कहा-"क्यों भई? मुझे हाथ दिखाने के लिए लोग मेरे आगे-पीछे घूमते हैं, जिद करते हैं, मोटी फीस देने के लिए तैयार रहते हैं, और यहां मेरा अपना दोस्त मुझे हाथ दिखाने में नखरे कर रहा है?''

"मेरा मतलब...तुम्हें मेरा हाथ क्यों देखना है?''

"यूं ही। मेरा मन कर रहा है।''

"आज से पहले तो कभी नहीं किया।''

"लेकिन आज कर रहा है। मुझे भी नहीं पता कि क्यों कर रहा है। लेकिन कर रहा है। अब लड़कियों की तरह नखरे करना बंद करो और जल्दी से हाथ दिखाओ।''

निमिष ने थोड़ी अनिच्छा से हाथ उसकी ओर बढ़ाया।

अभिजीत उसके हाथ को लेकर कुछ देर तक गौर से देखता रहा।

फिर उसने अजीब-सी निगाहों से निमिष की ओर देखा और उसका हाथ छोड़ दिया।

"क्या हुआ?''-निमिष ने पूछा।

"कुछ नहीं।''-अभिजीत ने कहा।

"अब हाथ देखा है तो बताओ तो सही कि क्या देखा?''

"तुम्हें जानना है?''

"हां।''-निमिष ने कंधे उचका दिए-"वैसे तो नहीं जानना था। लेकिन जिस तरह से तुमने अचानक जिद की और अब जिस तरह का लुक दे रहे हो, उससे दिलचस्पी तो जाग ही गई है कि तुमने आखिर ऐसा क्या देख लिया?''

अभिजीत ने गहरी सांस ली।

"जो देखा''-फिर वो बोला-"उस पर तुम यकीन नहीं कर पाओगे।''

"क्यों?''

"जब मुझे ही यकीन नहीं हो पा रहा है तो तुम कहां से यकीन करोगे।''

"मेरे यकीन की चिंता छोड़ो। तुमने क्या देखा, वो बताओ।''

"मैं बता तो दूंगा लेकिन शायद समझा न सकूं। क्योंकि उसे समझना मेरे लिए भी मुश्किल है।''

"अब इतनी लम्बी-चौड़ी भूमिका बांधना बंद करो और सीधे, साफ शब्दों में बताओ। वरना एयरलाइंस वालों को इस प्लेन को उड़ाने के लिए दूसरे पायलट की व्यवस्था करनी पड़ेगा।''

"तो सुनो। मैंने अपनी जिंदगी में न जाने कितने लोगों के हाथ देखे हैं। लेकिन तुम्हारे हाथ में जो देखा, जो तुम्हारा भविष्य है, वो उन सबसे अलग है।''

"ऐसा क्या है मेरे भविष्य में?''-निमिष ने मजाक उड़ाने वाले अंदाज में पूछा। उसे अब साफ लगने लगा था कि अभिजीत उसके साथ किसी तरह का मजाक कर रहा था।

"तुम्हारे भविष्य में एक बहुत असाधारण इंसान बनना लिखा है।''

निमिष ने सामने प्लेन के कंट्रोल पैनल पर नजर मारी।

"ऐसा नहीं है कि तुम अभी जिंदगी में पीछे हो। कैरियर के रूप में तुमने जो रास्ता चुना था, वो तुमने पा लिया है। लेकिन ये तो सिर्फ एक सीढ़ी है। असल में तुम्हें बहुत बड़े कार्य करने हैं। बड़े और महान कार्य। ऐसे कार्य, जिन्हें करना तो दूर, उनके बारे में कोई सोच तक नहीं सकता।''

"यार, ये सुबह-सुबह तुम कैसी बातें कर रहे हो?''

"तुम कहते हो तो मैं बातचीत को विराम दे सकता हूं।''

"नहीं।''-अब निमिष की उत्सुकता जाग चुकी थी-"अब शुरू ही कर दिया है तो बता भी दो किस तरह के बड़े कार्य करने वाला हूं भविष्य में?''

"ऐसे महान कार्य, जिनके बारे में अंदाजा लगाना तक मुश्किल है।''

"अंदाजा लगाना मुश्किल है? लेकिन तुम तो मेरा भविष्य देखकर बता रहे हो न। तुम्हें तो पता ही होगा।''

"मुझे सिर्फ इतना पता है कि जल्द ही वो समय आने वाला है, जब तुम्हारे जीवन में एक बहुत बड़ी घटना घटित होगी।''

"कैसी घटना?''

"उस घटना से ही फैसला होगा कि तुम्हारा जीवन किस ओर जाएगा। महानता की ओर जाएगा। या...।''-बोलते-बोलते वो चुप हो गया।

"या?''

"या खत्म हो जाएगा।''

कुछ पल उनके बीच खामोशी रही।

"तुम्हारे कहने का मतलब है कि''-निमिष का स्वर अजीब-सा हो गया-"मैं मरने वाला हूं?''

"शायद ऐसा भी हो सकता है।''

"भाई, तुम एक पायलट हो। साइंस के, मैथ्स के स्टूडेंट हो। हर चीज में शायद लगाकर बोलना और इस तरह पहेलियों में बात करना तुम्हें शोभा नहीं देता।''

"समझ लो, मैंने तुम्हारा जो भविष्य देखा है, वो मेरे लिए भी अस्पष्ट ही है। इसलिए मैं तुम्हें ज्यादा तो नहीं बता सकता। लेकिन इतना बता सकता हूं कि जल्दी ही तुम्हारे जीवन में एक बहुत बड़ा मोड़ आने वाला है।''

इसके बाद अभिजीत ने दूसरा विषय छेड़ दिया। निमिष उसकी बातें सुनकर हैरान जरूर था लेकिन फिर उसने भी ज्यादा जानने के लिए जोर देना जरूरी नहीं समझा।

वो करीब एक हफ्ते पहले की बात थी।

उस यात्रा के बाद से निमिष की अभिजीत से कोई मुलाकात नहीं हुई थी। अभिजीत ने उसका हाथ देखकर जो कुछ भी बताया था, निमिष उसे भूल जाना चाहता था। क्योंकि वो उसके हिसाब से उसके जीवन में सुनी गई सबसे ज्यादा अतार्किक, बेसिर-पैर की बातों में से एक थी।

उसे याद करके निमिष को बरबस ही हंसी आ जाती थी।

शायद सचमुच ही अभिजीत उसके साथ किसी तरह का मजाक कर रहा था। वो पामिस्ट था। हो सकता है, उसके मजाक करने का तरीका कुछ अलग हो।

अभिजीत की उस 'भविष्यवाणी' के बारे में निमिष ने अब तक किसी को कुछ भी नहीं बताया था। वैसे भी उसके परिवार में कोई नहीं था। उसकी मां तभी गुजर गईं थीं, जब वो बहुत छोटा था और जब वो पायलट का कोर्स कर रहा था, पिता भी उसी दौरान चल बसे थे।

परिवार के नाम पर वो इस दुनिया में उतना ही अकेला था, जितना इस वक्त इस तट पर था।

तभी ठण्डी हवा की लहर उसे सिर से पांव तक भिगोती चली गई।

कितना विशाल समुद्र था! कितना विशाल आसमान!

वो खुद को उस विहंगम दृश्य में खो गया महसूस कर रहा था।

दूर समुद्र के ऊपर दिख रहा चांद!

मन को शीतलता प्रदान करता दृश्य!

प्रकृति की विशालता में अपनी लघुता को महसूस करना!

ये शायद हर इंसान के लिए जरूरी है।

वो आम तौर पर व्यवहारिक किस्म का आदमी था और वो बेवजह भावुक होना पसंद नहीं करता था।

लेकिन चांद की रोशनी में दिख रहे समुद्र के उस विहंगम दृश्य ने उसे भी अचम्भित-सा कर दिया था।

तट पर दूर-दूर तक कोई नहीं था।

सिर्फ वो और चांद की रोशनी में नहाया अथाह समुद्र।

और नीरव एकांत।

प्रकृति मनुष्य से जो कहना चाहती है, वो ऐसे ही माहौल में सुना जा सकता है।

¤ ¤

अवनी ने वर्कसेंटर के बरामदे की छत के नीचे आने के बाद अपना छाता बंद किया।

जोरदार बारिश हो रही थी।

वो जिस अपार्टमेंट में रहती थी, वो वहां से कुछ ही दूरी पर स्थित एक बिल्डिंग में था। यूं तो उसके पास कार भी थी लेकिन अगर ऑफिस आने की एकदम ही जल्दी न हो तो वो घर से पैदल ही आना-जाना पसंद करती थी। क्योंकि कार लेने के लिए उसे बिल्डिंग की पार्किंग में जाना पड़ता था। जितना समय पार्किंग तक जाकर कार निकालने में लगता, उतनी देर में तो वो पैदल ही वर्कसेंटर तक का करीब आधा रास्ता तय कर लेती थी।

इसी बहाने थोड़ा चलना-फिरना भी हो जाता था।

जो किसी भी ऐसे व्यक्ति के लिए बेहद जरूरी था, जिसका ज्यादातर समय कम्प्यूटर के सामने बीतता था।

वर्कसेंटर में प्रवेश करने से पहले उसने काफी दूर दिखाई दे रहे विशाल डोम के आकार के बिल्डिंग पर नजर डाली, जो डब्ल्यूएम प्रोजेक्ट की बिल्डिंग थी। जो उनका मेन रिसर्च सेंटर भी था।

वो उनका सबसे बड़ा प्रोजेक्ट था।

वो डोम काफी विशाल था लेकिन वहां से काफी दूर होने के कारण छोटा दिखाई पड़ रहा था।

उस प्रोजेक्ट से अनगिनत लोगों की उम्मीदें जुड़ी थीं।

अनगिनत लोगों का भविष्य उस पर निर्भर करता था।

उसकी सफलता दुनिया में क्रांतिकारी बदलाव ला सकती थी।

उस डोम में जिस चीज पर उनका रिसर्च चल रहा था, वो तकनीकी के क्षेत्र में क्रांति ला सकती थी।

और सफलता निश्चित थी।

जहां तक अवनी को पता था, वे उस प्रयोग की सफलता से महज चंद कदमों की दूरी पर थे।

लेकिन बीच में ही इस नए मिशन की वाइल्ड कार्ड एंट्री ने उसे आश्चर्यचकित कर दिया था।

वो हैरान थी।

इतने वर्षों से प्रोफेसर महादेवन-जो इस पूरे प्रोजेक्ट के हैड थे, प्रोजेक्ट के ही नहीं, पूरी इंडियन साइंस कम्युनिटी के हैड थे-के साथ काम करने के बाद वो इतना तो जान गई थी कि प्रोफेसर किसी भी रिसर्च प्रोजेक्ट पर कितने एकाग्र होकर काम करते थे। उनका ध्यान भटकना असंभव-सी ही बात लगती थी।

लेकिन तब, जब डब्ल्यूएम प्रोजेक्ट अपने अंतिम चरण पर पहुंच गया था, अचानक इस तरह प्रोफेसर का मिशन बरमूडा तैयार करना और उस पर इतनी एकाग्रता के साथ जुट जाना उसे काफी हैरान कर रहा था।

शायद प्रोफेसर उससे कुछ छिपा रहे थे।

और ये बात उसे बेहद अखर रही थी।

आखिर वो पूरे डब्ल्यूएम प्रोजेक्ट में प्रोफेसर की सहयोगी रही थी। उस प्रोजेक्ट को सफलता के नजदीक लेकर आने में उसका योगदान भी कोई कम नहीं था।

लेकिन प्रोफेसर ने अचानक उसे इस नए प्रोजेक्ट में लगा दिया था।

इस पूरे मामले में उसे बस एक बात से सांत्वना मिल रही थी कि ये मिशन कोई ज्यादा लंबा नहीं था। डब्ल्यूएम प्रोजेक्ट की तरह वर्षों तक नहीं चलने वाला था। वर्षों क्या, महीनों तक भी नहीं चलने वाला था।

सिर्फ एक दिन!

बल्कि एक दिन भी नहीं, महज कुछ घंटे!

कुछ घंटों का काम, फिर उसे वापस साइंस सेंटर लौट आना था, जहां वो अपने प्रिय कार्य-डब्ल्यूएम प्रोजेक्ट-में जुट सकती थी। उसे पूरा होते हुए देख सकती थी।

उसने अपनी रिस्टवॉच पर नजर डाली।

8 बज चुके थे।

उसे टाइम का गणित भी बिल्कुल समझ में नहीं आ रहा था।

सब कुछ बिखरा-बिखरा, बेतरतीब और अव्यवस्थित लग रहा था।

जो उसे बिल्कुल भी पसंद नहीं था।

अवनी ने वर्कसेंटर के विशाल ग्लास डोर से अंदर प्रवेश किया। सामने एक बड़ा हॉल था, जिसमें एक डेस्क के पीछे बैठी युवती ने-जो उसे पहचानती थी-मुस्कुराकर उसे देखा। उसने भी जवाब में युवती की ओर मुस्कान उछाली और बिना कुछ कहे आगे बढ़ती चली गई। हॉल के बाद गलियारा पार करके वो लिफ्ट में पहुंची, जहां से वो चौथी मंजिल पर स्थित कंट्रोल रूम में पहुंची।

वो एक बड़ा रूम था, जिसमें कई कम्प्यूटरों सहित कई तरह की और भी मशीनें लगी हुईं थीं। वहां 6 लोग मौजूद थे, जिनमें से चार कम्प्यूटरों के

सामने बैठे हुए थे। दो-संजय और मोनिका-खिड़की के पास खड़े हुए बात कर रहे थे।

"अवनी।''-उस पर नजर पड़ते ही संजय के मुंह से निकला और वो और मोनिका दोनों उसके पास आ पहुंचे।

आज का दिन बहुत खास था।

बहुत-ही खास।

आज वे लोग एक ऐसे प्रयोग का हिस्सा बनने वाले थे, जैसा पहले कभी नहीं हुआ था।

कुछ दिन पहले वो डेटा उनके हाथ नहीं लगा होता तो शायद इस प्रयोग का भी कोई अस्तित्त्व नहीं होता। लेकिन डब्ल्यूएम प्रोजेक्ट की मशीन को यहां लाते समय संयोग से ही उन्हें वो डेटा मिल गया, जिसके बाद प्रोफेसर ने लगभग आनन-फानन में ही इस नए रिसर्च प्रोजेक्ट को शुरू करके उन सबको हैरान कर दिया था।

वे लोग इतने महत्त्वपूर्ण प्रोजेक्ट पर काम कर रहे थे कि उनके पास कोई और नया प्रोजेक्ट शुरू करना तो दूर उसके बारे में बात करने या सोचने तक की फुर्सत नहीं थी। लेकिन प्रोफेसर ने अचानक उन्हें इस नए प्रोजेक्ट के बारे में जानकारी देकर चौंका दिया था।

और सबसे ज्यादा हैरान तो अवनी को किया था।

अवनी पूरे डब्ल्यूएम प्रोजेक्ट में प्रोफेसर के साथ थी। इस प्रोजेक्ट में अब तक मिली सफलता में उसका बहुत बड़ा योगदान था।

वो सपने में भी नहीं सोच सकती थी कि प्रोफेसर उसे अपने से अलग करके किसी दूसरे प्रोजेक्ट पर भेज देंगें।

और न वो जाना चाहती थी।

लेकिन प्रोफेसर की बात टालना भी उसके लिए संभव नहीं था।

वो उनका बेहद सम्मान जो करती थी।

विज्ञान अवनी के लिए सिर्फ काम नहीं था। पूजा था, जुनून था, सब कुछ था। वो चाहती थी उसका हर पल विज्ञान से जुड़े तथ्यों को पढ़ते हुए, नई-नई जानकारियां प्राप्त करते हुए, विज्ञान के बारे में पढ़ते हुए, रिसर्च करते हुए बीते।

क्वांटम फीजिक्स में पीएचडी करने के बाद वो प्रोफेसर के माध्यम से रिसर्च की इस दुनिया से जुड़ी। इस दौरान विज्ञान के कितने ही छात्र-छात्राओं से

लेकर कई वैज्ञानिकों से उसकी मुलाकात हुई लेकिन विज्ञान के प्रति जो जुनून उसे प्रोफेसर में दिखाई दिया, वैसा किसी और में नहीं था।
प्रोफेसर बिल्कुल उसी की तरह थे।
बल्कि उससे भी बढ़कर!
तभी तो उन्होंने उस असंभव से लगने वाले लक्ष्य को प्राप्त किया था।
जो आज तक सिर्फ कल्पना समझा जाता था, उसे वास्तविकता बना दिया था।
डब्ल्यूएम प्रोजेक्ट सफलता के नजदीक पहुंच चुका था।
"तुम तैयार हो?''-संजय ने गौर से अवनी के चेहरे को देखते हुए कहा।
संजय के देखने के ढंग से अवनी को खीझ हुई। वो उसे ऐसे देख रहा था, जैसे कोई डॉक्टर ऑपरेशन के लिए ले जाए जा रहे मरीज को देख रहा हो।
"हां।''-अवनी ने भावहीन स्वर में कहा-"लेकिन मैं यहां कर क्या रही हूं?''
"क्या मतलब?''
"मिशन प्लान के हिसाब से तो मुझे इस वक्त प्यूर्टो रिको में होना चाहिए था। अब इतनी जल्दी क्या मैं उड़कर वहां पहुंच जाऊंगीं? या''-एक पल रूककर उसने आशा भरे स्वर में कहा-"मिशन कैंसल हो गया है?''
संजय जोर से हंसा।
"क्या हुआ?''-अवनी भुनभुनाई।
"जिस मिशन की कमान प्रोफेसर ने अपने हाथ में ले रखी है''-संजय ने कहा-"वो कैंसल कैसे हो सकता है?''
"ये तो है।''-अवनी ने सहमति में सिर हिलाया-"लेकिन अब करना क्या है?''
"मोनिका।''-संजय ने मोनिका से कहा-"तुम कमान संभालो। तब तक मैं अवनी को ड्रॉप करके आता हूं।''
"ओके।''-मोनिका ने सहमति में सिर हिलाया, फिर वो अवनी से बोली-"बेस्ट ऑफ लक।''
संजय अवनी को लेकर कंट्रोल रूम से बाहर निकल आया।
"अब हम कहां जा रहे हैं?''-अवनी ने पूछा।
"हम इस आईलैंड पर स्थित उस जगह पर जा रहे हैं''-संजय ने मुस्कुराते हुए कहा-"जो तुम्हें सबसे ज्यादा पसंद है।''
अवनी की आंखें फैल गईं।

⌑ ⌑

अनिता ने कलाई पर बंधी रिस्टवॉच पर नजर डाली।

10 बजने वाले थे।

कहां हैं सब लोग?

शायद वो कुछ ज्यादा ही जल्दी आ गई थी।

उसके सामने एक सोफे पर बैठा अभय एक मैग्जीन में खोया हुआ था, जो साइंस के बारे में थी।

ग्रेट। उनका मिशन भी तो साइंस के बारे में ही था।

वे लोग उस समय सान जुआन की 'फ्लाई अवे' नामक एयरस्ट्रिप के वेटिंग रूम में मौजूद थे। वो एक छोटी एयरस्ट्रिप थी और वहां बहुत कम ही लोग मौजूद थे, जिसके चलते अनिता को वो काफी वीरान-सी जगह लग रही थी।

"तुम्हें ये सब बोर नहीं लगता?''-उसने अभय से पूछा।

अभय ने मैग्जीन पर से चेहरा उठाकर उसकी ओर देखा।

"क्या?''-वो बोला।

"तुम एक साइंटिस्ट हो।''-अनिता ने उसके हाथ में थमी मैग्जीन की ओर इशारा किया-"तुम्हारा सारा समय तो साइंटिफिक रिसर्च में ही बीतता है। इस वक्त भी हम जिस मिशन पर जा रहे हैं, वो साइंस से रिलेटेड ही है। फिर टाइम पास के लिए भी साइंस की मैग्जीन पढ़ रहे हो?''

"इसमें बोर होने वाली क्या बात है? ये बहुत अच्छी मैग्जीन है। इसमें विज्ञान से जुड़े अच्छे-अच्छे आर्टिकल छपते रहते हैं। और जहां तक बोर होने की बात है तो साइंस से बोर होने का तो सवाल ही पैदा नहीं होता। मैंने वो काम चुना है, जिसे मैं प्यार करता हूं। मेरा उठना-बैठना, खाना-पीना, सोना-जागना सब साइंस ही है।''-फिर वो एक पल रूककर बोला-"एक्चुअली तुम्हारा भी। बल्कि हर किसी का।''

"बकवास मत करो।''-अनिता उठकर खड़ी हो गई-"ये बाकी लोग आने में कितनी देर लगाएंगें? मुझे इस तरह किसी का इंतजार करना बिल्कुल अच्छा नहीं लगता।''

"तो मत करो इंतजार। मैं भी इंतजार कहां कर रहा हूं? 11 बजे फ्लाइट है। तब तक टाइम पास तो करना ही है। मैं मैग्जीन पढ़कर कर रहा हूं। तुम भी कुछ ढूंढ लो।''

"क्या ढूंढ लूं? यहां तो चिड़िया का बच्चा भी नजर नहीं आ रहा है, जिससे बात करके टाइम पास किया जा सके।''

"तुम्हारे सामने जो मर्द का बच्चा बैठा है, उसका क्या?''

"उसे मैग्जीन पढऩे से फुर्सत मिले, तब तो।''

अभय ने उसकी बात का जवाब देने के लिए मुंह खोला ही था लेकिन अनिता उठकर एक तरफ बनी शीशे की दीवार के पास जा पहुंची, जिसके पार रनवे दिखाई दे रहा था। वहां से उनका प्लेन दिखाई दे रहा था।

'चार घंटे का मिशन।'-उसने सोचा-'फिर छुट्टी।'

वो इसे एक मिशन की तरह नहीं बल्कि एक पिकनिक मान रही थी।

जो कि अच्छा भी था। डब्ल्यूएम प्रोजेक्ट जैसे बड़े प्रोजेक्ट पर लगातार महीनों तक काम करने के बाद दिमाग को तरोताजा करने के लिए ऐसी पिकनिक भी जरूरी थी।

फिर वे लोग वापस हैडक्वार्टर पहुंचकर डब्ल्यूएम प्रोजेक्ट पर काम कर सकेंगें, जो कि अब अपने अंतिम चरण पर था।

डब्ल्यूएम प्रोजेक्ट पर काम करते हुए अनीता को दो साल हो चुके थे लेकिन अब भी वो उसके बारे में सोचती थी तो ऐसे रोमांचित हो उठती थी, जैसे तब हुई थी, जब उसे पहली बार उस प्रोजेक्ट की डिटेल्स पता चली थीं।

हालांकि प्रोजेक्ट उससे भी पहले से चल रहा था लेकिन सहायक के तौर पर जुड़ने के बाद उसने इस प्रोजेक्ट में काफी काम किया था। उसका योगदान इतना ज्यादा था कि आज प्रोफेसर बरमूडा मिशन की अहम सदस्य के रूप में उसे इस मिशन पर भेज रहे थे। प्रोफेसर ने खुद कहा था कि इस मिशन में वे ऐसे लोगों को ही भेज रहे हैं, जो डब्ल्यूएम प्रोजेक्ट के अहम सदस्य हैं।

डब्ल्यूएम प्रोजेक्ट से हैरान कर देने वाले परिणाम सामने आए थे।

ये सोचकर अनिता के पांव जमीन पर नहीं पड़ रहे थे कि कुछ दिनों में जब डब्ल्यूएम प्रोजेक्ट को दुनिया के सामने उजागर किया जाएगा तो इस प्रोजेक्ट पर काम कर रही टीम में उसका नाम भी होगा।

अनिता नारंग।

उसके प्रोफाइल में डब्ल्यूएम प्रोजेक्ट लिखा होना ही उसे विज्ञान की दुनिया की सबसे लोकप्रिय, सबसे सर्वमान्य हस्तियों में शामिल कर देगा।
बड़े-बड़े संस्थान उसे अपने यहां जॉब ऑफर करेंगें।
लोग उससे अपने साइंटिफिक प्रोजेक्ट्स में शामिल होने-या प्रोजेक्ट को लीड करने-के लिए मिन्नतें करेंगें।
वैसे उसे जॉब के लिए कहीं और झांकने की जरूरत नहीं पड़ने वाली थी। उसे पता था कि डब्ल्यूएम प्रोजेक्ट की ये तो शुरूआत भर है। प्रोजेक्ट की सफलता के बाद भी रिसर्च का लंबा रास्ता उन्हें तय करना था। और उसे यकीन था कि प्रोफेसर उसके काम से खुश थे। यानि आगे भी वो प्रोजेक्ट से जुड़ी रहकर काम करती रहने वाली थी।
तभी हॉल में एक वेट्रेस की ड्रेस पहने एक युवती ने प्रवेश किया। उसने हाथ में एक ट्रे पकड़ रखी थी, जिस पर कॉफी के दो कप थे। वो अभय के पास पहुंची और ट्रे से कॉफी का एक कप उठाकर अभय के सामने टेबल पर रख दिया।
"थैंक्स।''-अभय ने कप उठाते हुए कहा-"इसकी जरूरत थी।''
युवती ने मुस्कुराकर अभय की ओर देखकर सिर को हल्के से जुम्बिश दी, फिर ट्रे लेकर अनिता के पास पहुंची।
अनिता ने ट्रे से कप उठाने के लिए हाथ बढ़ाया लेकिन युवती ने पहले ही कप उठा लिया और उसे अनिता की ओर बढ़ाया। अनिता ने कप थामने की कोशिश की तो युवती का हाथ अचानक डगमगाया और उससे कॉफी छलककर अनिता की शर्ट पर गिर गई।
"व्हाट...?''-अनिता के होंठों से चीख-सी निकली।
युवती का चेहरा फक्क पड़ गया।
"सॉरी...सॉरी मैडम।''-उसने अपनी ड्रेस में खुंसा हुआ एक नैपकिन निकाला और अनिता की शर्ट पर गिरी कॉफी को पोंछने की कोशिश करते हुए बोली-"मैं अभी साफ कर देती हूं...।''
"दूर हटो।''-उसे अपने सीने पर हाथ मारते देखकर अनिता ने गुस्से से उसके हाथों को झटका।
एक तो पहले ही उस वेट्रेस ने उसकी शर्ट पर गर्मागर्म कॉफी गिरा दी थी, उस पर बेहूदगी कर रही थी।

"मैं...मैं आपके लिए दूसरी कॉफी लेकर आती हूं।''-युवती ने घबराए हुए स्वर में कहा।

"नहीं चाहिए मुझे तुम्हारी काफी। ईडियट!''

"क्या हो गया, भई?''-हंगामा होता देखकर अभय अपनी मैगजीन को तिलांजलि देकर उनके पास आ गया।

"सॉरी मैम।''-युवती ने नर्वस भाव से कहा।

"अरे।''-अनिता की हालत देखकर अभय ने कहा-"तुमने तो अपनी शर्ट पर कॉफी गिरा ली।''

"मैंने नहीं गिराई है। उस लड़की ने जान-बूझकर गिराई है।''

"मैंने जान-बूझकर नहीं गिराई, मैम। आप शर्ट उतारकर मुझे दे दीजिए। मैं इसे ड्राईक्लीन...।''

"नहीं करानी मुझे ड्राइक्लीन।''-अनिता का पारा हाई होता जा रहा था।

"इस पर क्यों चिल्ला रही हो?''-अभय ने युवती के प्रति सहानुभूति व्यक्त करते हुए कहा-"इससे गिरी भी है तो इसने जान-बूझकर थोड़े ही गिराई होगी? गलती से ही गिरी होगी।''

"जब मैं कप उठा रही थी तो तुम्हें कप उठाकर देने की क्या जरूरत थी?''-अनिता ने गुस्से से कहा।

"सॉरी मैम...लेकिन मैंने जान-बूझकर ऐसा नहीं किया।''

"तुम जाओ।''-अनिता को काबू में न आते देखकर अभय ने युवती से कहा। युवती ने खेदपूर्ण भाव से अनिता की ओर देखा और हॉल से बाहर निकल गई।

"तुम भी कमाल करती हो।''-उसके जाने के बाद अभय ने कहा-"बेचारी वेट्रेस पर बिना बात इतना भड़क रहीं थीं।''

"बिना बात? देखो मेरी शर्ट की क्या हालत कर दी है उसने। और तुम जो उसकी चिकनी सूरत देखकर इतनी हमदर्दी जता रहे हो न, वो भी मैं खूब समझ रही हूं।''

"अरे ऐसा नहीं है।''-अभय हड़बड़ाकर बोला-"मैं तो बस ये कह रहा था कि छोटी कर्मचारी है। गलती तो किसी से भी हो सकती है। इस तरह तुम्हें उस पर ताव दिखाना शोभा देता है क्या? कोई भी देखेगा तो तुम्हें बदमिजाज कहेगा और उसी के साथ हमदर्दी दिखाएगा।''

अनिता ने अपनी शर्ट पर नजर मारी। कॉफी थोड़ी ही गिरी थी लेकिन उसके दाग बिल्कुल अच्छे नहीं लग रहे थे।

वो तो शुक्र था कि कॉफी ज्यादा गर्म नहीं थी वरना शर्ट पर जहां-जहां कॉफी गिरी थी, वहां हल्का गर्म लगने की जगह उसकी त्वचा ही जल गई होती।

"अंधी कहीं की।''-वो फिर भुनभुनाई।

"हे!''-अभय ने टोका।

"क्या? उसने मेरी पूरी शर्ट खराब कर दी और मैं उसे गाली भी न दूं?''

फिर अनिता ने अपना बैग उठाया और अभय से बोली-"मैं अभी आई।''

"जल्दी आना।''-अभय वापस सोफे पर बैठकर साइंस मैग्जीन की ओर लौटते हुए बोला-"सब लोग आते ही होंगें।''

"बस गई और आई।''-कहकर वो वॉशरूम की तलाश में आगे बढ़ गई।

वॉशरूम के लिए उसे एक पूरा गलियारा पार करना पड़ा।

"वॉशरूम इतना पास बनाने की क्या जरूरत थी?''-वो वॉशरूम का दरवाजा खोलकर अंदर जाते हुए भुनभुनाई-"न्यूयॉर्क में ही बनवा देते।''

बैग से उसने बदलने के लिए शर्ट निकालकर बैग को बाहर दरवाजे के पास ही रख दिया था।

वॉशरूम में उस वक्त कोई नहीं था। वैसे भी अनिता ने जब से उस एयरस्ट्रिप पर कदम रखा था, उसे अपनी टीम के साथियों के अलावा मुश्किल से 10 लोगों के भी दर्शन नहीं हुए थे।

ऐसी वीरान जगह पर वॉशरूम को खाली देखकर उसे कोई हैरानी नहीं हुई।

वॉशरूम में दांयीं ओर दो यूरीनल बने हुए थे, जिनके बाद दो लैवेटरीज थीं। बांयीं ओर दीवार के साथ लगे दो सिंक थे, जिनके ऊपर बड़े आकार के शीशे दीवार में फिट थे।

अनीता उनमें से एक शीशे के सामने खड़ी हो गई और उसने उसमें दिख रहे अपने प्रतिबिम्ब में अपनी शर्ट पर नजर मारी।

उसे अपने शर्ट बदलने के लिए वहां आने के फैसले पर संतोष हुआ। शीशे में तो शर्ट पर लगे कॉफी के धब्बे अब फैलकर और भी ज्यादा खराब लग रहे थे।

वो अपनी शर्ट के बटन खोलने लगी, जिसके लिए उसे चेहरा नीचे की ओर करना पड़ा, फिर शर्ट उतारते हुए उसने सामने शीशे पर नजर मारी।

शीशे में जो दिखा, उसे देखकर एक पल के लिए उसे अपनी रगों में खून जमता महसूस हुआ।
उसके ठीक पीछे वही युवती खड़ी थी, जिसने उसकी शर्ट पर कॉफी गिराई थी।
अचानक उस युवती को अपने पीछे देखकर उसे एक पल के लिए जैसे सांप सूंघ गया।
वो अनिता के जीवन की सबसे डरावनी घटना थी।
और आखिरी भी।
होश संभालते ही वो फुर्ती से घूमने ही वाली थी कि पीछे खड़ी युवती के दोनों हाथों ने बिजली की तेजी से उसके सिर को घेरे में लेकर सधे हुए अंदाज में झटका दिया और उसके सिर को पीछे की ओर पूरा घुमा दिया।

कार 'फ्लाई अवे' एयरस्ट्रिप के कम्पाउंड में आकर रूकी। निमिष ने कार से बाहर कदम रखा।
जैसा कि उसे फोन पर कहा गया था, ठीक 9 बजे टीम की कार उसे लेने होटल पहुंच गई थी, जिसने महज 20 मिनट के सफर के बाद उसे इस एयरस्ट्रिप पर पहुंचा दिया था। वो एक सिंगल रनवे वाला बहुत छोटा एयरपोर्ट जैसा था, जिसकी बिल्डिंग भी काफी छोटी और निर्जन जान पड़ती थी। मुख्यत: वो एयरस्ट्रिप प्राइवेट प्लेनों के उड़ान भरने या यदा-कदा किसी प्लेन की इमरजैंसी लैंडिंग के लिए ही उपयोग की जाती थी।
एयरस्ट्रिप पर निमिष की मुलाकात सुदीप राणा से हुई, जो एक 55 वर्षीय प्रभावशाली लगने वाला इंसान था। उसने गर्मजोशी से निमिष का स्वागत किया।

"थैंक्स।''-उसने निमिष से हाथ मिलाते हुए कहा-"ऐन वक्त पर आपने हमारा ऑफर कबूल करके हमें काफी परेशानी से बचा लिया।''

"ऐसी कोई बात नहीं है।''-निमिष ने मुस्कुराते हुए कहा-"ऑफर अच्छा था, मेरी भी सुविधा के अनुरूप था। वैसे भी अभिजीत मेरा अच्छा दोस्त है। उसे मना करना मुश्किल है।''

"आपकी साफगोई मुझे पसंद आई। लेकिन फिर भी हम इसे एक फेवर की तरह ही देखते हैं। आइए, मैं आपको आपकी टीम के बाकी सदस्यों से मिलवाता हूं।''

"मेरी टीम?''

"आप ही की टीम है। असल में ये हर मेम्बर की एक टीम है। हमारी कम्युनिटी में हम मिल-जुलकर काम करना पसंद करते हैं।''-तभी राणा के कान में लगा ईयरपीस घरघराया, वो ईयरपीस से जुड़े माउथपीस को मुंह के पास ले जाकर बोला-"हैलो। अच्छा...मैडम आ गईं?...ठीक है...मैं पहुंच रहा हूं।''

फिर उसने निमिष को एयरस्ट्रिप के दो मंजिला भवन की ओर चलने का इशारा करते हुए कहा-"आइए, बाकी टीम से पहले मैं आपको टीम की अहम सदस्य से मिलवाता हूं, जो यात्रा के दौरान पूरी टीम की इंचार्ज होंगीं।''

"मुझे लगा आप इंचार्ज हैं।''-निमिष ने उसके साथ-साथ चलते हुए कहा।

"मुझे मैनेजर समझिए। मैं इस यात्रा में आप लोगों के साथ नहीं रहूंगा। यात्रा के दौरान मिस अवनी ही टीम की इंचार्ज होंगीं।''

दोनों ने भवन में प्रवेश किया।

यात्रा के कॉन्ट्रैक्ट से संबंधित औपचारिकताएं पहले ही पूरी की जा चुकी थीं। कॉन्ट्रैक्ट में ये भी बताया गया था कि चूंकि ये यात्रा एक साइंटिफिक रिसर्च प्रोजेक्ट से संबंधित थी इसलिए टीम के सभी सदस्यों को-जिनमें पायलट होने के नाते निमिष भी शामिल था-कुछ विशेष निर्देशों के पालन करने होंगें।

उनमें से कुछ निर्देश अजीब भी थे लेकिन निमिष तस्दीक कर चुका था कि वो भारत सरकार से जुड़ी संस्था थी और अभिजीत ने भी उसे किसी तरह की गड़बड़ न होने का भरोसा दिलाया था, जिसके चलते उसने कॉन्ट्रैक्ट की शर्तें मान ली थीं।

वो एक स्पेशल यात्रा थी, इसीलिए पायलट के तौर पर निमिष की फीस भी 50, 000 डॉलर तय की गई थी।
जो कि प्राइवेट फ्लाइट की उड़ान के लिए किसी पायलट के लिए निर्धारित रकम के दोगुने से भी अधिक थी।
ऐसा नहीं था कि निमिष पैसे के पीछे भागता था। लेकिन मुख्यत: वो काम अपने दोस्त अभिजीत के कहने पर कर रहा था। अगर अभिजीत एक्सीडेंट में घायल नहीं होता तो शायद निमिष अभी होटल के रूम में अपने हॉलीडे का आखिरी दिन ही एंजॉय कर रहा होता।
राणा उसे लेकर एक रूम में पहुंचा, जहां एक युवती पहले से मौजूद थी।
"इनसे मिलिए।''-राणा ने निमिष से कहा-"यात्रा के दौरान ये टीम की इंचार्ज रहेंगीं-मिस अवनी। अवनी, ये हैं हमारे नए पायलट-निमिष।''
निमिष एक पल के लिए उसे देखता ही रह गया।
वो बेहद खूबसूरत तो थी ही, साथ ही उसे देखकर निमिष को वैसा ही अहसास हुआ, जैसा आज सुबह समुद्र तट के किनारे हुआ था।
जैसे उसने दुनिया में सब कुछ पा लिया हो।
अचानक उसे पहली नजर के प्यार या फर्स्ट साइट लव जैसी बातों पर विश्वास होने लगा।
उसे ये देखकर थोड़ा अजीब भी लगा कि अवनी के चेहरे से स्तब्ध-सी लग रही थी। जैसे उसने अभी-अभी कोई भूत देख लिया हो। उसके चेहरे के भाव देखकर निमिष अंदाजा नहीं लगा पा रहा था कि वो घबराई हुई थी या किसी बात से बहुत हैरान थी।
"आप पहली बार प्लेन में सफर कर रहीं हैं?''-उसने कहा।
"क्या?''-अवनी ने चौंककर निमिष की ओर देखा, जैसे उसे यही पता न हो कि उससे कहा जा रहा था, फिर वो संयत होते हुए बोली-"हां....मेरा मतलब...नहीं। मैं कई बार प्लेन में यात्रा कर चुकी हूं। आपको ऐसा क्यों लगा?''
"आप कुछ परेशान-सी लग रहीं हैं।''
"ऐसा कुछ नहीं है।''-वो होंठों पर मुस्कान लाकर संयत स्वर में बोली, जिस वजह से वो 'परेशान' थी, वो उसे बता नहीं सकती थी-"मैं काफी दूर से सफर करके यहां पहुंची हूं। इसीलिए आपको ऐसा लग रहा होगा।''
"आइए''-राणा ने कहा-"मैं आपको बाकी लोगों से मिलवाता हूं।''

वे तीनों एयरस्ट्रिप की बिल्डिंग के वेटिंग हॉल में पहुंचे, जहां टीम के सभी सदस्य आ चुके थे। राणा ने सभी का निमिष से परिचय कराया-"ये हैं अभय माधवन, ऐनी वेस्टनरा, प्रमेश कुमार और अनिता नारंग। और दोस्तों''-उसने टीम को संबोधित करते हुए कहा-"ये हैं हमारे नए पायलट निमिष कुमार। अभिजीत के एक्सीडेंट के बाद हमारा प्रोग्राम कैंसल होने की नौबत आ सकती थी, इतनी जल्दी दूसरे पायलट का इंतजाम मुश्किल लग रहा था लेकिन संयोग से निमिष सान जुआन में ही थे और अभिजीत के परिचित भी। अभिजीत ने ही इनसे सम्पर्क साधा और अब ये हमारी टीम में शामिल हो चुके हैं।''

वे सभी 20 से 30 वर्ष के बीच के थे। किसी ने भी कोट या सूट नहीं पहना हुआ था बल्कि वे जीन्स, शर्ट, टॉप जैसे फैशनेबल कपड़े ही पहने हुए थे। वे साइंटिस्ट्स कम कॉलेज के स्टूडेंट्स ज्यादा लग रहे थे।

"आप लोग साइंटिस्ट हैं?''-निमिष के मुंह से निकल ही गया।

"नई पीढ़ी बहुत फारवर्ड हो गई है, मिस्टर निमिष''-राणा ने मुस्कुराते हुए कहा-"आजकल 20-21 साल की उम्र तक डिग्री लेकर सैटल हो जाना आम बात है। हमारे समय में जिस उम्र में लोग कॉलेज में पढ़ा करते थे, आज उस उम्र में लोग कॉलेजों में पढ़ा रहे हैं।"-फिर उसने निमिष के चेहरे पर नजर मारी-"वैसे मैं आपको क्या बता रहा हूं। आप भी तो इसी पीढ़ी का हिस्सा हैं।''

"जैसा कि आप सब जानते हैं''-फिर राणा ने सबको संबोधित किया-"ये यात्रा एक रिसर्च प्रोजेक्ट से सम्बन्धित है। लेकिन इसमें आपमें से किसी को भी कोई मेहनत वाला काम नहीं करना है। आपको सिर्फ आराम से प्लेन में बैठकर यहां से न्यूयॉर्क तक की यात्रा करनी है। कुछ मेहनत करनी है तो वो सिर्फ पायलटों को, जो प्लेन उड़ाएंगें। बाकी आप सबके लिए ये एक आरामदेह, आम यात्रा जैसी ही है, जैसी आप पहले भी कई बार कर चुके होंगें। इस यात्रा के माध्यम से हमें इस क्षेत्र का महत्त्वपूर्ण डेटा कलेक्ट करना है, जिसके लिए प्लेन में मशीन पहले ही पहुंचा दी गई है। डेटा कलेक्ट करने, उसका विश्लेषण करने और उसे हमें भेजने का सारा काम मशीन को ही करना है। आपको कुछ नहीं करना है।''-उसने 'कुछ नहीं' पर जोर देते हुए कहा-"सिवाय ये स्मार्टवॉच पहनने के।''

तुरंत हाथ में ट्रे लिए एक व्यक्ति ने हॉल में प्रवेश किया। उस ट्रे में किसी अत्याधुनिक गैजेट-सी लगने वाली 6 स्मार्टवॉच करीने से सजी हुई थीं। वो व्यक्ति ट्रे लेकर सबसे पहले अवनी के पास पहुंचा। अवनी ने ट्रे में से स्मार्टवॉच उठा कर कलाई पर पहन ली। स्मार्टवॉच के कलाई के गिर्द लिपटने वाले पट्टे में एक पट्टे का आखिरी सिरा पतला था, जिसके आखिरी सिरे पर स्टील के हुक जैसे बने हुए थे। दूसरा पट्टा काफी मोटा था, जिसके आखिरी सिरे में खांचे जैसी जगह बनी हुई थी। अवनी ने स्मार्टवॉच हाथ में पहनकर उसके दोनों पट्टों को अपनी कलाई के गिर्द लपेटकर पतले वाले वाले पट्टे के सिरे को दूसरे मोटे वाले सिरे के बीच खांचे जैसी खाली जगह में सरका दिया। तुरंत एक क्लिक की आवाज हुई और स्मार्टवॉच उसकी कलाई के गिर्द कस गई।

वो व्यक्ति ट्रे लेकर बारी-बारी से प्लेन में जाने वाले बाकी 5 लोगों के पास पहुंचा, सबने एक-एक स्मार्टवॉच उठा ली।

निमिष ने भी स्मार्टवॉच उठाकर उसे ध्यान से देखा। स्मार्टवॉच काफी अत्याधुनिक किस्म की लग रही थी। उसका मुख्य भाग काफी बड़ा था, जिस पर तीन छोटे-छोटे डिस्प्ले बने थे। उनमें से एक डिस्प्ले पर तो 10.15 एएम टाइम बता रहा था लेकिन बाकी दोनों डिस्प्ले ब्लैंक थे।

"ये स्मार्टवॉच भी आपको तभी अपनी कलाई से अलग करनी है''-राणा कह रहा था-"जब ये यात्रा पूरी हो जाए। यानि जब आप न्यूयॉर्क पहुंच जाएं। उससे पहले नहीं। वैसे भी इस स्मार्टवॉच में ऑटोलॉक है, जो अब से करीब चार घंटे बाद-यानि आपके न्यूयॉर्क पहुंचने के बाद ही खुलेगा। उसके बाद ही आप इस स्मार्टवॉच को उतार सकेंगें। वहां ये स्मार्टवॉच आपसे कलेक्ट कर ली जाएगी।''

बाकी सबने भी स्मार्टवॉच पहन ली।

"तो...।''-राणा ने कहा-"आप सभी को बहुत-बहुत शुभकामनाएं।''

सभी उठ खड़े हुए।

उनके रनवे की ओर रवाना होने से पहले राणा ने सबसे बड़ी गर्मजोशी से हाथ मिलाया और हाथ मिलाते हुए एक बार फिर सबको शुभकामनाएं भी दीं।

रनवे पर खड़े प्लेन की ओर बढ़ते हुए निमिष को इस बात का जरा भी आभास नहीं था कि अब उसकी जिंदगी में सब कुछ बदल जाने वाला था।

¤ ¤

वे सब रनवे पर खड़े प्लेन की ओर बढ़ रहे थे।

निमिष ने दूर खड़े प्लेन पर नजर मारी। प्लेन के बारे में उसे पहले ही जानकारी दी जा चुकी थी। वो एक 10 सीटर प्लेन था।

मौसम खुशगवार था।

तभी एक काली बिल्ली रनवे पर उनके और हवाई जहाज के बीच उनसे थोड़ी दूरी पर आकर ठिठक गई और उनकी ओर देखने लगी।

"बधाई हो।''-अभय ने मजाक उड़ाने वाले अंदाज में कहा-"रनवे पर बिल्ली घूम रही है।''

"तुम किसी इंटरनेशनल एयरपोर्ट पर चहलकदमी नहीं कर रहे हो, मिस्टर।''-ऐनी ने कहा-"जहां पशु-पक्षियों को रोकने के लिए पूरे इंतजाम हों। ये एक छोटी-सी एयरस्ट्रिप है। यहां बिल्ली, कुत्ता कुछ भी आ सकता है।''

वे लोग आगे बढ़ते रहे।

बिल्ली फुर्ती से उनके सामने से होते हुए भाग निकली।

"आपके देश में तो''-ऐनी-जो थोड़ा पीछे चल रही थी-लंबे डग भरते हुए निमिष के पास पहुंची और उसके साथ-साथ चलते हुए बोली-"काली बिल्ली का रास्ता काटना अच्छा नहीं माना जाता न?''

निमिष के होंठों पर मुस्कान आ गई।

"वो पुराने समय की बात थी, मिस ऐनी।''-निमिष ने कहा-"अब लोग इन सब चीजों को नहीं मानते। वैसे भी एक बिल्ली के रास्ता काट देने से करोड़ों रूपए के बजट वाले चार्टर्ड प्लेन के प्रोग्राम को तो कैंसल नहीं किया जा सकता।''

"हां।''-ऐनी ने सिर हिलाया-"वैसे भी प्लेन की ओर जाते हुए बिल्ली का रास्ता काटना भी मुश्किल है। एयरपोर्ट पर तो इस तरह के जीव-जंतुओं को रोकने के लिए काफी उपाय होते हैं। इसलिए किसी काली बिल्ली के रास्ता काटने का सवाल ही नहीं उठता। और आसमान में बिल्ली रास्ता काटने आ नहीं सकती। हां कोई काला गिद्ध या बाज वगैरह हो तो अलग बात है।''

"पक्षी का प्लेन के सामने आना सचमुच खतरनाक हो सकता है।''-निमिष ने उसकी ओर देखते हुए कहा-"वैसे बिल्ली के रास्ता काटने वाली बात से आप कुछ ज्यादा एक्साइटेड लग रहीं हैं।''

"दरअसल, मैं अमेरिकन हूँ लेकिन मेरा एक भारतीय मित्र है।''-ऐनी ने मुस्कुराते हुए कहा-"हम स्कूल में साथ-साथ ही पढ़े थे। उससे मुझे भारत के बारे में काफी कुछ जानने, सीखने को मिला। और मेरी भारतीय संस्कृति में बहुत रूचि भी है।''

"भारतीय संस्कृति बहुत विस्तृत है, मिस। बिल्ली के रास्ता काटने को अच्छा नहीं मानना तो एक पुरानी और छोटी सी मान्यता है। बल्कि अंधविश्वास कहना ज्यादा सही रहेगा। बहुत सारे लोग तो ऐसी बातों पर विश्वास करते भी नहीं।''

"फिर भी जब मैंने पहली बार ये सुना था तो न जाने क्यों मुझे डर लगा था। और तब से लेकर हमेशा इस बात से डर ही लगता है। आखिर कुछ तो वजह होगी, जो इस तरह की मान्यता बनी?''

"अगर हमारे साथ कुछ अच्छा हो तो हम उसे अपने आसपास की चीजों या छोटी-मोटी घटनाओं से जोड़ देते हैं। मान लो, मैंने एक घड़ी खरीदी और उसी दिन मेरे साथ कुछ अच्छा हो गया, जैसे मेरी जॉब लग गई, या कुछ और हो गया तो मैं उस घड़ी को अपनी लिए लकी कह सकता हूं। इसी तरह अगर किसी के साथ कुछ बुरा हो तो उसे भी लोग अपने आसपास की चीजों या ऐसी किसी घटना से जोड़ देते हैं। बहुत पहले किसी का रास्ता कोई बिल्ली काट गई होगी, और उसके साथ कुछ बुरा हो गया होगा, जिसके बाद से ही ये मान्यता प्रचलित हो गई होगी। वैसे ये सब छोटी-मोटी बातें हैं। बेचारी बिल्ली का रंग ही काला है तो इसमें उसका क्या कसूर? अब वो एक जगह तो बैठी नहीं रह सकती। भोजन की तलाश में उसे इधर-उधर तो जाना ही पड़ेगा। चूहा खुद तो उसके मुंह में घुसने के लिए आने वाला नहीं है। और जब इधर-उधर जाएगी तो जाहिर सी बात है कि किसी-न-किसी गरीब का रास्ता भी काटेगी। इतनी-सी बात को लेकर किसी तरह का वहम पालने की जरूरत नहीं है। आप तो वैसे भी अमेरिका जैसे विकसित देश से हैं। आप कहां इन चीजों की चर्चा लेकर बैठ गईं।''

"मैंने कहा न, मैंने बचपन में जब इस बारे में सुना था, तभी से मुझे इस बात को लेकर काफी रोमांच होता है। शायद पशु-पक्षियों के क्रियाकलापों और मिथिकल क्रीचर्स में मेरी बहुत दिलचस्पी है, इस कारण।''

"बिल्ली मिथिकल क्रीचर नहीं है, मिस ऐनी।''-निमिष ने गहरी सांस लेते हुए कहा, वे लोग प्लेन के करीब आ चुके थे और वो मन ही मन इस बात को लेकर राहत महसूस कर रहा था कि कॉकपिट में जाने के बाद उसे इस बचकानी चर्चा से छुटकारा मिल जाएगा, उसने प्लेन के दरवाजे के साथ फिट सीढ़ी पर कदम रखते हुए कहा-"और आप बेफिक्र रहिए। केवल बिल्ली के रास्ता काटने से हमारी यात्रा पर कोई फर्क नहीं पडऩे वाला। इसकी मैं आपको गारंटी देता हूं।''

प्लेन में चढ़ते समय अनिता अचानक लड़खड़ाकर अभय से टकरा गई। अभय को अपनी बांह पर हल्की चुभन का अहसास हुआ।

"थैंक्स।''-अनिता ने कृतज्ञ स्वर में कहा और प्लेन की सीढ़ियाँ चढ़ने लगी।

अभय का हाथ अपने-आप बांह पर पर पहुंच गया था, जहां चुभन हुई थी। लेकिन उसका ध्यान तो जैसे चुभन पर था ही नहीं।

अनिता जब से वॉशरूम से शर्ट चेंज करके आई थी, उसका बर्ताव कुछ अजीब-सा लग रहा था।

फिर अभय ने इसे एक वहम समझकर अपने सिर को झटका दिया।

¤ ¤

"संजय।''-संजय के कानों में मोनिका की आवाज पड़ी।

संजय अवनी को डब्ल्यूएम प्रोजेक्ट की बिल्डिंग तक छोड़कर वापस कंट्रोल रूम में आ चुका था।

अब संजय अपनी टीम के साथ उन पर कंट्रोल रूम से नजर रख रहा था। वे सभी पोर्टो रिको के तट पर प्लेन के उड़ान भरने का इंतजार कर रहे थे। प्लेन के उड़ान भरने के साथ ही उनका मिशन शुरू होने वाला था।

संजय ने कम्प्यूटर स्क्रीन पर से नजरें हटाकर प्रश्नवाचक नजरों से मोनिका की ओर देखा।

मोनिका ने दोनों हाथ स्क्रीन की ओर करके फरमाइशी अंदाज में कहा- "प्रोफेसर को बताओ''

"क्या?''

"कि एक काली बिल्ली टीम का रास्ता काट गई है।''

संजय ने अजीब सी निगाहों से उसे देखा।

"अब इतनी छोटी-सी बात भी प्रोफेसर को बतानी पड़ेगी?''-उसने कहा-"वो हमें पागल समझेंगें।''

"प्रोफेसर ने खुद कहा है कि उन्हें मिशन से जुड़ी छोटी-से-छोटी डिटेल बताई जाए। चाहे वो कितनी ही गैरजरूरी क्यों न लगे। हमारा काम उनके आदेश का पालन करना है। खुद फैसला करना नहीं कि कौन-सी बात उन्हें बताने लायक है, कौन-सी नहीं।''

"मोनिका, मुझे लग रहा है तुम थोड़ी अंधविश्वासी हो रही हो...।''

"बात मेरे मानने या न मानने की नहीं है। प्रोफेसर को मिशन से जुड़ी हर चीज की जानकारी देनी है। वो जानकारी काम की है या नहीं, इसे प्रोफेसर को ही डिसाइड करने दो।''

संजय ने अनमने भाव से सिर हिलाया, जैसे उसे दुनिया का सबसे फालतू काम करने के लिए कहा जा रहा हो, फिर प्रोफेसर को संदेश भेजने के लिए उसकी उंगलियां की बोर्ड पर नाचने लगीं।

मोनिका जानती थी कि संजय उसके दिमाग पर शक कर रहा था।

लेकिन संजय ये नहीं जानता था कि वे लोग जिस प्रोजेक्ट पर काम कर रहे थे, उसमें उनके सामने किस तरह के रहस्य उजागर हुए थे।

चौंका देने वाले रहस्य।

हैरन कर देने वाली, डरावनी चीजें।

और न जाने क्यों, मोनिका का मन कह रहा था कि डब्ल्यूएम प्रोजेक्ट के बीच में अचानक वाइल्ड कार्ड एंट्री की तरह शुरू किया गया ये प्रोजेक्ट भी उन रहस्योद्घाटनों की श्रृंखला में नई कड़ियाँ ही जोड़ने वाला था।

जो कुछ भी होने वाला था, मोनिका को एक बात का पूरा विश्वास था।

डब्ल्यूएम प्रोजेक्ट के पूरे होने के बाद दुनिया बिल्कुल भी पहले जैसी नहीं रहने वाली थी।

प्लेन में प्रवेश करते ही निमिष ने प्लेन के अंदर का जायजा लिया। उसकी नजरें प्लेन के पिछले हिस्से में जम गई।

वहां दायीं कतार की आखिरी सीट और उसके पीछे स्थित टॉयलेट के बीच की खाली जगह में एक वॉशिंग मशीन के आकार की मशीन रखी थी।

निमिष के पीछे-पीछे अभय ने प्लेन में प्रवेश किया। वो सीधे उस मशीन के पास ही पहुंचा और उसे चैक करने लगा।

"किस तरह का डेटा कलेक्ट करती है ये मशीन?''-निमिष ने पूछा।

"इस खास समुद्री इलाके का खास डेटा।''-पीछे से आ रहे प्रमेश ने जवाब दिया।

निमिष ने मशीन पर फिर नजर मारी। उसे क्लैम्प आदि की सहायता से अपनी जगह मजबूती से फिट किया हुआ था। मशीन पर एक डिस्प्ले भी दिख रहा था, जिस पर कुछ नम्बर और संकेत दिख रहे थे हालांकि वे क्या दर्शा रहे थे, ये उसके बिल्कुल भी पल्ले नहीं पड़ा।

फिर वो पायलट सीट की ओर बढ़ गया।

कुछ ही देर में वे लोग उड़ान भरने के लिए तैयार थे। सभी यात्री पीछे अपनी सीटों पर जम गए थे।

लेकिन एक चीज निमिष को परेशान कर रही थी।

को-पायलट का अब तक कोई पता नहीं था।

अवनी आकर उसकी पायलट सीट के पास खड़ी हो गई।

वो एक छोटा प्राइवेट प्लेन था, जिसमें अलग से कॉकपिट जैसी व्यवस्था नहीं थी, जिसमें यात्रियों के आने-जाने पर रोक होती। वैसे भी उसमें यात्री थे ही कितने? इसलिए यात्रियों को पायलट के सिर पर सवार होने से रोकने जैसी भी कोई व्यवस्था नहीं थी। हालांकि प्लेन अभी रनवे पर ही था इसलिए निमिष को उससे कोई आपत्ति भी नहीं थी।

हां, प्लेन टेक-ऑफ कर चुका होता तो बात अलग थी। तब वो शायद किसी यात्री के इस तरह आकर पायलट सीट के पीछे आकर खड़े होने पर जरूर आपत्ति दर्ज करता।

उसमें भी एक शर्त थी।

वो यात्री अवनी के अलावा कोई और होता, तभी वो आपत्ति करता।

अवनी के पास आकर खड़े होने में उसे कोई समस्या नहीं थी। बल्कि वो तो उसके लिए खुशी की बात थी।

निमिष उसके प्रति जो आकर्षण महसूस कर रहा था, उससे वो खुद भी मन-ही-मन आश्चर्यचकित था। वो कोई दिलफेंक किस्म का इंसान नहीं था। लेकिन अवनी को देखकर उसे जो महसूस हुआ था, वो उसे पहले कभी महसूस नहीं हुआ था।

पता नहीं अवनी में ऐसी कौन-सी बात थी, जो पहली ही मुलाकात में वो ऐसा महसूस कर रहा था, जैसे वो उसके दिलोदिमाग पर छा गई हो।

वैसे भी उनका ये साथ था ही कितनी देर का?

ज्यादा-से-ज्यादा चार-पांच घंटे का। यहां से न्यूयॉर्क पहुंचने तक का।

और वो पूरा समय तो उसे यहां पायलट सीट पर बिताना था। अवनी तो पीछे बाकी यात्रियों के साथ बैठने वाली थी।

"को-पायलट कहां है?''-निमिष ने पूछा।

"क्यों?''-अवनी की भंवें उठीं-"तुम इस प्लेन को अकेले नहीं उड़ा सकते?''

"उड़ा तो सकता हूं। लेकिन नियम के अनुसार इंटरनेशनल फ्लाइट के लिए प्राइवेट प्लेन में दो पायलट तो होने ही चाहिए। वैसे भी मुझसे कहा गया था कि एक पायलट और है।''

"को-पायलट है न।''

"वही तो पूछ रहा हूं। कहां है को-पायलट?''-निमिष ने कहा। उसे ये बात अजीब लग रही थी कि प्लेन में लगभग सारे लोग आकर बैठ गए थे और को पायलट का अब तक दूर-दूर तक कोई नामोमोनिकान ही नहीं था।

क्या वो को-पायलट इतना स्पेशल था? या फिल्मों की तरह कोई ग्रैंड एंट्री करने वाला था?

अवनी उसके बगल वाली पायलट सीट पर बैठते हुए बोली-

"यहां।''

कंट्रोल रूम में सबकी उत्सुक नजरें कम्प्यूटर स्क्रीन पर थीं।

एक स्क्रीन पर रडार शो हो रहा था, जिस पर पोर्टो रिको के उत्तरी तट पर दिख रहे प्लेन के आईकॉन ने आगे बढ़ना शुरू कर दिया था।

रूम में मौजूद सभी कम्प्यूटर्स पर डेटा रिसीव होने लगा था।

"साथियों!''-संजय ने उत्साहपूर्ण स्वर में कहा-"मिशन इज इन प्रोग्रेस। प्लेन उड़ान भर चुका है।''

उनका प्लेन आसमान की ऊंचाइयों में था।

अवनी को-पायलट के रूप में निमिष के बगल वाली सीट पर विराजमान थी। निमिष भी उसकी दक्षता से हैरान था। उसे तो बताया गया था कि वो एक साइंटिफिक टीम की हैड थी। खुद एक साइंटिस्ट थी।

"मैंने प्लेन उड़ाना सीखा है।''-उसकी हैरानी को भांपकर अवनी ने हंसकर कहा-"लेकिन कैरियर के रूप में मैंने साइंस को ही चुना। हालांकि''-वो थोड़ा ठहरकर बोली-"मेरे साइंस को कैरियर के रूप में सीखने और प्लेनों के प्रति आकर्षण दोनों के पीछे वजह केवल एक ही है।''

"कौन-सी वजह?''-निमिष ने पूछा।

अवनी ने मुस्कुराकर उसकी ओर देखा, फिर वापस कंट्रोल पैनल में व्यस्त होते हुए बोली-"लंबी कहानी है।''

कंट्रोल के बटन दबाने के दौरान निमिष का ध्यान अवनी की कलाई पर गया। उसमें सोने का बेहद खूबसूरत ब्रेसलेट पहना हुआ था, जिस पर एक डिजाइनदार 'एस' बना था।

उसने बड़ी मुश्किल से उस 'एस' के बारे में पूछने की इच्छा को दबाया।

"रीडिंग्स तो ठीक-ठाक आ रहीं हैं।''-पीछे अभय ने प्लेन के आखिरी हिस्से में लगी उस मशीन का निरीक्षण करने के बाद कहा, जो वहां कोई खास तरह का डेटा कलेक्ट करने के लिए लगाई गई थी-"सवाल ये है कि अब हम लोगों को क्या करना है?''

"मतलब?''-ऐनी ने पूछा।

"मतलब यही कि मशीन ने तो अपना काम करते रहना है। तब तक हम लोग क्या करेंगें? टाइम पास के लिए कुछ तो होना चाहिए। अनीता तो एयरस्ट्रिप पर ही बोर होने की शिकायत करने लगी थी।''

अनीता ने अभय की बात पर कोई प्रतिक्रिया व्यक्त नहीं की। वो भावहीन चेहरा लिए अपनी सीट पर स्थिर बैठी रही।

"क्या करना है टाइम पास के लिए?''-प्रमेश ने कहा-"अंताक्षरी खेलें?''

"मेरे पास उससे बेहतर सुझाव है।''-ऐनी ने कहा।

"क्या?''

"हम जिस मिशन पर आए हैं, क्यों न उसी से संबंधित चर्चा करें? जिससे हमारे ज्ञान में भी वृद्धि हो और उन बातों पर हमे विचार करने का मौका भी मिले। साथ ही मिशन को लेकर हमारा उत्साह भी बना रहे।''

"ग्रेट आईडिया। शुरूआत तुम ही करो।''

"मैं ही करने वाली थी।''-ऐनी मुस्कुराते हुए अपनी सीट पर से उठकर खड़ी हो गई-"मैं तो बकायदा घर से नोट्स तैयार करके भी लाई हूं।''

"मतलब लेक्चर सुनना पड़ेगा।''-प्रमेश ने गहरी सांस लेकर धीमे से कहा।

"क्या?''

"कुछ नहीं। तुम स्टार्ट करो।''

ऐनी ने फर्माइशी अंदाज में गला खंखारा, फिर उत्साहित स्वर में बोली-"तो दोस्तों, हम सब एक बड़े-बहुत बड़े-प्रयोग का हिस्सा बनने जा रहे हैं। मैं जानती हूं कि आप सब इसे लेकर बहुत एक्साइटेड हैं। आप सभी अपने-अपने क्षेत्र के होनहार रिसर्चर हैं। अभी हमें अपनी मंजिल तक पहुंचने में

काफी समय है। इससे पहले मैं चाहूंगी हमारे बीच अपने टॉपिक को लेकर एक गर्मागर्म डिस्कशन हो जाए। तो क्या कहते हैं आप लोग?''

सभी के उत्साहित सहमति भरे स्वर उभरे।

''फिर स्टार्ट करते हैं''-ऐनी का चेहरा प्रत्याशा से दमक रहा था-''लेट्स स्टार्ट टाक अबाउट...।''

उसने सबके चेहरों पर चमकती नजर डाली।

अभय और प्रदीप ने एक-दूसरे की ओर देखा, फिर हाथ उठाकर जोश भरे स्वर में बोले-

''बरमूडा ट्राइएंगल।''

''सर''-कंट्रोल रूम में जैकब ने कहा।

संजय मोनिका से बात करने में तल्लीन था।

''सर।''-जैकब ने फिर टोका।

''क्या है?''-वो झल्लाकर बोला।

''टीपी डेटा।''

''क्या हुआ टीपी डेटा को?''

''मिशन बरमूडा के मेम्बर्स से जो टीपी डेटा मिल रहा है, उसमें एक मेम्बर का डेटा बहुत ज्यादा है।''

''वो तो होगा ही।''

''क्यों?''

''अवनी के कारण।''

''मैं समझा नहीं।''-जैकब के चेहरे पर उलझन के भाव उभरे।

संजय ने बताया कि अवनी से मिल रहे टीपी डेटा के बहुत अधिक होने का क्या कारण था।
"ओह।''-जैकब ने ओ के आकार में होंठ गोल करते हुए सहमति में सिर हिलाया।
"यस। अब स्क्रीन पर ध्यान दो।''
वो वापस अपने कम्प्यूटर सिस्टम की ओर मुड़ गया।

¤ ¤

प्लेन में ऐनी अपनी सीट पर खड़े होकर पीछे बैठे पैसेंजर्स की ओर मुंह करके बरमूडा ट्राइएंगल पर आख्यान दे रही थी।
"पोर्टो रिको, मियामी और बरमूडा द्वीप के बीच का समुद्री इलाका-जिसे बरमूडा ट्राइएंगल के नाम से जाना जाता है-दुनिया भर के वैज्ञानिकों और रहस्यवादियों के लिए-बल्कि पूरी मानवजाति के लिए-सदियों से एक बड़ी चुनौती बना हुआ है। इस क्षेत्र में बीती एक शताब्दी से भी अधिक समय से-बल्कि उससे भी कहीं पहले से-प्लेनों और जहाजों के रहस्यमयी ढंग से लापता होने की कई घटनाएं घटित हुईं हैं। कुछ घटनाएं तो इतनी रहस्यमयी हैं कि साफ-साफ संकेत देती हैं कि इस क्षेत्र में कोई बड़ा रहस्य छिपा हुआ है। ये भी सच है कि हर बात के दो पहलू होते हैं। बरमूडा ट्राइएंगल के रहस्य को लेकर भी हैं। एक ऐसी कम्यूनिटी बन चुकी है, जो बरमूडा ट्राइएंगल पर होने वाली घटनाओं के पीछे किसी भी तरह की रहस्यमयी, अलौकिक शक्ति या घटना होने की बात को सिरे से खारिज कर देती है। उस कम्यूनिटी के लोगों का कहना है कि बरमूडा में जहाजों, प्लेनों के लापता होने की घटनाओं को लेकर ये मानना कि इन घटनाओं के पीछे किसी अज्ञात शक्ति, किसी ऐसी घटना का हाथ होना, जिसे विज्ञान भी अभी तक समझ नहीं पाया है, बचकाना है, गलत है। सिर्फ सनसनी फैलाने का एक जरिया है। वे सभी जहाज, प्लेन किसी तूफान या ऐसी ही किसी आपदा का शिकार होकर लापता हुए। हालांकि आज तक उन जहाजों या प्लेनों का मलबा बरामद क्यों नहीं हो पाया, इसका जवाब वे भी नहीं दे पाते। बरमूडा ट्राईएंगल पर घटित हुई इन घटनाओं को सामान्य घटनाएं दर्शाने या मानने वाले चाहे कुछ

भी कहें, लेकिन हमें हाल ही में कुछ ऐसे सबूत मिले हैं, जो दर्शाते हैं कि इस क्षेत्र में कोई ऐसी रहस्यमयी शक्ति काम कर रही है, जिसे विज्ञान भी अब तक समझ नहीं पाया है।''

"कैसे सबूत?''-अभय ने उत्सुकता से कहा।

"उनके बारे में आपको बता दिया जाएगा।''

"यार, कम-से-कम मुझे तो बता दो, इस मशीन का क्या चक्कर है? तुम लोग मजे ले रहे हो और मैं यहां अनजान बना हुआ हूं।''

"कुछ घंटे और वेट करो। फिर सब पता चल जाएगा। वैसे भी इस मिशन पर आने के लिए तुम्हीं बहुत उत्साहित थे।''

"मुझे तो लग रहा था ये डब्ल्यूएम प्रोजेक्ट पर महीनों तक लगातार काम करने के कारण आई थकान और टेंशन को दूर करने के लिए वैकेशन टाइप है। प्रोफेसर ने खुद कहा था।''

"प्रोफेसर ने ऐसा नहीं कहा था।''-ऐनी ने संशोधन किया था-"उन्होंने कहा था कि इस मिशन को ऐसा मान सकते हैं।''

"हां, तो? प्रोफेसर किसी चीज के लिए कहेंगें और हम मानेंगें नहीं? ऐसा हो सकता है क्या?''

"तुम बात को उलझाओ मत।''-ऐनी ने झुंझलाकर कहा, फिर बोली-"हां तो मैं कह रही थी कि बरमूडा ट्राइएंगल में प्लेनों और जहाजों के रहस्यमयी ढंग से गायब होने के पीछे किसी बड़ी रहस्यमयी ताकत का हाथ है, ऐसे सबूत हमें कुछ अरसा पहले मिले थे। और अब उन्हीं सबूतों की पुष्टि करने के लिए हम इस मिशन पर यहां आए हैं। लेकिन उससे पहले मैं यहां रहस्यमयी ढंग से लापता होने वाले प्लेनों और जहाजों के बारे में कुछ जानकारी दे दूं।''

कहकर उसने अपने मोबाइल की स्क्रीन पर देखते हुए बोलना शुरू किया-

"5 दिसम्बर 1945 को फ्लाइट 19 14 यात्रियों के साथ बरमूडा क्षेत्र में रहस्यमयी तरीके से गायब हो गई। इतना ही नहीं, इसके ठीक अगले दिन ही ऐसी दूसरी घटना घटित हुई, जब प्लेन पीबीएम मरीनर बूनो 59225 लापता हुए फ्लाइट 19 की तलाश में गया था लेकिन खुद ही उसी की तरह रहस्यमय ढंग से लापता हो गया। इस घटना में पीबीएम मरीनर में सवार 13 यात्रियों का भी कभी कोई पता नहीं चल पाया।

करीब दो साल बाद 30 जनवरी 1948 को सांता मारिया एयरपोर्ट से बरमूडा जा रहा प्लेन एव्रो टूडर स्टार टाइगर भी इसी तरह रहस्यमयी ढंग से अचानक

लापता हो गया। प्लेन में सवार क्ू्रयू के 6 सदस्यों सहित 27 यात्रियों का कोई पता नहीं चल पाया।

इसी साल के अंत में 28 दिसंबर को पोर्ट रिको के सान जुआन से मियामी, फ्लोरिडा जा रहा विमान डगलस डीसी-3 भी अचानक गायब हो गया। इस प्लेन में क्र्यू के 3 सदस्यों और 36 यात्रियों को मिलाकर कुल 39 लोग सवार थे, जिनका कभी कोई पता नहीं चल पाया...।"

वो उस क्षेत्र में लापता हुए विमानों का विवरण बताती रही, जिनमें और भी कई लापता होने वाले प्लेनों की जानकारी शामिल थी।

"अब जहाजों की घटनाओं की बात करें।''-प्लेनों के बारे में बताने के बाद उसने कहा-"विमानों की घटनाओं में मैंने उन प्रकरणों को शामिल नहीं किया है, जिनमें लापता विमानों का मलबा बरामद हो गया था या उनके क्रैश होने के बारे में पता चल गया था। हालांकि उन घटनाओं में भी कई घटनाएं ऐसी हैं, जिनमें प्लेन में अचानक रहस्यमय ढंग से खराबी आ गई थी। लेकिन जहाजों से संबंधित घटनाओं में मैं उन घटनाओं को भी शामिल करूंगीं, जो किसी भी तरह से रहस्यमय लगतीं हैं। कारण यही है कि हम बरमूडा ट्राइएंगल में कोई ऐसा रहस्य मानकर चल रहे हैं, जिसे विज्ञान अब तक समझ नहीं पाया है। इसलिए उन घटनाओं को भी ध्यान में रखना जरूरी है, जिनका रहस्य इतने दशकों-बल्कि सदियों बाद भी नहीं खुल पाया है। न...न...चौंकने की जरूरत नहीं है। विमानों के लापता होने की घटनाएं भले ही 1940 के बाद से प्रकाश में आईं हैं लेकिन डेविल्स ट्राइएंगल कहे जाने वाले बरमूडा क्षेत्र में जहाजों से जुड़ी रहस्यमयी घटनाओं का इतिहास चार शताब्दी पीछे तक जाता है। इसका एक कारण ये भी हो सकता है कि राइट ब्रदर्स के सौजन्य से पहली बार विमान यात्रा ही बीसवीं सदी की शुरूआत में शुरू हुई थी, जब 17 दिसंबर 1903 को उत्तरी कैरोलाइना में किट्टी हॉक के पास ऑर्विल राइट और विल्बर राइट ने पहली बार उड़ान भरी थी। हालांकि वो प्लेन सिर्फ 12 सेकेंड तक ही उड़ा था और उसने 120 फीट की दूरी ही तय की थी लेकिन फिर भी वो टेक्नोलॉजी के क्षेत्र में मानव के विकास के क्रम में मील का पत्थर था। और जहाज तो...।''-वो एक क्षण के लिए रूकी फिर उसके चेहरे पर मुस्कान आ गई-"जहाज तो नोआ के समय से चलते आ रहे हैं।''

उसकी बात सुनकर बाकी लोग भी मुस्कुरा दिए।

"11 दिसंबर 1492''-उसने अपनी बात कहना जारी रखा-"सांता मारिया जहाज से जा रहे प्रसिद्ध समुद्र यात्री क्रिस्टोफर कोलंबस और जहाज के क्र्यू ने ग्वानहानी पहुंचने से एक दिन पहले रहस्यमयी अनजान रोशनियां देखने की बात लिखी है।

सन् 1800 में ग्वाडेलुप से डेलवेयर जाता हुआ जहाज यूएसएस पिकरिंग लापता हो गया। जहाज में 90 लोग सवार थे।

सन् 1814 में यूएसएस वास्प नामक जहाज लापता हो गया। उसमें 140 यात्री सवार थे।

1840 में रोजाली नामक जहाज लावारिस अवस्था में पाया गया।

1881 में एलेन ऑस्टिन नामक जहाज को एक लावारिस जहाज मिला। एलेन ऑस्टिन के क्र्यू के कुछ सदस्यों को उस लावारिस पाए गए जहाज में बिठाकर तट की ओर रवाना किया गया लेकिन फिर क्र्यू के उन सदस्यों का कभी पता नहीं चल पाया। इस घटना के दो वर्शन बताए जाते हैं। पुष्टि किसी की भी नहीं हो पाई है। एक वर्शन के अनुसार उस जहाज को फिर कभी किसी ने नहीं देखा। दूसरे वर्शन के अनुसार वो जहाज मिल तो गया था लेकिन उसमें जिन क्र्यू के सदस्यों को एलेन ऑस्टिन द्वारा भेजा गया था, वे लापता थे।

1918 में बार्बाडोस से बाल्टीमोर, मैरीलैंड जाते हुए जहाज यूएसएस साइक्लोप्स भी रहस्यमयी ढंग से लापता हो गया था। इस जहाज में क्र्यू और यात्रियों को मिलाकर कुल 306 लोग सवार थे।

1941 में यूएसएस प्रोटियस नामक जहाज रहस्यमयी ढंग से लापता हो गया। इस जहाज में 58 लोग सवार थे। जहाज बॉक्साइट ले जा रहा था। इसके अगले ही महीने इसका सिस्टर शिप यूएसएस नेरियस लापता हो गया। ये भी एक कारगो शिप था, जिसमें बॉक्साइट ले जाया जा रहा था। इसमें 61 लोग सवार थे।''

बरमूडा ट्राइएंगल क्षेत्र में रहस्यमयी ढंग से लापता हुए प्लेनों और जहाजों के बारे में बताने के बाद उसने अपने साथियों पर नजर डाली।

"यार, ये प्लेन में तुम लोग प्लेन क्रैश की घटनाओं की बात करना बंद नहीं कर सकते?''-अभय ने कहा।

"क्यों? क्या हुआ?''-ऐनी ने कहा।

"डर-सा लगता है।''-वो सीने पर हाथ ले जाकर ड्रामेटिक अंदाज में बोला।

"डरने की कोई जरूरत नहीं है।''
"क्यों? ऐसी कौन-सी गारंटी है तुम्हारे पास?''
"पहली बात तो ये कि आंकड़ों के हिसाब से हवाई यात्रा अब भी सबसे सुरक्षित साधनों में से एक है। दूसरे, प्लेन के दोनों पायलट बेहद अनुभवी हैं। और तीसरे''-उसने अपना मोबाइल निकाला और उसकी स्क्रीन से छेड़छाड़ कर उसे अभय और प्रमेश की ओर कर दिया-"ये एप एयर ट्रैफिक को दर्शाता है। अगर तुम्हें ये डर लग रहा है कि हमारा प्लेन क्रैश हो सकता है या लापता हो सकता है, सिर्फ इसलिए क्योंकि हम बरमूडा ट्राइएंगल के ऊपर उड़ रहे हैं तो इसे देखकर तुम्हारी शंका दूर हो जाएगी। इस वक्त तुम लोग स्क्रीन पर देख सकते हो कि बरमूडा ट्राइएंगल क्षेत्र में कितने प्लेन उड़ रहे हैं।''
उन दोनों ने मोबाइल की स्क्रीन पर नजर मारी। अनीता की तो जैसे उस सबमें कोई दिलचस्पी ही नहीं थी। वो अब भी प्लेन की विंडो से बाहर झांक रही थी।
मोबाइल पर एप में बरमूडा ट्राइएंगल के इलाके में एक दर्जन से भी ज्यादा प्लेन के आईकॉन दिख रहे थे, जो उस वक्त वहां उतने प्लेनों की उपस्थिति दर्शा रहे थे।
"ये एक हैवी एयर ट्रैफिक वाला इलाका है।''-ऐनी ने कहा-"इतनी घटनाओं के बाद भी यहां प्लेनों और जहाजों के आवागमन पर कोई रोक नहीं लगी है। और इसके कुछ प्रमुख कारण ये हैं कि एक तो ये काफी विस्तृत इलाका है। दूसरे ये अमेरिका, बहामास, पोर्टो रीको जैसे प्रमुख इलाकों के बीच स्थित है। तीसरे यहां जितने जहाज, प्लेन आवागमन करते हैं, उनकी तुलना में जो प्लेन, जहाजों के लापता होने की घटनाएं हुई हैं, वे इतनी ज्यादा नहीं हैं कि सरकार को इस क्षेत्र में एयर या वाटर ट्रैफिक पर रोक लगानी पड़े। बल्कि शायद तुम लोगों को सुनकर आश्चर्य हो, पिछले दिनों दुनिया के 10 सबसे खतरनाक वाटरवेज की जो लिस्ट जारी की गई, बरमूडा ट्राइएंगल का उसमें नाम तक नहीं है।''
"कमाल है।''-अभय ने आश्चर्य से कहा।
"इसके अलावा भी एक बड़ी वजह है।''
"अभी और भी वजह है?''

"हां। जिस कम्यूनिटी की मैंने बात की थी, जो बरमूडा ट्राइएंगल में प्लेनों, जहाजों के रहस्यमयी ढंग से लापता होने के पीछे कोई बड़ा रहस्य नहीं मानती, उन्हें सामान्य दुर्घटनाएं ही मानती है, बरमूडा क्षेत्र में कुछ रहस्यमयी होने की बात को कोरी गप्प, अतिउत्साही रहस्यवादियों द्वारा फैलाई गई अफवाह मानती है, उस कम्युनिटी में यहां की सरकार भी शामिल है।''

"ओह।''

"यस। अब जब गवर्नमेंट ही नहीं मानती कि यहां कुछ रहस्यमयी, कुछ खतरनाक है तो वो क्यों लगवाएगी प्लेनों या जहाजों के आवागमन पर रोक? क्यों करवाएगी यहां का रहस्य जानने के लिए रिसर्च?''

अभय ने गम्भीरता से सिर हिलाया, जैसे उसकी बात पर सहमति व्यक्त कर रहा हो।

"जैसा कि मैं पहले भी कह चुकी हूं''-ऐनी ने कहा-"मैंने जो घटनाएं बताई हैं, वे बरमूडा ट्राइएंगल क्षेत्र में विमानों और जहाजों के लापता होने की सारी घटनाएं नहीं हैं। इसके अलावा भी ऐसी बहुत-सी घटनाएं हुई हैं। लेकिन उन घटनाओं में जहाज या प्लेन का मलबा बरामद हो गया था। यात्री डिस्ट्रेस कॉल करने में कामयाब रहे थे। कम-से-कम उन घटनाओं में इतना तो पता चल गया था या ऐसा कुछ संकेत ही मिल गया था कि उस जहाज या प्लेन के साथ कुछ गड़बड़ हो रही थी। जहाज डूबने लगा था। या प्लेन में कोई खराबी आ गई थी। या वे किसी तूफान में फंस गए थे। लेकिन मैंने सलेक्टिव रूप से''-उसने सलेक्टिव पर जोर देते हुए कहा-"सिर्फ वही घटनाएं सामने रखीं हैं, जिनमें ऐसी कोई डिस्ट्रेस कॉल तक नहीं आई थी। पायलट को, कैप्टन या पूरे क्र्यू को, यात्रियों में से किसी को भी ऐसी कोई सूचना देने तक का मौका नहीं मिल पाया था। लापता हुए प्लेन या जहाज का मलबा तक नहीं मिल सका। उनका कोई नामोनिशान तक नहीं मिला। कुछ...भी...नहीं।''

प्लेन के अंदर एकदम सन्नाटा छा गया था।

"यही सवाल।''-उसने कहा-"यही सबसे बड़ा सवाल है, जो बरमूडा ट्राइएंगल को खतरनाक बनाता है। रहस्यमयी बनाता है। आखिर प्लेनों में या जहाजों में ऐसा क्या हो जाता था कि उन्हें संदेश भेजने तक का मौका नहीं मिल पाता था? और इतने प्लेनों, जहाजों का मलबा तक आज तक बरामद नहीं हुआ।''

अभय ने अनीता पर नजर डाली, जो दूसरी ओर की कतार की सीट पर अकेले बैठी खामोशी से प्लेन की विंडो से बाहर की ओर देख रही थी।
अनीता वॉशरूम से लौटने के बाद से ही काफी अजीब बर्ताव कर रही थी। अभय ने एक बार उससे बात करने की भी कोशिश की थी लेकिन वो मोबाइल पर किसी से बात करने में व्यस्त हो गई थी।
कहां तो वो दूसरों को शांत बैठा देखकर शोर मचाती थी और कहां अब खुद चुप्पी साधे हुए थी।
तभी प्लेन को एक झटका लगा।
खड़े होकर बोल रही ऐनी ने ऐन वक्त पर अगर सीट की पुश्त का सहारा न ले लिया होता तो वो पक्का प्लेन के फर्श पर गिर जाने वाली थी।
"शायद आप लोगों की ये चर्चा समाप्त होने का समय आ गया है।''-पायलट सीट से निमिष ने कहा-"मौसम खराब हो रहा है। प्लेन टर्बुलेंस का सामना कर रहा है। मेरा आप सभी से अनुरोध है कि अपनी-अपनी सीटों पर बैठ जाएं और सीट बेल्ट पहन लें।''
निर्देश का पालन करने में सबसे ज्यादा फुर्ती प्रमेश ने दिखाई।
ऐनी अपनी सीट पर बैठने ही वाली थी कि तभी उसका ध्यान अभय पर गया।
अभय ने सीट बेल्ट नहीं बांधी थी।
लेकिन ऐनी का ध्यान उस बात ने नहीं खींचा था।
अभय का चेहरा अचानक कागज की तरह सफेद पड़ गया था। होंठ इतने सूख गए थे कि उन पर पपड़ी जैसी जम गई थी, जिन पर जीभ फेरकर वो उन्हें गीला करने की कोशिश कर रहा था लेकिन कोई फायदा नहीं हो रहा था। उसके चेहरे से लग रहा था, जैसे वो बेहद पीड़ा का सामना कर रहा हो।
"क्या हुआ?''-ऐनी के मुंह से निकला।
प्लेन अब और भी जोर-जोर से हिलने लगा था। टर्बुलेंस तेज हो गया था।
"अभी तो मौसम ठीक था।''-अवनी ने चिंताजनक स्वर में कहा-"एकदम से टर्बुलेंस इतना कैसे बढ़ गया?''
निमिष के पास उस सवाल का जवाब नहीं था।
वो खुद अचानक इस तरह मौसम खराब होने से हैरान था।
और उनके पीछे जो हो रहा था, उससे तो वे दोनों ही अनजान थे।
तभी प्लेन में एक अनजान आवाज गूंज उठी।

कंट्रोल रूम में उस यात्रा पर नजर रख रहे संजय की नजर अचानक एक स्क्रीन पर दिख रहे चार्ट पर ठहर गई।

"ये क्या है?''-उसके मुंह से निकला।

"क्या?''-मोनिका ने प्रश्नसूचक भाव से उसकी ओर देखा।

जवाब देने की जगह वो कम्प्यूटर स्क्रीन के और पास खिसक आया और उस पर दिख रहे चार्टों में से एक चार्ट को मैक्सीमाइज करके गौर से देखने लगा।

मोनिका भी उस चार्ट को देखने लगी लेकिन उसे समझ नहीं आया कि वो कौन-सी बात थी, जो संजय को हैरान कर रही थी।

"तुम क्या देख रहे हो?''-कुछ देर तक वो मुंह फाड़े चार्ट को देखता रहा तो मोनिका का धैर्य जवाब दे गया।

"सी-6 को देखो।''-उसने कहा।

उसने चार्ट में 'सी-6' वाले बॉक्स पर नजर डाली।

उस चार्ट में लाइन से सी-1 से लेकर सी-6 तक 6 बॉक्स थे-जिनमें हर बॉक्स के आगे कुछ नंबर दिख रहे थे। लेकिन उनमें सी-6 के आगे दिख रहे नम्बर बहुत ज्यादा थे।

सी-6 में दिख रहे नम्बर-

...37462...

...32864...

...34821...

थे। नम्बरों के आगे ही ग्रे कलर में छोटा-सा अप्रॉक्स. भी लिखा था, जो उस संख्या के 'लगभग' होने को दर्शा रहा था।

सी-6 और सी-3 को छोड़कर बाकी बॉक्स की संख्या दहाई के आसपास ही थी-

..22..

..24..

..28..

..38..

..46..

सी-3 के आगे दिख रहे कम-ज्यादा हो रहे नम्बर बाकी नम्बरों से ज्यादा थे लेकिन सी-6 के आगे दिख रहे नम्बरों से कम ही थे। सी-3 के आगे दिख रहे नम्बर थे-

...512...

...682...

...724...

वो कुछ देर तक उलझन भरे भाव से उस संख्या को देखती रही, फिर अचानक उसकी आंखें फैल गईं।

"ये जैकब कर क्या रहा था?''-मोनिका के मुंह से निकला।

"जैकब की गलती नहीं है।''-संजय ने कहा-"उसने तो मुझसे कहा था। लेकिन मैं ही गलत समझा था। सी-6 तो वो स्मार्टवॉच भी नहीं है, जो अवनी ने पहनी है।''

"हमें प्रोफेसर को इन्फॉर्म करना होगा।''-मोनिका ने व्याकुल स्वर में कहा।

संजय ने सहमति में सिर हिलाया और अपनी रिवॉल्विंग चेयर को धकेलकर अपने सिस्टम के सामने आ गया।

उसने कम्प्यूटर की स्क्रीन पर एक संदेश टाइप किया, फिर अपना मोबाइल निकालकर कॉल लगाने लगा।

"लेकिन...।''-मोनिका उलझनपूर्ण स्वर में बोली-"...ऐसा हो कैसे सकता है?''

संजय ने मोनिका की ओर देखा और कुछ बोलने के लिए मुंह खोला ही था कि तभी दूसरी ओर से कॉल रिसीव हो गई। उसने मोबाइल पर सावधान स्वर में कहा-

"प्रोफेसर, ये बेहद जरूरी है...।''

"यहां कोई रहस्यमयी शक्ति तो है।''

प्लेन में सबकी नजरें आवाज की दिशा में घूम गईं।

आवाज अनीता की सीट से आई थी। सब उसकी ओर देख रहे थे लेकिन वो उनकी ओर नहीं देख रही थी। वो प्लेन की खिड़की की ओर देख रही थी।

उतनी देर से खामोश बैठी अनीता के अचानक बोल उठने पर सबका ध्यान उसकी ओर आकृष्ट हो गया।

उन्हें जितनी हैरानी अनीता के अब तक की यात्रा के दौरान खामोशी धारण करने और उनकी चर्चा में हिस्सा न लेने के बाद अचानक इस तरह बोलने से

हो रही थी, उससे ज्यादा हैरानी इस बात की हो रही थी कि अनीता के मुंह से...

...किसी और की आवाज निकल रही थी।

क्या वो आवाज बदल कर बोल रही थी?

"पता नहीं क्यों''-अनीता ने कहा-"मुझे ऐसा आभास हो रहा है कि वो रहस्यमयी शक्ति मेरे मिशन को पूरा करने में बाधक बनने वाली है।''

"अनिता।''-ऐनी ने तेज स्वर में कहा-"तुम्हारी आवाज को क्या हुआ?''

"लेकिन क्या हो''-अनीता ने उसकी बात का जवाब नहीं दिया। वो अब भी उनकी ओर नहीं देख रही थी बल्कि पहले की तरह ही प्लेन की विंडो से बाहर झांक रही थी, हालांकि उसका स्वर और भी ज्यादा रहस्यमयी हो उठा-"कि यहां जो भी राज छिपा है, उसका राज बने रहना ही सबके हित में हो। क्या हो अगर वो चीज उजागर हो जाती है, वो शक्ति सबके सामने आ जाती है, जो यहां विमानों और जहाजों के लापता होने के पीछे सक्रिय है, तो उसका परिणाम तुम सबकी तबाही हो। इस पूरी दुनिया की तबाही हो। क्या तब भी तुम लोग इस रहस्य का पता लगाना चाहोगे? अपनी जान की कीमत पर भी?''

"दुनिया की तबाही?''-प्रमेश ने कहा-"ये तुम क्या बकवास कर रही हो?''

अनीता ने उसके सवाल का भी जवाब नहीं दिया।

"स्कारलेट ने तुम लोगों के लिए एक संदेश भेजा है।''-वो बोली।

"कौन स्कारलेट?''-ऐनी ने सतर्क स्वर में कहा-"कैसा संदेश?''

"तुम सब मरने वाले हो।''

"स्कारलेट कौन है?''

इससे पहले अनीता उस सवाल का जवाब देती, ऐनी और प्रमेश ने महसूस किया कि उस प्लेन में कुछ और भी बेहद अजीब हो रहा था।

अभय की आंखों की पुतलियां ऊपर की ओर चढ़ गईं थीं ओर उसके शरीर को झटके लग रहे थे, जैसे उसे कोई दौरा पड़ रहा हो।

"अभय।''-ऐनी चीख उठी।

अभय अपनी सीट पर बैठे-बैठे ही इतनी जोर-जोर से हिल रहा था, जैसे उसे किसी मशीन से हिलाया जा रहा हो।

पीछे हो रहे हंगामे को महसूस करके निमिष और अवनी भी पलटकर पीछे देखने लगे थे।

फिर जो हुआ, उसने सबके होश गुल कर दिए।

अभय की आंखों, मुंह, कान से तेज रोशनी निकलने लगी। उसका शरीर फूलने लगा।

सब फटी-फटी आंखों से वो सब देख रहे थे।

सिर्फ अनीता उस ओर नहीं देख रही थी। उसके होंठों पर मुस्कान थी।

जैसे जो कुछ भी हो रहा था, उसमें उसके लिए कोई हैरानी की बात ही नहीं थी।

फिर एक धमाके के साथ अभय के शरीर के चीथड़े उड़ गए।

ऐनी के गले से निकली दिल दहला देने वाली चीख से पूरा प्लेन झनझना उठा।

प्लेन में मौजूद हर शख्स के चेहरे पर अभय के खून के छींटे मौजूद थे।

अभय के ठीक बगल में बैठा प्रमेश तो सिर से पांव तक खून से नहा गया था।

जैसे उसके सिर पर किसी ने खून भरा ड्रम पलट दिया हो।

निमिष और अवनी चूंकि थोड़ी दूरी पर पायलट सीटों पर थे इसलिए उनके चेहरे पर कुछ ही छींटे पड़े।

सेकेंडों में प्लेन के अंदर नर्क का दृश्य साकार हो गया था।

और जैसे इतना ही काफी नहीं था।

वो तो जैसे उनके बुरे वक्त की महज छोटी-सी शुरूआत थी।

अनीता बिजली की तेजी से अपनी सीट पर से उठी, उसके हाथ में जैसे जादू के जोर से एक अजीब-सी लेकिन खतरनाक दिखने वाली रिवॉल्वर जैसी गन प्रकट हुई, जिससे उसने ऐनी को शूट कर दिया।

मरने से पहले ऐनी के कानों में जो आखिरी शब्द पड़े, वो 'अनीता' के थे-

"मैं हूं स्कारलेट।''

अवनी और निमिष के हैडफोन जोर से घरघरा उठे और उन्हें दूसरी ओर से चीखती हुई-सी आवाज सुनाई दी-

"अनीता से सावधान। वो...।''

आगे की बात वे नहीं सुन पाए।

सम्पर्क टूट गया था।

प्लेन के अंदर फायर की आवाज गूंज उठी।

दोनों ने पलटकर देखा।

पीछे ऐनी अपनी सीट पर ढेर हो चुकी थी। उसकी आंखें पथरा गईं थीं।

अनीता-जो अब खुद को स्कारलेट बता रही थी-के होंठों पर एक मुस्कान दिखाई दी।

"नहीं।''-प्रमेश जोर से चीखा-"नहीं अनीता...रूको...।''

लेकिन अनीता नहीं रूकी।

प्लेन में फिर फायर की आवाज गूंजी।

निमिष के कानों में प्रमेश की चीख पिघले शीशे की तरह पड़ी।

अब प्लेन में केवल तीन लोग जीवित बचे थे।

लेकिन अनीता के रहते वो संख्या कब तक स्थिर रहने वाली थी, कुछ नहीं कहा जा सकता था।

निमिष ने अवनी की ओर देखा, फिर प्लेन को 45 डिग्री पर नीचे की ओर झुका दिया।

स्कारलेट के कदम प्लेन के फर्श से उखड़ गए।

निमिष ने सीट के पिछले हिस्से से किसी के आ टकराने के झटके को महसूस किया। साथ ही कोई भारी चीज उसकी कनपटी से टकराते हुए सामने प्लेन के शीशे पर जा गिरी।

कनपटी पर लगी उस चोट से एक मिनट के लिए निमिष को अपना दिमाग अंधेरे में डूबता महसूस हुआ। उसने अपने सिर को झटका दिया।

वो एक प्लेन उड़ा रहा था।

वो बेहोश होना अफोर्ड नहीं कर सकता था।

होश काबू में आने पर उसने सामने देखा तो उसे पता चला कि उसकी कनपटी से टकराने वाली वो चीज क्या थी? वो वही गन थी, जो स्कारलेट

के हाथ से छूट गई थी और इस वक्त सामने प्लेन के शीशे और कंट्रोल पैनल को जोड़ने वाले हिस्से पर किसी उपेक्षित वस्तु की तरह पड़ी थी।

वही गन, जिससे स्कारलेट ने एक मिनट से भी कम समय में दो जानें ले ली थीं।

और अब शायद उसका निशाना वे दोनों थे।

प्लेन के सामने की ओर झुक जाने के कारण स्कारलेट निमिष की पायलट सीट के पिछले हिस्से पर आ गिरी थी। उसकी गन उसके हाथ से छुट गई थी लेकिन उसके पास दूसरी गन भी थी, जिसे उसने प्लेन की आड़ी स्थिति में सीट के पिछले हिस्से पर गिरी हुई उस अवस्था में भी फुर्ती से निकाल लिया।

अपने चेहरे के पास कुछ महसूस कर निमिष ने सिर घुमाकर देखा तो उसे गन की नाल अपनी ओर झांकती दिखाई दी।

एक पल के लिए उसे अपना हलक सूखता महसूस हुआ।

लेकिन तभी एक जनाना हाथ ने उस गन वाले हाथ की कलाई थाम ली और उसे खींच लिया।

प्लेन में फिर फायर की आवाज गूंज उठी।

गोली निमिष के चेहरे के सामने से होते हुए गुजरी।

उसे महसूस हुआ, जैसे कोई गर्म अंगारा उसके चेहरे के बिल्कुल करीब से गुजरा हो।

गोली कंट्रोल पैनल के किसी हिस्से में जा टकराई।

अवनी ने फुर्ती दिखाते हुए ऐन वक्त पर स्कारलेट का हाथ पकड़कर खींच लिया था वरना निमिष का हश्र भी पैसेंजर सीटों पर बैठे टीम के बाकी सदस्यों जैसा ही होने वाला था।

ये राहत की बात थी कि गोली प्लेन के शीशे या दीवार में नहीं लगी थी।

तभी निमिष के चेहरे से स्कारलेट की कोहनी जोर से टकराई।

स्कारलेट और अवनी आपस में भिड़े हुए थे। अवनी उसके हाथ से गन छीनने की कोशिश कर रही थी। उसी झूमाझटकी में स्कारलेट की कोहनी निमिष के चेहरे पर आकर लगी थी।

निमिष ने भी अपनी सीट बेल्ट खोल दी और खुद को सामने कंट्रोल पैनल पर गिर जाने दिया।

गिरते हुए ही उसने अपने शरीर को मोड़ लिया था, जिससे वो पीठ के बल प्लेन की विंडस्क्रीन से टकराया। इसी बीच उसने स्क्रीन और कंट्रोल पैनल

के बीच के हिस्से पर पड़ी गन भी उठा ली और उसका रूख स्कारलेट की ओर करके ट्रिगर दबा दिया।

गोली स्कारलेट के सीने में लगी।

वो पायलट सीट के पीछे ही ढेर हो गई।

निमिष फुर्ती से कंट्रोल पैनल से उतरकर वापस अपनी सीट पर जम गया।

एक मौत को मात देने की कोशिश में उसने दूसरी मौत को निमंत्रण दे दिया था।

तेजरफ्तार में उड़ रहे प्लेन को 45 डिग्री पर नोज डाइव कराने का मतलब लगभग निश्चित मौत ही था।

अवनी फटी-फटी आंखों से उसे देख रही थी। निमिष ने एक पल के लिए ही उसकी ओर देखा, फिर कंट्रोल पैनल में व्यस्त हो गया। उस पोजीशन में प्लेन को संभालना भी बेहद मुश्किल था।

प्लेन को काबू करने में उसने अपना सारा अनुभव झोंक दिया।

कुछ ही देर में प्लेन आसमान में सीधा उड़ रहा था।

निमिष ने सीट की पुश्त से सिर टिकाकर राहत की सांस ली।

इतना खतरनाक प्लेन का स्टंट उसने अपनी पूरी जिंदगी में नहीं किया था। नोज डाइव करने जैसे कारनामे आम तौर पर सेना के फाइटर जेट्स के लिए ही होते हैं। उनमें तो पायलट 90 डिग्री तक प्लेन को झुकाकर भी मजे से सीधा कर लेते हैं। उन प्लेनों की बनावट भी इस तरह के स्टंट्स के लिए मुफीद होती है। लेकिन यात्री प्लेनों में इस तरह के स्टंट में प्लेन के आउट ऑफ कंट्रोल होने और फिर क्रैश होने के चांस बहुत ज्यादा होते हैं।

उनकी किस्मत से टर्बुलेंस भी अब काफी कम हो गया था।

निमिष ने आंखें खोलकर बगल की सीट पर अवनी पर नजर मारी।

वो अविश्वास भरी नजरों से उसे देख रही थी, जैसे पिछले कुछ मिनटों में उसने जो कुछ भी किया था, उस पर यकीन न कर पा रही हो।

निमिष ने प्लेन को ऑटो पायलट पर सैट किया और उठ खड़ा हुआ।

अवनी भी अपनी सीट पर से उठी और पायलट सीट के पीछे प्लेन के फर्श पर पड़ी स्कारलेट की लाश की ओर देखते हुए पैसेंजर सीटों के बीच जा पहुंची। सबसे पहले उसने ऐनी की नब्ज चैक की। नब्ज बंद थी। फिर वो प्रमेश और अभय की सीट के पास पहुंची।

अभय की सीट पर नजर मारते ही वो सिर से पांव तक जोरों से सिहर उठी।

वहां बस सीट पर ढेर सारा खून पड़ा हुआ था।

और किसी अवशेष का नाम तक नहीं था।

वो नजारा देखकर उसे इतनी जोर से चक्कर आया कि उसे खुद को संभालने के लिए सीट का सहारा लेना पड़ा।

निमिष लपककर उसके पास आया।

"क्या हुआ?''-वो उसे सहारा देते हुए बोला-"तुम ठीक तो हो न?''

"ह...हां।''-वो अपने को संभालने की कोशिश करते हुए बोली।

निमिष ने अभय की खाली सीट पर नजर मारी तो उसे भी एक पल के लिए अपना दिमाग सुन्न होता महसूस हुआ।

क्या हुआ था अभय के साथ?

लेकिन फिर निमिष को अवनी की हिम्मत को मानना पड़ा, जब वो अभय की सीट पर से आगे बढ़कर प्रमेश के पास पहुंची और उसकी नब्ज चैक की।

वो भी मर चुका था।

अवनी ने निमिष की ओर देखा और इनकार में सिर हिला दिया।

वे दोनों खामोशी से वापस पायलट सीटों के पास पहुंचे।

"इसे नहीं चैक करोगीं?''-निमिष ने नीचे पड़ी स्कारलेट की ओर इशारा किया।

अवनी स्कारलेट के पास पहुंची। प्लेन अब भी धीरे-धीरे हिल रहा था। लेकिन उन दोनों का ध्यान तो अब जैसे प्लेन के कंट्रोल से हटकर उन अवशेषों पर ही केन्द्रित हो गया था, जो मौत वहां छोड़ गई थी।

स्कारलेट का सिर उसके सीने पर ढुलका हुआ था और उसके लंबे बाल भी उसके चेहरे के सामने आ गए थे, जिससे उसका चेहरा नहीं दिख रहा था। अवनी की उसका चेहरा देखने में कोई दिलचस्पी भी नहीं थी। उसने स्कारलेट की नब्ज चैक की, फिर निमिष से बोली-

"मर चुकी है ये।''

निमिष ने कुछ नहीं कहा।

वैसे वो दिल से अवनी के मुंह से वे शब्द सुनना चाह रहा था।

स्कारलेट ने देखते-ही-देखते प्लेन को कब्रिस्तान बना दिया था।

"आखिर इसने ऐसा किया क्यों?''-अवनी के मुंह से निकला।

निमिष के पास उस सवाल का कोई जवाब नहीं था।

"इसे रास्ते से हटाना होगा।''-निमिष ने स्कारलेट की दांयी बांह पकड़ते हुए कहा।
अवनी ने सहमति में सिर हिलाया। फिर लाश को खींचकर साइड में करने के लिए स्कारलेट का दूसरा हाथ पकड़ा तो उसकी नजर स्कारलेट की कलाई पर पड़ी।
"ये अनीता नहीं है।''-वो निर्णायक स्वर में बोली।
"वो तो इसने कहा ही था।''-निमिष बोला।
"इसका हाथ भी कह रहा है।''-अवनी ने स्कारलेट का दाहिना हाथ पकड़कर उठाते हुए उसकी कलाई निमिष के सामने की, कलाई पर एक अजीब से डिजाइन का टैटू बना दिख रहा था, जो कोई आकृति नहीं लग रही थी, सिर्फ कुछ सीधी, कुछ आड़ी-तिरछी और कुछ उलझी हुई लकीरें थीं-"अनीता के हाथ पर कोई टैटू नहीं था। उसे तो टैटू बनवाना बिल्कुल पसंद नहीं था। और ये तो''-बोलते-बोलते उसका चेहरे पर अजीब-से भाव आ गए-"काफी अजीब टैटू है।''
फिर अवनी ने लाश को खींचकर साइड करने की कोशिश की तो उस प्रयास में स्कारलेट का नीचे की ओर झुका हुआ चेहरा सीधा हो गया।
उसके चेहरे पर नजर पड़ते ही अवनी के गले से चीख निकल गई।
उसका चेहरा सिलवटों से भरा हुआ था।
खाल की बनें सिलवटें!
उन सिलवटों के कारण उसका चेहरा पहचान में आना तो दूर की बात, चेहरा तक नहीं लग रहा था।
"इसके...इसके चेहरे को क्या हुआ?''-अवनी भयभीत स्वर में बोली।
निमिष कुछ पलों तक उसके चेहरे को देखता रहा, फिर उसने हाथ आगे बढ़ाकर उसके कान के पास से चेहरे की खाल को पकड़कर खींचा।
"ये क्या कर रहे हो?''-अवनी हौलनाक स्वर में बोली।
निमिष ने जवाब नहीं दिया। स्कारलेट के चेहरे से एक पारदर्शी झिल्ली जैसी उतरकर उसके हाथ में आ गई।
उसके झिल्ली के नीचे जो दूसरा चेहरा दिखाई दिया, वो अनीता से कहीं ज्यादा खूबसूरत युवती का था। वे दोनों ही उससे अनजान थे।
"ये कौन है?''-अवनी ने कहा।
"मुझे क्या पता?''-निमिष ने कहा-"तुम इसे नहीं पहचानतीं?''

अवनी ने इनकार में सिर हिलाया।

"तुम्हें कैसे पता इसने मास्क पहना था?''-अवनी ने पूछा।

"एयरपोर्ट पर मैं पहले भी इस तरह के तमाशे देख चुका हूं। तस्कर, टैररिस्ट कई बार एयरपोर्ट पर स्वच्छंद होकर घूमने के लिए इस तरह के मास्क का प्रयोग करते हैं। लेकिन ये मास्क''-वो उस मास्क को गौर से देखते हुए बोला-"काफी अलग लग रहा है।''

"अगर ये मास्क है''-अवनी मास्क को देखते हुए बोली-"तो ये पारदर्शी कैसे है?''

निमिष के पास उस सवाल का कोई जवाब नहीं था।

"इसने अपना नाम स्कारलेट बताया था।"-अवनी ने कहा-"फायरिंग शुरू करने से पहले इसने कहा था कि ये स्कारलेट है और हम सबको मारने आई है।''

"आधा काम तो इसने कर ही दिया।"

"अगर ये स्कारलेट है''-अवनी ने कहा, वो ऐसे बोल रही थी, जैसे अपने-आप से बात कर रही हो-"तो अनीता कहां है?''

निमिष ने उसकी ओर देखा।

उसकी आंखों के भाव देखकर ही अवनी समझ गई कि अनीता कहां हो सकती थी।

दोनों ने स्कारलेट की लाश को खींचकर प्लेन के साइड में दीवार से टिका दिया।

तभी अचानक प्लेन के कंट्रोल पैनल के आसपास सायरन जैसी आवाज के साथ लाल लाइट जलने-बुझने लगीं।

टर्बुलेंस फिर से तेज हो गया था।

प्लेन जोरों से कांप रहा था। प्लेन का ऑटो पायलट सिस्टम 'अब मुझसे नहीं होगा' वाले मोड में आ गया था।

उस सफर में जैसे मौत कदम-कदम पर उनका पीछा कर रही थी।

दोनों बिजली की तरह पायलट सीटों पर झपटे और फुर्ती से अपनी-अपनी सीटों पर मोर्चा संभाल लिया।

टर्बुलेंस इतना तेज था कि अगर उन्होंने सीट बेल्ट नहीं लगाई होती तो वे अपनी सीट पर से उछल जाते।

तभी निमिष का ध्यान अपने हाथों पर नाच रहीं छोटी-छोटी बिजली जैसी चिंगारियों पर गया।

उसने अवनी की ओर देखा। उसके भी हाथ, कंधे और सिर पर वैसी ही छोटी-छोटी बिजलियां जैसी नाच रहीं थीं।

"ये...ये क्या हो रहा है?''-अवनी हैरत से बोली।

फिर अचानक टर्बुलेंस थम गया।

चारों ओर एक अजीब-सा सन्नाटा छा गया।

प्लेन के चारों ओर अंधेरा छा गया।

"ये अंधेरा कैसा है?''-अवनी के मुंह से निकला।

निमिष के पास उस सवाल का कोई भी जवाब नहीं था।

तभी प्लेन के ठीक सामने विंड स्क्रीन के पास अंधेरा किसी कोहरे की तरह हटता चला गया और दो तेज लाइटें दिखाई दीं।

एक प्लेन तीव्रगति से उनकी ओर आ रहा था।

दोनों अपनी सीटों पर जैसे जम गए।

प्लेन ठीक सामने थे। इतनी जल्दी प्लेन को मोड़ा नहीं जा सकता था।

टक्कर अवश्यंभावी थी।

तेज रोशनी-जो सामने दिख रहे प्लेन की लाइटें थीं-उनकी विंडस्क्रीन के पास तक पहुंचकर उनकी आंखें चौंधियाते हुए लुप्त हो गई।

दोनों आंखें बंद कर चुके थे।

कुछ पल बाद उन्होंने आंखें खोलीं।

विंडस्क्रीन के पार गुलाबी धूप खिली हुई थी।
जो कुछ हो रहा था, उस पर विश्वास करना मुश्किल था।
कुछ ही सेकेंड पहले उन्होंने जो प्लेन देखा था, वो आंखों का धोखा नहीं था।
इस वक्त उस प्लेन का मलबा उनके प्लेन के मलबे के साथ अटलांटिक की सतह पर तैर रहा होना चाहिए था।
लेकिन वे जिंदा थे।
भले ही किसी चमत्कार से ही सही।
अचानक निमिष डीके ध्यान अपनी कलाई पर गया।
उस पर बंधी स्मार्टवॉच-जो विशेष रूप से उन्हें उस मिशन के लिए पहनाई गई थी-का टाइम वाला पैनल ब्लैंक था।
और वे दोनों पैनल-जो उनके स्मार्टवॉच पहनने के समय से ब्लैंक थे-रोशन थे। उनमें से एक पैनल पर कुछ नंबर आ जा रहे थे, जबकि दूसरे पैनल पर समय दिखा रहा था-
4 पीएम

⌑ ⌑

निमिष ने अपनी कलाई अवनी की ओर की और उंगली से उसका पैनल ठकठकाकर अवनी का ध्यान आकर्षित किया।
अवनी ने उसकी ओर देखा, फिर स्मार्टवॉच के पैनलों को देखकर उसकी आंखें फैल गईं।
उसने अपनी कलाई पर बंधी स्मार्टवॉच को चैक किया।
उस पर भी टाइम वाला पुराना पैनल बंद था और बाकी दोनों पैनल ऑन थे, जिनमें से एक पर शाम के चार बजे का समय दिखा रहा था।
11 बजे उन लोगों ने पोर्टो रिको से उड़ान भरी थी। और मुश्किल से आधा सफर भी पूरा नहीं कर पाए थे।
इस वक्त मुश्किल से 1 बजे होने चाहिए थे।
लेकिन उस घड़ी में तीन घंटे आगे का समय दिखा रहा था।
"ये सब...क्या हो रहा है?''-अवनी ने कहा।

"मुझे लगा तुम्हें पता होगा।''-निमिष ने कहा।

"मुझे नहीं पता। मुझे सिर्फ इस टीम को न्यूयॉर्क तक लीड करने के लिए कहा गया था। इन घड़ियों के बारे में मैं भी उतना ही जानती हूं, जितना तुम।''

निमिष ने कुछ नहीं कहा।

उसे समझ नहीं आ रहा था कि वो सच बोल रही थी या झूठ। कि वो उस पर भरोसा कर सकता था या नहीं?

उसका दिल कह रहा था कि वो उस पर अपनी जान का भी भरोसा कर सकता था।

लेकिन दिमाग कह रहा था कि वो कुछ तो छिपा रही थी।

फिर उसका ध्यान कंट्रोल पैनल पर गया।

प्लेन का नेवीगेशन सिस्टम काम नहीं कर रहा था।

उसने आसपास किसी एयर ट्रैफिक कंट्रोलर से सम्पर्क स्थापित करने की कोशिश की। लेकिन कोई नतीजा नहीं निकला।

"बिना नेवीगेशन सिस्टम के हम प्लेन कैसे उड़ाएंगें?''-अवनी ने चिंतित स्वर में कहा।

"पुराने तरीकों से।''-निमिष ने कहा।

"क्या?''

"अपनी आंखों और अनुभव के भरोसे। और कोई रास्ता भी तो नहीं है।''

"हमें तो ये भी नहीं पता कि हम सही दिशा में जा रहे हैं या नहीं?''

निमिष ने कुछ नहीं कहा। स्थिति सचमुच में बहुत खतरनाक थी।

"वो क्या है?''-अवनी ने कहा।

काफी दूर पर कोई बड़ी-सी चीज उनकी ओर आ रही थी।

कुछ देर में वो चीज साफ दिखाई देने लगी।

वो प्लेन ही था।

लेकिन बेहद विशाल!

काले रंग का वो अतिविशाल प्लेन किसी भी दृष्टि से उनकी दुनिया का नहीं लग रहा था। उसके बेहद विशाल आकार के अनुपात में उसके डैने काफी छोटे और फाइटर जेट्स की तरह पतले थे। उस प्लेन का रंग का भी एकदम काला था।

वो प्लेन कम, हॉलीवुड फिल्मों में दिखाया जाने वाला कोई स्पेसशिप अधिक लग रहा था।

उसके ऊपर की ओर उठने के अंदाज से लग रहा था कि जैसे उसने अभी थोड़ी देर पहले ही टेकऑफ किया हो। वो प्लेन उनकी सीध में था, उनके प्लेन के पास आता जा रहा था लेकिन अधिक ऊंचाई पर होने के कारण अवनी और निमिष को अपने प्लेन की दिशा बदलने की जरूरत नहीं पड़ी। वे बस अवाक, मुंह खोले प्लेन को देखते रहे, जब तक वो उनकी विंडस्क्रीन के सामने से होते हुए उनके प्लेन के ऊपर से गुजर नहीं गया।

"ये क्या था?''-अवनी ने कहा।

निमिष ने कुछ नहीं कहा।

वो प्लेन उनके साथ लगातार हो रही घटनाओं की तरह ही रहस्यमयी था।

लेकिन उससे उन्हें एक मदद भी मिली थी।

उन्हें पता चल गया था कि वे सही दिशा में जा रहे थे।

उस ओर आगे रनवे था।

और उतने विशाल प्लेन के लिए तो जरूर रनवे भी बहुत बड़ा होगा।

लेकिन उन्हें अंदाजा नहीं था कि उस रनवे तक पहुंचना उनकी किस्मत में नहीं लिखा था।

अचानक उनके कानों में लगे ईयरपीस में जोरदार घरघराहट हुई।

नेवीगेशन सिस्टम के कुछ यंत्र भी काम करने लगे।

"हैलो।''-निमिष ने हैडसैट से जुड़े माइक पर कहा-"हैलो...दिस इज फ्लाइट 805। हम शायद रास्ता भटक गए हैं। कोई सुन रहा है मुझे...?''

"हैलो...।''-दूसरी ओर से आ रही आवाज साफ नहीं थी, जैसे कनेक्शन ठीक से जुड़ नहीं पा रहा हो-"अपनी पहचान बताओ....व्हिच जोन...?''

जोन?

"हैलो...हैलो...हमें मदद चाहिए...नजदीकी एयरपोर्ट तक पहुंचने के लिए हमें गाइड करिए...।''

लेकिन सम्पर्क टूट चुका था।

"वो क्या है?''-तभी अवनी के मुंह से निकला।

निमिष को लगा उनकी ये पूरी यात्रा 'ये क्या हुआ?' 'ये क्या हो रहा है?' 'वो क्या है?' का आलाप करते हुए ही बीत जाएगी।

लेकिन फिर उसने विंडस्क्रीन के पार उस चीज को नोटिस किया, जिसे देखकर अवनी हैरान हो रही थी, तो वो भी हैरान हुए बिना नहीं रह सका।

वो एक दीवार थी।

एक बेहद लम्बी दीवार।

वे तट के नजदीक पहुंच गए थे। लेकिन उतनी दूर से तट पर एक पतली रेखा जैसी दिख रही थी, जो जैसे-जैसे वो पास पहुंचते जा रहे थे, पता चल रहा था कि वो एक दीवार थी।

अमेरिका में तो तट पर ऐसी कोई दीवार नहीं थी।

बल्कि अमेरिका में क्या, पूरी दुनिया के किसी भी देश में समुद्र तट पर इस तरह की दीवार नहीं थी।

"वो देखो।''-अवनी ने तट से काफी पहले समुद्र की ओर इशारा किया।

वहां पर कई बिल्डिंगें दिखाई दे रहीं थीं।

लेकिन उनकी निचली मंजिलें पानी में डूबी हुई थीं।

वे बिल्डिंगें उनके और तट के बीच तट से काफी दूर समुद्र में थीं।

वो एक डूबा हुआ शहर था।

निमिष अपनी उत्सुकता को रोक नहीं सका। उसने प्लेन की ऊंचाई कम की।

कुछ ही देर में वे उन बिल्डिंगों के बीच से होकर गुजर रहे थे।

वीरान पड़ी बिल्डिंगों में जाने कब से डेरा जमाए समुद्री पक्षियों के झुंड प्लेन की आवाज सुनकर यहां-वहां उड़ने लगे।

"मैंने इस तरह की जगह पहले कभी नहीं देखी।''-विस्मित-सी अवनी के मुंह से निकला।

निमिष खामोश था। देखी उसने भी नहीं थी।

वो बस समझना चाहता था कि उनके साथ ये सब क्या हो रहा था?

तभी उसके हैडसैट का ईयरपीस जोर से घरघराया-

"हैलो।''-इस बार उधर से आने वाली आवाज साफ सुनाई दी-"कौन हो तुम लोग? अपनी पहचान बताओ?''

"ये फ्लाइट 805 है।''-निमिष ने माइक पर कहा-"हम एक हादसे के शिकार हो गए हैं। हमें जल्दी कहीं लैंड करना है। नजदीकी एयरपोर्ट की लोकेशन बताइए।''

"तुम्हारे पास इतना पुराना प्लेन कहां से आया?''-उधर से पूछा गया।

"पुराना प्लेन? ये मुश्किल से 8 साल पुराना मॉडल है।''

"ऐसे प्लेन दशकों से चलना बंद हो चुके हैं। हमें तुम्हारे प्लेन की सैटेलाइट इमेजें मिल रहीं हैं। जिस प्लेन में तुम हो, ये कम-से-कम 80-90 साल पुराना है। इस तरह के प्लेन अब एयरक्राफ्ट म्यूजियमों में ही नजर आते हैं।''

"पुराना भी है तो पुराना प्लेन चलाना कोई अपराध है क्या?''-निमिष को अपना सब्र जवाब देता महसूस हो रहा था-"मैं आपसे मदद मांग रहा हूं और आप प्लेन की मैनुफेक्चरिंग डेट पर चर्चा करना चाहते हैं?''

"हम आपकी कोई मदद नहीं कर सकते। जहां से आए हो, वहीं वापस लौट जाओ।''

'काश।'-निमिष ने सोचा-'काश ये संभव होता। तो इस कम्बख्त को ये कहने की जरूरत नहीं होती।'

"कोई बात नहीं।''-प्रत्यक्षत: उसने कहा-"मेरे ख्याल से हम रनवे के नजदीक ही हैं। हमारे सामने एक अजीब-सी दीवार है, जिसे पार करने के बाद...।''

"उस दीवार को पार करने की सोचना भी मत।''

"क्या?''

"ये प्रतिबंधित एयरोस्पेस है। बिना अनुमति वॉल ऑफ डिफेंस को पार करने की कोशिश करते पाए जाने पर हमें मजबूरन तुम्हारे प्लेन को नष्ट करना होगा।''

निमिष हक्का-बक्का रह गया।

"देखिए।''-फिर वो बोला-"ये कोई अवैध फ्लाइट नहीं है। हमारा पूरा शेड्यूल आप चैक कर सकते हैं। हमें पोर्टो रिको से न्यूयॉर्क तक की यात्रा की अनुमति है।''

"हमारे पास ऐसा कोई रिकॉर्ड नहीं है। मैं दोहराता हूं। ये प्रतिबंधित एयरोस्पेस है। और तुम वॉल ऑफ डिफेंस की ओर बढ़े आ रहे हो। मना करने के बाद भी अगर तुम्हारा प्लेन वॉल ऑफ डिफेंस को पार करता है तो अपनी और अपने साथियों की मौत के जिम्मेदार तुम खुद होगे।''

"सर, ये एक प्राइवेट पैसेंजर फ्लाइट है। हमारे साथ पहले ही एक हादसा हो चुका है। हम 6 में से अब केवल दो ही लोग जीवित बचे हैं। हमें मदद की सख्त जरूरत है...।''

"सॉरी। पर हम सुरक्षा नियमों से कोई समझौता नहीं कर सकते। अनधिकृत फ्लाइट को अपने एयरोस्पेस में प्रवेश की अनुमति नहीं दे सकते।''

"हम अनधिकृत नहीं हैं। ये यूएसए ही है न? आप रिकॉर्ड चैक कर सकते हैं। हमारे पास पोर्टो रीको से न्यूयॉर्क तक की यात्रा की अनुमति है। और ये एक पैसेंजर फ्लाइट है। कोई न्यूक कैरियर एयरक्राफ्ट नहीं है, जो...।''

उधर से हंसने की आवाज सुनाई दी।

"क्या हुआ?''-निमिष ने पूछा।

"न्यूक?''-दूसरी ओर से बोल रहे शख्स ने कहा-"तुम्हारा प्लेन तो पुराना है ही, तुम खुद भी लगता है, उसी समय के हो।''

समय!

निमिष को अपने पूरी शरीर पर चींटियां रेंगतीं सी महसूस हुई।

"ये कौन-सा साल है?''-निमिष ने पूछा।

"2122।''

कुछ पलों तक सन्नाटा रहा।

"क्यों?''-फिर दूसरी ओर से तीखा स्वर सुनाई दिया-"तुम्हें नहीं पता ये कौन-सा साल है?''

"हमारे हिसाब से ये 2022 होना चाहिए।''

दूसरी ओर सन्नाटा छा गया।

"तुम लोग संदिग्ध किस्म के लग रहे हो।''-फिर उधर से सख्त स्वर सुनाई दिया-"और वॉल ऑफ डिफेंस के और भी ज्यादा नजदीक आ चुके हो। मैं आखिरी चेतावनी दे रहा हूं। सेंट्रल जोन में सुरक्षा से किसी तरह का समझौता नहीं किया जा सकता। वॉल ऑफ डिफेंस पार करने की कोशिश करने पर तुम्हें पछताने का भी मौका भी नहीं मिलेगा।''

"हम बहुत देर से उड़ रहे हैं। हमारे प्लेन में फ्यूल कम है। हमें प्लेन कहीं उतारना पड़ेगा। वरना हम क्रैश हो जाएंगें।''

प्लेन में फ्यूल कम तो था लेकिन इतना कम भी नहीं था कि उन्हें फौरन कहीं उतारने के लिए मजबूर होना पड़े। लेकिन वे लोग काफी देर से प्लेन उड़ा रहे

थे। उन्हें प्लेन उतारने के लिए कोई जगह चाहिए थी, जिसके चलते निमिष को आंशिक झूठ बोलना पड़ा।

"मैं तुम्हें एक लोकेशन भेज रहा हूं, जो यहां से दक्षिण की ओर एक आईलैंड की है। छोटा आईलैंड है पर वहां रनवे है। तुम वहां अपना प्लेन उतार सकते हो।''

तुरंत ही उनके नेवीगेशन सिस्टम की स्क्रीन पर दक्षिण की ओर एक बिन्दु चमकने लगा।

"धन्यवाद।''-निमिष ने कहा और प्लेन दीवार से थोड़ा पहले ही दक्षिण की ओर मोड़ लिया।

अब वे दीवार के बगल-बगल में उड़ रहे थे।

प्लेन की खिड़की से उन्हें दीवार को करीब से देखने का मौका मिला।

वो दीवार करीब पांच मीटर ऊंची थी और किसी बिल्डिंग की दीवार की तरह सपाट नहीं थी बल्कि जगह-जगह से उभरी हुई थी।

बल्कि ये कहना ज्यादा सही होगा कि उस दीवार में से बहुत सारी चीजें उभरी हुईं थीं।

और वो चीजें क्या थीं?

कारें, ट्रक, बाइकें, बसें...।

और भी पता नहीं क्या-क्या।

निमिष ने गहरी सांस ली और अपना ध्यान उस दुनिया के आठवें आश्चर्य सरीखी दीवार से हटाकर प्लेन चलाने पर फोकस किया।

इस सफर में उन्हें अभी न जाने और क्या-क्या आश्चर्य देखने बाकी थे।

⌑⌑

कुछ ही देर में वे भेजी गई लोकेशन वाले आईलैंड तक पहुंच चुके थे।

उसके लिए उन्हें पूरा सफर उस तटवर्ती दीवार के बगल-बगल में ही नहीं करना पड़ा था बल्कि थोड़ा आगे जाने के बाद प्लेन को दीवार से विपरीत दिशा में ले जाना पड़ा था, जहां से अब वो दीवार दिख भी नहीं रही थी।

आईलैंड सचमुच काफी छोटा था।

निमिष ने एक बार प्लेन की स्पीड कम करके आईलैंड का चक्कर लगाया।

आईलैंड पर जंगल ही ज्यादा दिख रहा था। इसके अलावा एक छोटा-सा रनवे था। जंगल में एक मकान भी था, जो रनवे से थोड़ी दूरी पर था।

निमिष ने इस उम्मीद में आईलैंड पर किसी से सम्पर्क स्थापित करने की कोशिश की कि वहां रनवे था तो कोई कंट्रोल सेंटर भी हो सकता था।

लेकिन उसका किसी से सम्पर्क नहीं जुड़ पाया।

"हमें उतरना होगा।''-उसने अवनी से कहा।

"इस अनजान टापू पर?''-अवनी संदिग्ध स्वर में बोली।

"जिससे हमारा कॉन्टैक्ट हुआ था, उसने यहीं उतरने के लिए कहा था।''

"वो हमारा कुछ खास भला चाहने वाला नहीं लग रहा था। मुझे तो इस अनजान आईलैंड पर उतरने का आईडिया कुछ ज्यादा ठीक नहीं लग रहा।''

"यहां सब कुछ अनजान ही है। मुझे तो लगता है हम लोग किसी दूसरे ही लोक में आ गए हैं। फ्यूल भी कम होता जा रहा है और थोड़ी ही देर में अंधेरा भी घिर जाएगा। उसके बाद हम क्या करेंगें?''

अवनी ने सहमति में सिर हिला दिया।

वे प्लेन को रनवे पर लैंड करने की तैयारी में जुट गए।

केट कुछ समय अकेले बिताने के लिए तट पर गई हुई थी। सनसेट आईलैंड के तट पर समुद्र की लहरों से थोड़ी दूरी पर उसने पोर्टेबल कैंप खोल कर लगाया हुआ था, जिसमें लेटकर वो ई-रीडर पर किसी अजिंक्य शर्मा नामक लेखक का मर्डर मिस्ट्री उपन्यास 'काला साया' पढ़ रही थी। मर्डर मिस्ट्री केट को वैसे ही बहुत अच्छी लगती थीं इसलिए उसे पढ़ते हुए उसे समय का पता ही नहीं चला।

उपन्यास बेहद पुराना था। वो ई-रीडर भी बहुत पुराना था, केट के दादा का था और संयोग से अच्छी हालत में था। अपने पुराने घर की सफाई के दौरान केट को जब वो ई-रीडर मिला था तो पहले तो वो चालू ही नहीं हो रहा था। लेकिन पुरानी मशीनों को ऑन करने में तो केट को महारथ हासिल थी। उसने कड़ी मेहनत करके आखिरकार उस ई-रीडर को ऑन कर ही लिया।

उसके ऑन होने के बाद केट को उसकी मेहनत का फल भी मिला। ई-रीडर में दशकों पहले स्टोर की गई ई-बुक्स अब भी मौजूद थीं, जिनमें इंग्लिश के अलावा कई हिन्दी की किताबें भी थीं। केट के दादा जी भारतीय मूल से थे इसलिए हिन्दी जानते थे। उन्होंने अपने बच्चों को, और फिर उनके भी बच्चों को भी हिन्दी सिखाई थी। इसीलिए केट हिन्दी भाषा से काफी जुड़ाव अनुभव करती थी।

कुछ सोचकर वो स्क्रीन को स्क्रॉल करके उपन्यास के शुरूआती पृष्ठों पर ले गई। एक पृष्ठ पर उपन्यास की प्रकाशन तिथि अप्रैल 2020 अंकित थी।

'102 साल पुराना उपन्यास।'–उसने सोचा-'अब तक तो लेखक भी मर-खप गया होगा।'

तभी प्लेन के इंजन की आवाज सुनकर वो चौंक गई।

उसने ई-रीडर को एक तरफ रखा और छोटे से कैंप से किसी चौपाया जानवर की तरह हाथों और पैरों के बल चलते हुए बाहर आकर आसमान पर नजर डाली।

एक प्लेन उनके टापू की ओर आ रहा था।

और उसके आने के ढंग से साफ था कि वो टापू पर ही लैंड करने के इरादे से आ रहा था।

प्लेन काफी कम ऊंचाई पर होने के कारण साफ-साफ दिख रहा था। इतने पुराने किस्म का प्लेन देखकर उसे हैरानी हुई।

प्लेन के पंख सामान्य से काफी बढ़े थे। इसके अलावा भी उसकी बनावट में वर्तमान के प्लेनों से कई अंतर थे, जिन्हें इतनी दूर से भी नोट किया जा सकता था।

ऐसे प्लेन तो अब शायद बनते भी नहीं थे।

वो तो कोई बेहद पुराने जमाने का प्लेन लग रहा था। केट ने याद करने की कोशिश की। शायद 50-100 साल पुरानी किसी फिल्म में ही उसने वैसा प्लेन देखा होगा।

इतना पुराना प्लेन वहां कैसे आया?

उसने अपनी जेब से 'टाकर' निकाला-जो कि मोबाइल की तरह का ही एक गैजेट था-और उस पर हैरिस को सूचना दी।

"पता है।''-उधर से हैरिस का स्वर सुनाई दिया-"वे बेहद खास लोग हैं। मैं खुद उनसे मिलने के लिए उत्सुक हूं।''

हैरिस को उस प्लेन से आने वाले लोगों के बारे में पहले से पता था। यानि किसी तरह की टेंशन वाली बात नहीं थी। हैरिस से बात होने के बाद वो आश्वस्त हो गई। उसे उस पुराने जमाने के प्लेन के बारे में अब भी उत्सुकता थी लेकिन प्लेन कहीं भागा जाने वाला नहीं था। प्लेन में जो भी लोग थे, वे टापू पर लैंड कर रहे थे तो तुरंत पलटकर वापस नहीं भाग जाने वाले थे। वो थोड़ी देर से भी वापस जाती तो कोई उसे कुछ कहने वाला नहीं था। हैरिस ने भी तुरंत बंगले पर आने जैसी तो कोई बात नहीं कही थी।

वो उपन्यास के क्लाइमैक्स तक पहुंच गई थी। और बिना कातिल के बारे में जाने वहां से हिलने का उसका कोई इरादा नहीं था।

वो वापस कैंप में घुस गई और उसने झपटने के अंदाज से ई-रीडर उठा लिया।

रनवे जरूरत से ज्यादा ही छोटा था।
उस पर प्लेन लैंड करने में निमिष और अवनी के माथे पर पसीने आ गया।
प्लेन रनवे के बिल्कुल आखिरी हिस्से पर आकर रूका।
"छोटा प्लेन है तो ये हालत हुई।"-अवनी ने कहा-"बड़ा प्लेन होता तो क्या होता?"
"बड़े प्लेन को इस छोटे से आईलैंड पर उतारने की क्या जरूरत पड़ती?"
"फिर भी। इतना छोटा रनवे मैंने अपनी सारी जिंदगी में नहीं देखा। कोई प्लेन चलाना सीख ही रहा हो और उसे इस रनवे पर लैंड करना पड़े तो वो तो पक्का प्लेन को जंगल में ही घुसा दे।"
निमिष ने जवाब नहीं दिया। वो उस दैत्याकार प्लेन को याद कर रहा था, जो उन्होंने देखा था।
उसके आकार के अनुपात में उसके डैने काफी छोटे थे और बनावट भी काफी अलग लग रही थी।
शायद इस तरह के छोटे रनवे ऐसे ही बनावट वाले प्लेनों के लिए थे।
"लगता है हैलीपेड बनाने वाले थे।"-अवनी कह रही थी-"गलती से रनवे बना दिया।"
दोनों अपनी सीटें छोड़कर प्लेन के दरवाजे के पास पहुंचे। निमिष ने दरवाजा खोला।
बाहर निकलने से पहले उसने पलटकर प्लेन के अंदर के हिस्से को आंख भरकर देखा।
वो सचमुच एक भयानक दृश्य था।
प्लेन की दीवारों पर जगह-जगह खून के छींटे पड़े हुए थे। तीन में से दो लाशें सीटों पर पड़ी थीं। अभय के तो अवशेष भी ढंग से नहीं बचे थे।
स्कारलेट की लाश पायलट सीटों के पीछे दीवार से टिकी हुई थी। वो उस अवस्था में भी काफी भयानक लग रही थी। ऐसा लग रहा था, जैसे वो दीवार से पीठ टिकाकर पैर सामने फैलाकर बैठी हो। उसका सिर उसके सीने पर झुका हुआ था और उसके लम्बे बालों ने उसका चेहरा ढंका हुआ था।

"मशीन को यहीं छोड़कर जाना पड़ेगा?''-अवनी ने चिंतित स्वर में कहा।
निमिष ने अविश्वास भरी नजरों से उसे देखा।
जो कुछ उनके साथ हुआ, उसके बाद भी अब भी वो उस मशीन की चिंता कर रही थी।
"नहीं।''-निमिष ने कहा-"इसे भी सिर पर लादकर ले चलते हैं।''
अवनी ने उसे ऐसे देखा, जैसे उससे टोंट की उम्मीद न हो।
"चलो।''-निमिष ने उसे प्लेन से बाहर निकलने का इशारा किया।
अवनी के बाद वो खुद भी प्लेन से नीचे उतर गया।
निमिष को इस बात की भनक भी नहीं लगी कि उनके पीछे एक अदृश्य आकृति भी प्लेन से बाहर निकल आई थी।

प्लेन से निकलते समय अगर दोनों में से किसी का भी ध्यान स्कारलेट की लाश की ओर चला जाता तो शायद स्थिति कुछ और होती।
स्कारलेट का सिर धीरे-धीरे हिल रहा था और फर्श पर पड़ा उसका हाथ भी कांप रहा था।

रनवे के अंत में एक विशाल शेड के अलावा कुछ नहीं था।
वहां रूकना बेकार था।
प्लेन से आईलैंड का निरीक्षण करते समय उन्होंने देखा था कि वहां स्थित एकमात्र मकान रनवे से थोड़ी दूरी पर था। वे अंदाजे से उसी दिशा में आगे

बढ़े तो उन्हें रनवे से एक रास्ता भी मिल गया, जो पेड़-पौधों के बीच से बनाया गया था।

"एक बात पूछनी थी।''-चलते-चलते अवनी ने कहा।

"पूछो।''

"प्लेन में वो स्टंट तुमने कैसे किया था?''

"कौन-सा स्टंट?''

"सीट पर से कंट्रोल पैनल पर जम्प। फिर गन उठाकर अनीता...स्कारलेट को शूट करना। तुम कोई सीक्रेट एजेंट-वेजेंट हो क्या?''

निमिष ने गहरी सांस ली।

" 'सेव द बोट'।''-फिर उसने कहा।

"मतलब?''

"एक सीक्रेट ट्रेनिंग प्रोग्राम का नाम है। पायलट्स और एयर होस्टेस जैसे प्लेन के स्टाफ के लिए। 2001 की वर्ल्ड ट्रेड सेंटर वाली घटना तो याद होगी?''

"उसे कोई कैसे भूल सकता है? दुनिया का सबसे बड़ा आतंकी हमला था वो।''

"राइट। उसके बाद से ही विमानों की सुरक्षा के लिए महत्त्वपूर्ण कदम उठाए जा रहे हैं। प्लेन यात्रा को अधिक-से-अधिक सुरक्षित बनाने के लिए नए-नए प्रयोग किए जा रहे हैं। सेव द बोट भी ऐसे ही एक सीक्रेट प्रोग्राम का नाम है, जिसमें सभी पायलटों और एयर होस्टेस वगैरह को हाईजैक जैसी किसी आपात स्थिति में लडऩे की ट्रेनिंग दी जाती है। ये कमांडो से मिलती-जुलती ट्रेनिंग ही है, जिसका एक नमूना अभी तुम देख ही चुकी हो।''

"ओह।''-अवनी ने समझने वाले भाव से सिर हिलाया।

तो ये था निमिष के अचानक जेम्स बॉन्ड में बदल जाने का राज।

"लेकिन अफसोस। ट्रेनिंग काम नहीं आ सकी।''

"क्यों?''-उसने प्रश्नभरी निगाहों से निमिष को देखा। उसने हाईजैकर को मार तो गिराया था। वो भी उतने एक्शनपैक्ड ढंग से।

"और नहीं तो क्या? प्लेन में हम दोनों के सिवा जिंदा बचा ही कौन?''

उसकी आवाज में अफसोस को महसूस कर अवनी के दिमाग में प्लेन में अपने साथियों की लाशों का भयावह दृश्य नाच उठा। प्रमेश, ऐनी, अभय, जो अनीता के भेष में उनके बीच मौजूद स्कारलेट के हमले से पहले तक

जीवित थे, हंस-बोल रहे थे और बरमूडा ट्राइएंगल की उस यात्रा को लेकर रोमांचित थे।

"इसमें तुम्हारी क्या गलती है?''-फिर उसने निमिष से कहा-"सब कुछ इतनी जल्दी, इतना अचानक हुआ कि हम दोनों जिंदा बच गए, ये भी बहुत बड़ी बात है।''

निमिष ने कुछ कहा नहीं।

कुछ पल उनके बीच खामोशी रही।

फिर अवनी ने कहा-"सेव द बोट? सेव द प्लेन होना चाहिए था।''

"सीक्रेट प्रोग्राम है। हाईजैकर्स को भनक नहीं होनी चाहिए कि पायलट उनका विरोध करने में सक्षम हैं। नाम से भी जाहिर नहीं होना चाहिए कि प्लेन को बचाने की ट्रेनिंग है। पायलटों को अपने घरवालों तक को बताने की मनाही है।''

अवनी ने भंवें चढ़ाकर उसकी ओर देखा।

"तो मुझे क्या बताया?''-वो बोली।

"ये भी तो बताया कि ये एक सीक्रेट है। मेरे ख्याल से तुम एक सीक्रेट रख सकती हो। और मुझे लगता है कि हम ऐसे हालात में फंसे हुए हैं कि हमें एक-दूसरे से कोई सीक्रेट नहीं रखने चाहिए।''-कहकर उसने गहरी निगाहों से अवनी को देखा।

अवनी उससे नजरें चुराते हुए जंगल में पेड़ों को देखने का अभिनय करने लगी।

"आउच।''-तभी निमिष के बाएं हाथ में दर्द हुआ। उसने हाथ को सामने लाकर देखा तो उस पर कोहनी से लेकर कलाई तक खून की लकीर बनी हुई थी।

उसने बगल में दिख रही झाड़ी पर नजर डाली। उस पर बड़े-बड़े कांटे उगे हुए थे। उनमें से एक कांटे के ऊपर खून चमक रहा था।

"अरे।''-अवनी ने उसके हाथ को पकड़कर चिंतित स्वर में कहा-"तुम्हें तो चोट लग गई। इस पर कुछ लगाना चाहिए।''

"रहने दो।''-निमिष ने आस्तीन वापस चढ़ाते हुए कहा-"इस सबके लिए समय नहीं है।''

वे उस आईलैंड पर स्थित एकमात्र घर के आयरन गेट के पास पहुंच चुके थे।

मकान की छत स्पेस ऑब्जर्वेटरीज की तरह अर्धगोलाकार थी। आयरन गेट के जंगले से अंदर प्रांगण में बेतरतीब ढंग से उगे हुए पेड़-पौधे दिख रहे थे, जिनसे मकान का काफी हिस्सा छिपा हुआ था लेकिन जितना दिख रहा था, वो भी सामान्य से काफी अलग लग रहा था।

गेट खुला हुआ था।

निमिष ने अवनी की ओर देखा, फिर गेट को धकेलकर अंदर प्रवेश कर गया।

वे दोनों पेड़-पौधों के बीच बने रास्ते से होते हुए मकान के बरामदे में पहुंचे। बरामदे में घर में प्रवेश के लिए दरवाजा था, जिसके बगल में एक बटन लगा था। उसे डोरबेल मानते हुए निमिष ने हिचकिचाते हुए उसे दबाने के लिए हाथ बढ़ाया।

लेकिन दरवाजा उससे पहले ही खुल गया।

अंदर एक 50 वर्ष के आसपास की उम्र के सुनहरे बालों वाले व्यक्ति प्रकट हुआ, जिसने उनका स्वागत करते हुए कहा-

"मैं आप लोगों का ही इंतजार कर रहा था।''

निमिष को अपना सिर घूमता हुआ-सा लग रहा था।

अचानक ही उसे गर्मी भी लगने लगी थी। मौसम ठण्डा था। उसे याद था कि प्लेन से बाहर निकलते समय तो बाहर काफी ठण्डक का अहसास हुआ था। लेकिन अब उसे अपना सिर तपता हुआ-सा महसूस हो रहा था।

उस व्यक्ति के अनुरोध पर निमिष और अवनी ने मकान के अंदर प्रवेश किया। दरवाजे से प्रवेश करते ही वे एक हॉल में पहुंचे, जिसमें एक लम्बे कद का व्यक्ति और था, जो सूरत से उदासीन और काफी खतरनाक किस्म का लग रहा था।

हॉल काफी बड़ा था। उनके सिर के ठीक ऊपर एक बड़ा-सा फानूस लटक रहा था। जिस दरवाजे से वे अंदर आए थे, उसके ठीक सामने सीढ़ियाँ थीं, जो ऊपर एक बड़े चबूतरे जैसी जगह पर जाकर खत्म होती थीं, जहां एक और दरवाजा था, जिसके ऊपर ऑब्जर्वेटरी लिखा हुआ था।

"मैं हैरिस नॉर्म हूं।''-उनका स्वागत करने वाले व्यक्ति ने अपना परिचय दिया-"ये मेरा बटलर जिम है।''

"आपको कैसे पता हम लोग यहां आने वाले थे?''-निमिष ने सतर्क स्वर में पूछा।

"जब बरमूडा ट्राइएंगल में आपका प्लेन यकायक प्रगट हुआ तो उसे सबसे पहले देखने वाला शख्स मैं ही हूं।''-हैरिस ने मुस्कुराते हुए कहा।

"प्रगट हुआ?''-निमिष ने कहा।

"हां। आपके प्लेन के मॉडल को देखते हुए मेरा अंदाजा यही है कि आप लोग करीब 100 वर्ष पहले के समय से हैं।''

"पहले के समय से?''-निमिष को अब अपना दिमाग घूमता महसूस हो रहा था। उसे एकदम से लगने लगा कि वो अपने ऊपर से नियंत्रण खोता जा रहा है।

"हां। मैं आपसे टाइम ट्रैवल की तकनीक के बारे में जानने के लिए बेहद उत्सुक हूं। मेरे लिए ये बात अपने-आप में किसी पहेली से कम नहीं है कि आज 2122 में भी हमारे पास टाइम ट्रैवल की तकनीक नहीं है और आप 100 साल पहले के समय से यहां समय-यात्रा करके भविष्य में आए हैं। आखिर ऐसा कैसे हो सकता है? अगर आज से 100 साल पहले टाइम ट्रैवल की टेक्नोलॉजी विकसित हो चुकी थी तो उसे आज भी होना चाहिए था। बल्कि अब तक तो उसे और भी विकसित हो जाना चाहिए था।''

"वो मशीन।''-निमिष को अपने दिमाग में चिंगारियां फूटती महसूस हो रहीं थीं, उसने अवनी से कहा-"वो बेहूदा मशीन।''

"क्या?''-अवनी हकबका गई।

"कौन-सी मशीन?''-हैरिस ने कहा।

"ये लोग हिंसक लग रहे हैं, सर।''-जिम ने उदासीन स्वर में कहा-"आप कहें तो इन्हें फायरप्लेस में झोंक दूं?''

"क्या बोला?''-निमिष ने घूरकर उसे देखा।

"बको मत, जिम।''-हैरिस ने हड़बड़ाकर जिम से कहा।

"उस मशीन से कुछ नहीं हुआ है।''-अवनी ने कहा-"उस मशीन का काम सिर्फ डेटा कलेक्ट करना है।''

"तो हम यहां भविष्य में कैसे आ गए?''

अवनी के पास उस सवाल का कोई जवाब नहीं था।

निमिष ने बेचैनी से इधर-उधर देखा। एकदम से उसका मन किसी का सिर फोड़ने का करने लगा था। वैसे वो हिंसक प्रवृत्ति का नहीं था लेकिन जो कुछ उनके साथ हो रहा था, वो बहुत देर से बर्दाश्त कर रहा था। अब उसे अपने सब्र का बांध टूटता लग रहा था।

"देखिए''-हैरिस ने विनम्र स्वर में कहा-"आपको परेशान होने की बिल्कुल भी जरूरत नहीं है। हम दोनों एक-दूसरे से जानकारी साझा करके एक-दूसरे की मदद कर सकते हैं। आप सिर्फ इतना बताइए कि आप लोग कहां से आए हैं?''

"भूतकाल से।''-न चाहते हुए भी निमिष की आवाज तेज हो गई।

"इसकी आवाज से लग रहा है, ये लोग हिंसक हो रहे हैं।''-जिम ने वैसे ही उदासीन स्वर में कहा-"आप कहें तो इन्हें फायरप्लेस में झोंक दूं?''

"मुंह बंद रखो।''-हैरिस ने उसे फटकार लगाई, फिर निमिष से बोला-"मेरा मतलब था आप लोग किस देश से हैं?''

"भारत से।''-अवनी ने कहा, फिर वो सशंकित स्वर में निमिष से बोली-"तुम्हें कैसा लग रहा है?''

"मैं अपने समय से 100 साल आगे हूं। मुझे कैसा लगना चाहिए?''

"इनकी तबीयत सचमुच कुछ ठीक नहीं लग रही।''-हैरिस ने कहा।

"आते वक्त इनके हाथ पर बाहर झाड़ियों में लगा एक कांटा चुभ गया था।''

"ओह।''-हैरिस ने समझने वाले भाव से सिर हिलाया-"वो झाड़ियाँ थोड़ी जहरीली हैं।''

"जहरीली?''-अवनी के चेहरे पर चिंता के भाव प्रगट हुए।

"घबराने की बात नहीं है। उतनी जहरीली भी नहीं हैं। उनके फल ज्यादा जहरीले हैं। कांटा लगने से आपको बस नशा जैसा होता है। वो भी ज्यादा देर तक नहीं रहता। मुश्किल से 10-15 मिनट।''

सुनकर अवनी के चेहरे के राहत के भाव उभरे।

"आप लोग भारत से हैं तो केट आपसे मिलकर खुश होगी।''-हैरिस ने कहा।

"केट कौन है?''

"मेरी असिस्टेंट। इस आईलैंड पर हम तीन लोग ही हैं। आपको मिलाकर फिलहाल पांच।''

"अगर इन्होंने कोई गड़बड़ की तो फिर हम तीन ही रह जाएंगें।''-जिम ने कहा, फिर निमिष की ओर इशारा करके बोला-"मुझे ये आदमी ठीक नहीं लग रहा है। आप कहें तो इन्हें उठाकर...।''

"पता है।"-हैरिस ने चिल्लाकर कहा-"तुम इन्हें फायरप्लेस में झोंक दोगे। अब भगवान के लिए किचन में जाओ और हमारे मेहमानों के लिए कुछ कॉफी, नाश्ते का इंतजाम करो।''

जिम ने उदासीन भाव से निमिष और अवनी को देखा, जो उसे ही घूर रहे थे, फिर एक तरफ बने दरवाजे की ओर बढ़ गया, जिसके पार किचन था।

"इसकी बात का बुरा मत मानिएगा।''-उसके जाने के बाद हैरिस ने विनम्र स्वर में कहा-"एक बार इस आईलैंड पर कुछ तस्कर आ गए थे। हमारी उनसे भिड़ंत हो गई थी। उनमें से एक तस्कर ने इसके सिर पर फावड़े से वार कर दिया था, जिससे इसका दिमाग थोड़ा खिसक गया है। बाकी ये किसी को नुकसान नहीं पहुंचाता है।''

"ये बार-बार हमें फायरप्लेस में झोंकने की बात क्यों कर रहा है?"-अवनी ने कहा।

"तस्करों से लड़ाई के दौरान जिम ने एक तस्कर को फायरप्लेस में झोंक दिया था। उसके बाद तस्कर डरकर भाग गए।''

अवनी की आंखें फैल गईं।

"जिंदा आदमी को फायरप्लेस में झोंक दिया?"-उसने कहा-"बड़ा खतरनाक आदमी है आपका बटलर।''

"वो..."-हैरिस अवनी की ओर देखते हुए बोला-"उस समय फायरप्लेस में आग नहीं जल रही थी।''

निमिष की समझ में नहीं आ रहा था कि वो उसकी बात पर ठहाका लगाए या अपने बाल नोंचे।

"हम इसी तरह खड़े रहकर बात करते रहेंगें?"-निमिष ने धैर्यपूर्वक कहा।

"ओह, हां। आइए"-वो सीढ़ियों की ओर बढ़ते हुए बोला-"ऊपर ऑब्जर्वेटरी में चलकर बात करते हैं।''

वो सीढ़ियाँ चढ़ने लगा तो निमिष ने धीमे से अवनी के कान में कहा-"इन लोगों से सावधान रहना।''

फिर वे दोनों भी उसके पीछे सीढ़ियों की ओर बढ़ गए।

वे ऊपर ऑब्जर्वेटरी में पहुंचे।

वो भी एक बड़ा हॉल था। लेकिन उसमें कदम रखने पर लगता था, जैसे किसी और ही दुनिया में आ गए हों। वहां चारों तरफ कई मॉनीटर जैसी स्क्रीनें, कंट्रोल पैनल लगे हुए थे। छत भी विशाल और अर्धगोलाकार थी, जिसमें जमीन से कुछ ऊंचाई पर एक तोप जैसा दिखने वाला विशाल टेलीस्कोप फिट था।

उसके सामने अर्धगोलाकार छत में एक खिड़की जैसी खुली हुई थी, जिससे वो टेलिस्कोप बाहर निकलता था।

"ये है मेरी छोटी-सी ऑब्जर्वेटरी।''-हैरिस ने दोनों हाथ फैलाते हुए कहा-"जहां से मैंने आपके प्लेन को ऑब्जर्व किया था।''

"आपको कैसे पता था कि हमारा प्लेन आने वाला था?''-निमिष ने पूछा।

"नहीं।''-उसने निमिष की ओर देखा-"मुझे नहीं पता था। मेरे पास यहां ऐसे उपकरण हैं, जिनकी सहायता से मैं आसपास के बड़े इलाके के आसमान पर

निगरानी रख सकता हूं। ये सब मैं असल में बरमूडा ट्राइएंगल के रहस्य को सुलझाने के लिए कर रहा हूं।''

"रहस्य को?''-अवनी ने कहा-"आज 100 साल बाद भी बरमूडा ट्राइएंगल का रहस्य सुलझ नहीं पाया है?''

"हां। आज भी यहां प्लेन और जहाज रहस्यमयी ढंग से गायब होते रहे हैं। पहली बार कोई प्लेन प्रकट हुआ है। बरमूडा ट्राइएंगल में वर्षों तक रिसर्च करने के बाद मैंने बरमूडा के आसमान में कुछ एनॉमलीज ढूंढी थीं, जो ऐसे मौकों पर ही प्रकट हुईं थीं, जब प्लेन या जहाज गायब हुए थे। आज फिर ऐसी ही एक एनॉमली के सिग्नल मिलने पर मैं उस जगह पर नजर रख रहा था, जहां रडार पर अचानक तुम्हारा प्लेन प्रकट हुआ। मेरा अंदाजा तो यही था कि यहां से गायब होने वाले प्लेन और जहाज किसी दूसरे आयाम में चले जाते हैं। लेकिन हमारे पास इस बात का कोई सबूत नहीं था...।''

"एक मिनट...।''-निमिष ने हाथ बढ़ाकर उसे रूकने का इशारा करते हुए कहा-"आप हमें वापस हमारे समय में भेज सकते हैं?''

वो कुछ देर तक निमिष और अवनी को देखता रहा, फिर बोला-"नहीं।''

"नहीं?''

"नहीं।''

निमिष ने अवनी की ओर देखा और धप्प से वहां पड़ी एक चेयर पर पसर गया।

"मैंने कहा न''-हैरिस ने कहा-"मैं अभी बरमूडा ट्राइएंगल का रहस्य सुलझाने के लिए रिसर्च ही कर रहा हूं। उसे पूरी तरह सुलझा नहीं पाया हूं। मुझे तो ये भी नहीं पता था कि उससे कोई भविष्य या अतीत से आ भी सकता है। और मैं तो ये पता लगाने की कोशिश कर रहा था कि बरमूडा क्षेत्र में प्लेन और जहाज गायब कैसे हो जाते हैं? ये पता लगाने की कोशिश थोड़े ही न कर रहा था कि उसमें से प्लेन और जहाज प्रगट कैसे होते हैं? ऐसा तो पहले कभी नहीं हुआ। पहली बार तुम लोगों का प्लेन इस तरह यहां आया है।''

"मुझे विश्वास नहीं हो रहा।''-निमिष धीमे से बुदबुदाया।

"मुझे भी नहीं हो रहा।''-हैरिस ने कहा-"ये सचमुच एक चमत्कार है। विज्ञान चमत्कार का ही दूसरा नाम है। अब प्लीज, मुझे बताओ, तुम लोग 2022 से यहां कैसे आए? तुमने टाइम ट्राइम ट्रैवल की टेक्नोलॉजी कैसे विकसित की?

और विकसित की तो टेक्नोलॉजी गायब कैसे हो गई? 100 साल बाद आज हम लोगों के पास क्यों नहीं है?''

"हम यहां अपनी मर्जी से नहीं आए।''-अवनी ने कहा।

"क्या?''-हैरिस ने उसकी ओर देखा।

"हम उसी रहस्यमयी घटना का हिस्सा हैं, जिस पर आप रिसर्च कर रहे हैं। हमारा प्लेन बरमूडा ट्राइएंगल से गुजर रहा था और...और अचानक मौसम बिगड़ने लगा। इसी बीच हमारे साथ एक हादसा भी हो गया...।''

"कैसा हादसा?''

अवनी एक पल चुप रही, फिर बोली-"हमारी टीम में एक लड़की मौजूद थी, जिसने हमारी एक साथी का भेष बनाया हुआ था। वो हमें मारना चाहती थी। हमारे तीन साथियों को मार भी दिया। उसे शायद वो पहले ही मार चुकी थी, जिसका मास्क पहनकर वो हमारे ग्रुप में आई थी।''

निमिष सिर पकड़कर बैठा हुआ था। उसे समझ नहीं आ रहा था कि अवनी वो सब उस आदमी को क्यों बता रही थी, जिसने उनसे साफ कह दिया था कि वो उन्हें उस जगह से-भविष्य से-उनके वर्तमान में, जो अभी के समय के लिए भूतकाल था-वापस नहीं भेज सकता था।

उसे लग रहा था वो ये सब सोच-सोच कर ही पागल हो जाएगा।

"उस लड़की ने आपको भी मारने की कोशिश की?''-हैरिस ने पूछा।

"मार तो वो हम सबको ही देना चाहती थी।"–अवनी ने कहा-"लेकिन हमने उसका मुकाबला किया और फायरिंग में वो मारी गई। इसी बीच खराब मौसम में हम प्लेन संभालने की कोशिश करते रहे और फिर अचानक मौसम एकदम साफ हो गया।''

हैरिस ने गम्भीरता से सिर हिलाया।

"मतलब आप लोग यहां अपनी मर्जी से नहीं आए हैं?''-उसने कहा-"आपके पास टाइम ट्रैवल करने की कोई टेक्नोलॉजी नहीं है?''

अवनी ने छुपी निगाह निमिष पर डाली, फिर बोली-"हां।''

कुछ पल उनके बीच खामोशी रही।

"चलो।''-फिर उसने कंधे झटकाए-"फिर भी आप दुनिया की सबसे रहस्यमयी घटनाओं में से एक का हिस्सा बन चुके हैं। उसका अनुभव कर चुके हैं। अपनी मर्जी से न सही, लेकिन टाइम ट्रैवल तो आपने की है। आप पर रिसर्च करके भी बहुत कुछ पता लगाया जा सकता है।''

निमिष ने सिर उठाकर उसे देखा। अवनी ने भी उसे घूरा।

"रिसर्च से मेरा मतलब''-उसने दोनों को देखा-"ऊपरी जांच। आपसे अतीत के बारे में जानकारी लेकर।''

"हमने समुद्र तट पर एक बहुत लम्बी दीवार देखी थी।''-अवनी ने टॉपिक बदलने के उद्देश्य से कहा-"हमारे समय में ऐसी कोई दीवार नहीं थी।''

"वो आज से 50 साल पहले बनना शुरू हुई थी। वॉल ऑफ डिफेंस यूनाईटेड अमेरिका की सुरक्षा के लिए।''

"उस दीवार में कई गाड़ियाँ चिनी हुईं थीं।''

"हां। उतनी बड़ी दीवार बनानी थी तो सीमेंट, कांक्रीट बचाने के उद्देश्य से उन गाड़ियों को लगाया गया। वैसे भी वे गाड़ियाँ किसी काम की नहीं थीं। पेट्रोल-डीजल से चलने वाले पुराने इंजन की थीं। अब तो सारी गाड़ियाँ और प्लेन एंटीमैटर से चलते हैं।''

"तुमने कहा यूनाईटेड अमेरिका।''-निमिष ने बड़बड़ाने के अंदाज से कहा-"स्टेट्स नहीं?''

"स्टेट्स? ओह हां। कई दशक पहले इस नाम से बुलाया जाता था। और आप तो उसी समय से आए हैं।''-कहकर वो हंसा।

निमिष और अवनी ने फिर उसे घूरकर देखा।

उसका चेहरा तत्काल संजीदा हुआ।

"लगता है आपको भविष्य की यात्रा रास नहीं आ रही।''-उसने गम्भीर स्वर में कहा।

"रास क्यों नहीं आ रही?''-निमिष ने कहा-"बहुत रास आ रही है। बल्कि मैं तो सोच रहा हूं कि भविष्य में ही रह जाऊं।''

"आप लोग थोड़ा रिलेक्स कीजिए।''-हैरिस दरवाजे की ओर बढ़ते हुए बोला-"मैं...देखकर आता हूं जिम को इतना समय क्यों लग रहा है?''

अवनी उसे रास्ता देने के लिए हटी तो उसका सिर पीछे झूल रही किसी चीज से टकराया।

उसने पलटकर देखा तो उसके मुंह से चीख निकल गई।

वो एक आंख थी।

एक सोने की चैन से बंधी वो आंख हवा में झूल रही थी। उस आंख की पुतली हिल भी रही थी, जैसे जिंदा आंख हो।

"य...ये क्या है?''-अवनी ने आंख की ओर इशारा करते हुए कहा।

"कमाल है।''-हैरिस ने कहा-"तुम तो ऐसे डर रही हो, जैसे तुमने पहले कभी रैटिना-की ही नहीं देखी हो।''

"रैटिना-की?''

"हां भई। मेरी सारी गाड़ियाँ-यहां तक कि पश्चिमी तट पर खड़ा मेरा सी-प्लेन भी इसी से चलता है।''

अवनी ने एक बार फिर उस आंख की ओर देखा, फिर बोली-"अगर ये...ये कोई चाभी है तो इसकी आंख की पुतली हिल क्यों रही है? और इससे गाड़ियाँ कैसे चलती हैं?

"हमारे समय में ये बहुत आम चीज है। मुझे हैरानी है आपको इसके बारे में नहीं पता। कार, प्लेन वगैरह को स्टार्ट करने के लिए हम अपनी आंखों के रैटिना का उपयोग चाभी की तरह करते हैं। सब गाड़ियों में रैटिना स्कैनर लगा होता है। इसे स्कैन करते ही गाड़ी स्टार्ट। सिंपल। रही पुतली हिलने की बात, तो ये एक बायोनिक आई है। असली आंख जैसी। पर"-उसने मुस्कुराकर कहा-"असली नहीं।''

"लेकिन इसकी जरूरत क्या है, जब आप सीधे अपनी आंख ही स्कैन करके गाड़ी स्टार्ट कर सकते हैं?''

"हां। कर सकते हैं। लेकिन तब क्या करें, जब हमारी आंख वहां नहीं हो?''

"मतलब?''
"जैसे मैंने अपने किसी साथी को भेजा कि भाई जा मेरी कार ले जा। मेरा प्लेन ले जा। लेकिन कार, प्लेन तो बिना मेरा रैटिना स्कैन किए चलेंगें नहीं।''
"ओह।''-अवनी ने समझने वाले भाव से सिर हिलाया।
हालांकि वो अब भी उस आंख को विचित्र भाव से घूर रही थी।
"उस दीवार से पहले''-फिर अचानक याद आया-"हमने कुछ बिल्डिंगें भी पानी में डूबी देखी थीं। ऐसा लग रहा था, जैसे...जैसे पूरा शहर हो।''
"वो?''-हैरिस ने याद करते हुए कहा-"वहां पहले एक शहर हुआ करता था। क्या नाम था...हां, न्यूयॉर्क।''
"न्यूयॉर्क?''-निमिष ने सिर उठाकर उसे देखा।
"हां। समुद्र का जलस्तर बढ़ने के बाद लोगों को उसे खाली करना पड़ा। अब तो उससे कई किलोमीटर आगे तक का हिस्सा पानी में डूब चुका है।''
"हम न्यूयॉर्क पहुंच गए''-अवनी बुदबुदाई-"दो घंटे में ही।''
"दो घंटे में मतलब?''-निमिष ने कहा।
"हमें पोर्टो रिको से चले करीब दो घंटे ही तो हुए थे।''
"लेकिन हमारी उन स्पेशल घड़ियों में तो चार बजे रहे थे।''
"यानि हमें प्लेन उड़ाते हुए दो घंटे हुए। लेकिन समय में हम तीन घंटे और आगे आ गए?''
"एक मिनट रूको।''-निमिष उठकर खड़ा हो गया-"तुम कह रही हों कि हम तीन घंटे आगे आ गए? लेकिन हम तो भविष्य में हैं न? 2122 में। तो हम तीन घंटे आगे बढ़े या 100 साल? और 100 साल आगे बढ़े तो तीन घंटे आगे बढ़ने से क्या फर्क पड़ता है?''
अवनी एक पल उसे देखती रही, फिर हिसाब जोड़कर बोली-"हां, तुम सही कह रहे हो।''
"तो क्या डिसाइड हुआ? हम तीन घंटे आगे बढ़े या 100 साल?''
"100 साल। तीन घंटे भी आगे बढ़े लेकिन 100 साल बड़ा वक्फा होता है इसलिए तीन घंटे गिनना जरूरी नहीं।''
"मुझसे मजाक मत करो।''
"तुम मुझपर क्यों गुस्सा रहे हो? इस सबमें मेरी क्या गलती है? मैं भी तुम्हारी तरह ही इस सबमें फंसी हुई हूं। तुम्हारे पास 2022 में वापस लौटने का कोई

रास्ता नहीं है तो मेरे पास भी तो नहीं है। जितने परेशान तुम हो, उतनी ही परेशान मैं भी हूं।''
निमिष उसे घूरता रहा, फिर धप्प से वापस कुर्सी पर बैठ गया।
"ये किसने कहा''-हैरिस ने कहा-"कि आप दोनों के पास 2022 में वापस जाने का कोई रास्ता नहीं है?''

बाहर अंधेरा घिरने लगा था। बादलों ने भी आसमान को ढंक लिया था, जिससे अंधेरा और भी ज्यादा घना होने लगा था।
अंधेरे में एक काला साया हैरिस की उस स्पेस ऑब्जर्वेटरी की ओर बढ़ रहा था।

"हमारे वापस लौटने का कोई रास्ता है?''-अवनी का चेहरा खुशी से दमक उठा। उसने दोनों हाथ हैरिस के कंधे पर रख दिए।
"निश्चित रूप से तो नहीं कह सकता। लेकिन एक छोटी-सी उम्मीद है। या सम्भावना भी कह सकते हैं।''
"चाहे कितनी छोटी-ही क्यों न हो, प्लीज हमें बताइए। हमारा वापस लौटना बेहद जरूरी है।''

निमिष पर से भी अब उस जहरीले कांटे का असर कम होता जा रहा है। वो भी उठकर उन दोनों के पास आ गया।

"मैंने इतने बरसों तक बरमूडा ट्राइएंगल में बनने वाली एनॉमलीज का अध्ययन करने पर पाया है कि उनमें से कुछ एनॉमलीज एकदम से गायब नहीं होतीं। बल्कि कभी-कभी अधिक समय तक रहतीं हैं।''

"अधिक समय तक रहतीं हैं? मतलब कब तक?''

"कोई निश्चित नहीं है। दस मिनट तक भी रह सकतीं हैं। 10-20 घंटे तक भी रह सकतीं हैं। सबसे ज्यादा 24 घंटे का रिकॉर्ड है।''

"24 घंटे।''-अवनी बुदबुदाई-"यानि जिस एनॉमली से हम अपने समय से यहां पहुंचे हैं, वो अभी भी वहां होगी?''

"हो सकती है। लेकिन कब तक रहेगी ये कोई निश्चित नहीं है। ज्यादातर ये एनॉमलीज कुछ ही देर में-या बनने के तुरंत बाद विलुप्त हो जाती हैं। मैंने इनमें एक-दो ड्रोन भी भेजे थे। लेकिन उनमें जाने के बाद उन ड्रोन्स से फिर कोई कॉन्टैक्ट नहीं हो पाया।''

"हमें पता कैसे चलेगा कि वो जगह कहां है, जहां से हम आए थे?''-निमिष ने कहा-"हमारे नेवीगेशन सिस्टम ने तो उस वक्त काम करना बंद कर दिया था।''

"एनॉमलीज में ऐसा होता है।''-हैरिस ने कहा, फिर उसने वहां लगे कंट्रोल पैनल्स के पास से एक छोटा फोन टैबलेट जैसा यंत्र उठाया, उसकी स्क्रीन पर कुछ जगहों पर टच किया, फिर उसे निमिष की ओर बढ़ाते हुए कहा-"इसमें मैंने उस एनॉमली की लोकेशन हाईलाइट कर दी है। आप लोग इसकी सहायता से उस तक पहुंच सकते हैं।''

निमिष ने उसके हाथ से टैबलेट ले लिया और उसे देखने लगा।

"थैंक्स।''-फिर वो कृतज्ञ भाव से हैरिस से बोला।

"डोंट सेलीब्रेट अर्ली।''-हैरिस हंसा-"असल में कोई भरोसा नहीं है कि वो एनॉमली वहां से कब गायब हो जाएगी। हो सकता है इसी वक्त गायब हो जाए। हो सकता है अगले 10-12 घंटों तक वहीं रहे। और इस बात की भी कौन-सी गारंटी है कि आप उसमें प्रवेश करते हें तो वापस अपने समय में ही पहुंचेंगे? अगर किसी और समय में पहुंच गए तो? कुछ और हो गया तो? हम उन एनॉमलीज के बारे में कुछ भी तो नहीं जानते।''

"ये जोखिम लेने के लिए हम तैयार हैं।''-अवनी ने कहा-"मुझे पूरा विश्वास है कि हम उस एनॉमली से भविष्य में आए हैं तो वापस उसमें प्रवेश करने पर अपने समय में ही पहुंचेंगें।''

"तो इंतजार किस बात का है?''-हैरिस ने कहा-"आपको अभी निकलना चाहिए।''

निमिष और अवनी ने एक-दूसरे की ओर देखा।

"वैसे कायदे से मुझे आप दोनों को इतनी आसानी से वापस नहीं जाने देना चाहिए।''-हैरिस ने मुस्कुराते हुए कहा-"आप भविष्य यात्री हैं। अपने-आप में विज्ञान के चमत्कार हैं। पूरी दुनिया के लिए आश्चर्य हैं। लेकिन अपने समय में वापस लौटने की आपकी बेचैनी को देखते हुए मुझे लगता है कि...''-उसने कुछ पल रूककर कहा-"कभी-कभी विज्ञान के अलावा भी दूसरी चीजों के बारे में सोचना चाहिए।''

निमिष ने आगे बढ़कर उसे गले से लगा लिया।

उसने स्नेह से निमिष का कंधा थपथपाया, फिर उससे अलग होते हुए बोला-"बस, बस। अब ज्यादा भावुक होने की जरूरत नहीं है। आप लोगों को जल्दी निकलना चाहिए। अगर कुछ जरूरी चीज लेनी हो तो...।''

तभी अंधेरा छा गया।

बादलों की गडग़ड़ाहट से केट का ध्यान भंग हुआ।

उसने बाहर निकलकर देखा।

आसमान में घने काले बादल घिर आए थे।

वैसे भी रात होने लगी थी। आसमान में घने बादल होने से चारों ओर लगभग अंधेरा ही हो गया था।

उसे हैरानी हुई। वो उपन्यास के क्लाइमैक्स में इतनी खो गई थी कि उसे समय का पता ही नहीं चला।

उसके टॉकर पर कोई कॉल नहीं आई थी। यानि हैरिस को अब तक तो उसकी कोई जरूरत महसूस नहीं हुई थी।

लेकिन अब उसका भी तट पर रूकने का कोई इरादा नहीं था।

उसे अपना पोर्टेबल कैंप समेटने में थोड़ा वक्त लगा। फिर वो भी वापस बंगले की ओर रवाना हो गई।

तट का वो हिस्सा बंगले के पीछे की ओर स्थित था इसलिए वो जिस रास्ते से जा रही थी, वो भी बंगले के पिछले गेट तक ही पहुंचता था। रास्ता थोड़ा लंबा था इसलिए उसे बंगले तक पहुंचने में समय लगा।

अभी वो गेट से कुछ ही कदम की दूरी पर थी कि अचानक सब कुछ अंधेरे में डूब गया।

केट अपनी जगह पर ही थमक कर खड़ी हो गई।

सारी लाइटें बंद हो गईं थीं। बंगला तो पूरी तरह अंधेरे में डूब ही गया था, उसके अलावा उस रास्ते पर भी जो लाइटें लगीं थीं, वे भी बंद हो गई थीं।

ऐसा तो आमतौर पर नहीं होता था।

बंगले के पिछले हिस्से में पॉवरहाउस बना हुआ था, जो एंटीमैटर से संचालित था। वहां की विद्युत आपूर्ति व्यवस्था इतनी अच्छी थी कि तूफान आने पर भी वहां की बिजली गुल होने की संभावना कम ही होती थी।

और अभी तो तूफान जैसा कुछ नहीं था।

केवल तेज हवाएं चल रहीं थीं।

क्या माजरा था?

उसने अपनी पैंट की जेब से टॉकर निकाल लिया और उसके पिछले हिस्से पर एक खास जगह टच किया। तुरंत टॉकर में लगी टॉर्च ऑन हो गई। छोटे से टॉकर में लगी छोटी-सी टॉर्च की रोशनी ज्यादा तो नहीं थी लेकिन न कुछ से कुछ तो बेहतर थी। उसी की रोशनी में आगे बढ़ते हुए केट ने पिछले गेट से अंदर प्रवेश किया।

चारों तरफ अंधेरा छाया हुआ था। पिछला हिस्सा बिल्डिंग के सामने के हिस्से से काफी बड़ा था। हालांकि सामने के हिस्से की तरह वहां भी काफी पेड़-पौधे थे।

गेट से थोड़ी ही दूरी पर बाउंड्रीवाल से लगा हुआ पॉवरहाउस था।

वो एक बड़े कमरे जैसा था, जिसके अंदर बिजली सप्लाई की मशीनरी लगी हुई थी, जो सिर्फ उस बिल्डिंग ही नहीं, उस टापू पर स्थित पायर, रनवे आदि में भी बिजली सप्लाई करती थी।

बिजली गुल होने की स्थिति में पॉवरहाउस में जाकर बिजली ऑन करना केट को आता था। उस आईलैंड पर मौजूद सभी लोगों को आता था। केट को पता था कि उसने अभी-अभी पिछले गेट से अंदर प्रवेश किया था तो इतनी जल्दी बिल्डिंग से निकलकर कोई पॉवरहाउस तक नहीं आ पहुंचा होगा।

उसने खुद ही बिजली सुधार कर बिल्डिंग में प्रवेश करने का फैसला किया।

चारों ओर अंधेरे के बीच वो सामने टॉर्च की रोशनी डालते हुए पॉवरहाउस के पास पहुंची।

तभी पेड़ों की ओर सरसराहट महसूस कर उसका ध्यान अपनी बांयीं ओर गया। उसने उधर नजर डाली तो उस ठण्डे माहौल में भी एक पल के लिए उसके शरीर में सिहरन दौड़ गई।

अंधेरे में पेड़ों के पास एक युवती की छायाकृति दिखाई दे रही थी।

केट ने फुर्ती से टॉर्च उस ओर की।

वहां कोई नहीं था।

केट कुछ पलों तक हैरान और एक अजीब से भय से ग्रस्त उस ओर ही देखती रही, जहां अब सिर्फ पेड़ ही देख रहे थे। उनके बीच कोई छायाकृति नहीं दिख रही थी।

उस आईलैंड पर उसके, हैरिस के और जिम के सिवा और कोई नहीं था।

और अगर उस प्लेन से कोई औरत आई होती-जिसे उसने बीच से टापू पर लैंड करने आते देखा था-तो वो इस तरह अंधेरे में पेड़ों के बीच छिपकर क्यों खड़ी हो जाती?

और अब तो वहां कोई नहीं था।

लेकिन केट को विश्वास था कि उसे धोखा नहीं हुआ था।

वहां उसने जरूर किसी को देखा था।

उसने टॉर्च की रोशनी उस दिशा में अगल-बगल मारकर भी देखा लेकिन कोई दिखाई नहीं दिया।

अचानक उसे डर-सा लगने लगा।

अब वो जल्दी-से-जल्दी पॉवरहाउस में बिजली ऑन करके बिल्डिंग के अंदर चली जाना चाहती थी।

उसने पॉवरहाउस का दरवाजा खोलकर टॉर्च से अंदर की ओर देखा।

अंदर अब भी अंधेरा था।

उसने हिचकिचाते हुए पॉवर हाउस में प्रवेश किया।

धुएं और जलने की महक ने उसका स्वागत किया।

इसलिए रोशनी में भी उसे अंदर अंधेरा दिख रहा था।

पॉवर हाउस के अंदर धुआं भरा हुआ था।

उसने आँखें फाड़कर पॉवरहाउस के अंदर देखने की कोशिश की तो उसे अंदर लगे कंट्रोल पैनल पर जलता हरे रंग का बल्ब दिखाई दिया।

उस बल्ब का मतलब तो ये था कि बिजली की सप्लाई ऑन थी।

फिर सब कुछ अंधेरे में क्यों डूबा हुआ था?

उसका पूरा शरीर फिर से किसी अनजाने भय से सिहर उठा।

उसने अपने कदम वापस खींच लिए।

वो इतना ज्यादा डरी हुई थी कि उसे पॉवर हाउस का दरवाजा बंद करने की भी सुध नहीं रही थी।

वहां कुछ तो गलत हो रहा था।

उसे अकेले वहां नहीं आना चाहिए था।

वो वापस जाने के लिए पीछे घूमी तो जो उसे दिखाई दिया, उसे देखकर उसका पूरा शरीर ठण्डा पड़ता चला गया।

अंधेरे में एक युवती की छायाकृति उसके सामने खड़ी थी।

और उसकी आंखें लाल अंगारों की तरह दहक रहीं थीं।

उस आकृति के हाथ में एक मोटा तार था, जिसके आखिरी सिरे से चिंगारियां फूट रहीं थीं।

वो तार पॉवरहाउस की मेन बिजली सप्लाई की तार था।

वो आकृति जो भी थी, उसने मेन सप्लाई तार ही उखाड़ दिया था, जिसके चलते लाईट ऑन होने के बाद भी चारों ओर अँधेरा था।

उस आकृति ने तार का चिंगारियां छोड़ रहा सिरा केट के शरीर से लगा दिया।

"लाइट चली गई।''-निमिष ने कहा।

"ऐसा कैसे हो सकता है?''-हैरिस की आवाज आई।

"यहां लाइट नहीं जाती?''-अवनी ने पूछा।

"यहां का पॉवर सप्लाई सिस्टम फूलप्रूफ है।''-हैरिस ने कहा-"छोटे-मोटे तूफान में भी यहां बिजली बंद होने की नौबत नहीं आती। मैं जिम से कह देता हूं, वो पॉवरहाउस में जाकर चैक कर लेगा। केट को भी बीच पर गए काफी टाइम हो गया है। वो भी आने वाली होगी।''

वहां कुछ मॉनीटर अब भी ऑन थे, जो जरुर किसी ऑक्सीलियरी पॉवर की सहायता से चल रहे थे। उन मॉनीटरों की बेहद हल्की रोशनी वहां फैली हुई थी। हालांकि वो रोशनी इतनी कम थी कि हॉल का ज्यादातर हिस्सा अंधेरे में डूबा हुआ था।

तभी नीचे हॉल के दरवाजे पर दस्तक सुनाई दी।

"आप दोनों के साथ कोई और भी था?''-हैरिस ने उन दोनों की ओर देखा।

अवनी और निमिष ने एक-दूसरे को देखा, फिर इनकार में सिर हिला दिया।

"क्यों?''-निमिष ने पूछा।

हैरिस के चेहरे पर चिंता के भाव प्रकट हुए।

"केट तो कभी दरवाजा नहीं खटखटाती।''-उसने कहा-"वो पीछे की ओर बीच पर जाती है इसलिए पिछले दरवाजे से ही वापस आती है। उसके पास मास्टर की भी है तो उसे दस्तक देने की जरूरत ही नहीं है।''

"फिर बाहर कौन है?''-अवनी ने कहा।

"तुम लोग यहीं रूको।''-हैरिस ने कहा-"मैं अभी आया।''

कहकर वो कमरे से बाहर निकल आया।

जाने से पहले उसने एक अजीब हरकत की।

वो अवनी के बगल से गुजरा तो अवनी को लगा, जैसे हैरिस ने उसकी जांघ पर हाथ फेरा हो।

नीचे किचन में मौजूद जिम अंधेरा होने पर किचन से बाहर हॉल में आ गया था।

उसी वक्त दरवाजे पर दस्तक हुई।

उसने अंधेरे में ही उदासीन भाव से दरवाजे की दिशा में देखा। उस घर में बरसों से रह रहे होने के कारण उसे अंधेरे से कोई विशेष दिक्कत नहीं होती थी। बहुत पहले सिर में लगी चोट के कारण उसका दिमाग कम ही काम करता था। अंधेरे में ही वो दरवाजे के पास पहुंच गया।

बाहर जोर-जोर से हवाएं चलने और समुद्र की लहरों की आवाज आ रही थी। अंधेरे के सिवा उस माहौल में उसके लिए और कुछ नया नहीं था। वहां अक्सर मौसम बिगड़ने पर इस तरह के हालात हो जाते थे।

उसने दरवाजा खोला तो दरवाजे पर अंधेरे में खड़ी एक युवती का साया दिखाई दे रहा था।

वो एकटक उस युवती को देखता रहा। उसे कुछ अजीब-सा महसूस हो रहा था।

तभी बिजली चमकी।

बिजली की रोशनी में उसे दिखाई दिया, युवती मुस्कुराते हुए उसकी ओर ही देख रही थी।

और युवती की शर्ट पर सीने पर लाल रंग का बड़ा-सा खून का धब्बा था, जो कि अब सूख चुका था।

बिजली की चमक गायब होते ही फिर अंधेरा हो गया।

युवती अंधेरे में ही उसकी ओर बढ़ी।

जिम अंधेरे में ही पीछे हटा।

उसे अब उस युवती से भय लगने लगा था।

वे दोनों चलते हुए हॉल के बीचों-बीच आ गए। जिम को पीछे टेबल आ जाने के कारण रूक जाना पड़ा।

युवती उसके और पास आ गई।

फिर अचानक उसका हाथ जिम के गले पर कस गया और उसने एक हाथ से ही उसका गला पकड़कर उसे जमीन से ऊपर उठा लिया।

जिम उसकी पकड़ से छूटने के लिए फडफ़ड़ाने लगा। दिखने में युवती से काफी हट्टा-कट्टा होने के बाद भी वो उसकी पकड़ से अपने गले को नहीं छुड़ा पा रहा था।

फिर युवती ने एक झटके से उसे फायरप्लेस की ओर फेंक दिया।

वो इतनी जोर से फायरप्लेस में जाकर गिरा कि अंदर जल रही लकड़ियों में से कई लकड़ियाँ उछलकर बाहर फर्श पर आ गिरीं।

अंधेरे में खड़ी उस युवती की आंखें लाल अंगारों की तरह दहकने लगीं। हालांकि उसकी आंखों में दिख रही लाल रोशनी में आंखों की पुतलियां नहीं दिख रहीं थीं।

उसने हॉल में सिर घुमाकर चारों ओर देखा।

उसी वक्त ऊपर ऑब्जर्वेटरी का दरवाजा खुला, जिससे हैरिस ने बाहर कदम रखा।

नीचे अंधेरे में डूबे हॉल में उसे युवती का साया दिखाई दिया, जिसकी आंखें लाल अंगारों की तरह चमक रहीं थीं।

"व्हाट...?''-हैरिस के मुंह से निकला।

नीचे खड़ी युवती ने अपना दाहिना हाथ ऊंचा किया, जिसमें एक गन थी और ऊपर खड़े हैरिस की ओर करके फायर किया। गोली उसके सीने में लगी।

हैरिस के दोनों हाथ सीने पर पहुंच गए। वो लड़खड़ाया, आगे बढ़कर रेलिंग से टकराया, फिर उसका मृत शरीर रेलिंग पर से होता हुआ नीचे हॉल के फर्श पर आ गिरा।

बाहर बिजली फिर चमकी। उसकी रोशनी में युवती का साया ही दिख रहा था।

वो दृश्य अच्छे-अच्छों की हृदयगति बंद करने के लिए काफी था।

फिर हॉल में स्कारलेट की खून जमा देने वाली आवाज गूंज उठी-

"निमिष!''

हैरिस की उस 'बेहूदा' हरकत से अवनी का मन वितृष्णा से भर गया था। वो ऐसा आदमी लगता तो नहीं था।

अवनी ने हॉल में इधर-उधर नजर मारी तो उसे एक छोटी-सी स्क्रीन पर हरे रंग के दृश्य दिखाई दिए।

उत्सुकतापूर्वक वो उस स्क्रीन के पास पहुंची तो निमिष भी उसके पास आ गया।

स्क्रीन पर बाहर हॉल का दृश्य दिख रहा था। कैमरे में इन्फ्रारेड रिकॉर्डिंग भी ऑन होने के कारण हरे रंग के दृश्य दिख रहे थे।

स्क्रीन पर उनके देखते-ही-देखते हैरिस ने ऑब्जर्वेटरी के दरवाजे से बाहर कदम रखा और नीचे खड़ी युवती ने उसे शूट कर दिया।

"निमिष!''

अगले ही पल उन्हें बाहर हॉल की ओर से आती स्कारलेट की आवाज सुनाई दी।

निमिष बाहर की ओर झपटने वाला था लेकिन अवनी ने उसकी बांह पकड़कर उसे रोक लिया।

"वो स्कारलेट है।''-अवनी आतंकित स्वर में बोली। उसकी आवाज धीमी थी।

"उसने हैरिस को मार दिया।''-निमिष ने कहा।

"हां। लेकिन अब हम कुछ नहीं कर सकते। उसके पास गन है।''

"जिम...।''

"शायद दरवाजा उसी ने खोला था।''-अवनी ने स्क्रीन पर एक कोने में दिख रहे फायरप्लेस की ओर इशारा करते हुए कहा, जिसमें से दो पैर बाहर निकले हुए दिख रहे थे और आस-पास जलती लकड़ियाँ भी बिखरी हुईं थीं।

निमिष को अपनी आंखों पर विश्वास नहीं हो रहा था।

दरवाजा खोले कितनी देर हुई होगी?

एक मिनट? दो मिनट?

उतने कम समय में स्कारलेट ने दो-दो लोगों को मार डाला।

ऐसा ही करिश्मा उसने प्लेन में किया था।

मिनटों में तीन लोगों को मार गिराया था।

और शायद उन दोनों को भी मार ही देती।

अगर वो किसी चमत्कार की तरह उससे बच नहीं गए होते।

"ये तो मर चुकी थी।''-निमिष स्क्रीन की ओर देखते हुए बोला, जिस पर स्कारलेट सीढ़ियों की ओर बढ़ती हुई नजर आ रही थी।

"धीमे बोलो''-अवनी ने कहा-"वो ऊपर आ रही है।''

'ठक...ठक...।'

स्कारलेट आराम से सीढ़ियाँ चढ़ते हुए ऑब्जर्वेटरी हॉल के दरवाजे के सामने पहुंची।

वो दरवाजे के सामने इस तरह मुस्कुराते हुए खड़ी थी, जैसे उसे पूरा यकीन था कि उसका शिकार अंदर मौजूद था।

"निमिष!''-उसने दोबारा आवाज लगाई।

फिर उसने दरवाजे को धकेलकर हॉल में प्रवेश किया।

वहां कोई नहीं था।

ऑब्जर्वेटरी हॉल खाली था।

अवनी और निमिष ऑब्जर्वेटरी की छत पर थे।

वे हॉल के बीच में लगे उस विशाल टेलीस्कोप पर चढ़कर टेलीस्कोप के सामने की उस खुली जगह से बाहर निकले थे, जहां से टेलीस्कोप बाहर निकलता था।

हैरिस ने उन्हें जो को-ऑर्डिनेटर टैब दिया था-जिसकी सहायता से वो उस एनॉमली को ट्रेस कर सकते थे, जिससे वे 2122 में पहुंचे थे-वो निमिष ने अपने पास संभालकर रख लिया था।

आखिर वही उनके भविष्य से वापस अपने समय में लौटने की उम्मीद थी।

एक ड्रेन पाइप की सहायता से वे मकान के पिछले हिस्से में उतरे।

पहले अवनी उतरी। निमिष को पाइप से नीचे उतरने में दिक्कत हो रही थी।

"निमिष!"-अंदर की ओर से फिर स्कारलेट की आवाज सुनाई दी।

"क्या हुआ?''-नीचे खड़ी अवनी इतनी धीमी आवाज में बोली कि उसे निमिष ही सुन सके-"तुम्हारी महबूबा नहीं पुकार रही है। जल्दी उतरो।''

"मुझे...इस पाइप को पकड़ने में...दिक्कत हो रही है।''-निमिष किसी तरह पाइप को पकड़कर नीचे उतरने की कोशिश करते हुए बोला।

"वाह। तुम्हारी कमांडो ट्रेनिंग का क्या हुआ? 'सेव द बोट'?''

"वो ट्रेनिंग प्लेन में हाईजैकर्स का सामना करने के लिए है।''-जैसे-तैसे नीचे उतरने के बाद निमिष ने अपने कपड़े झाड़ते हुए कहा-"उसमें छत से पाइप पकड़कर नीचे उतरना नहीं सिखाया गया। हाइजैकर्स से प्लेन को बचाने के लिए पायलट को प्लेन की खिड़की खोलकर बाहर पाइप से नीचे उतरने की जरूरत नहीं पड़ती।''

"छोड़ो ये सब।''-अवनी ने उसकी कलाई पकड़ी और अंधेरे में ही पिछले गेट की ओर लपकते हुए बोली-“हमें जल्दी यहां से भागना चा...।''

अंधेरे में ही किसी चीज से ठोकर खाकर वो जोर से जमीन पर गिरी।

"संभल के।''-निमिष ने उसे सहारा देकर उठाते हुए कहा।

वो किस चीज से टकराई थी, ये देखने के लिए अवनी ने मोबाइल की टॉर्च जलाकर उसक रूख जमीन की ओर किया।

जो दिखाई दिया, उसे देखकर दोनों बुरी तरह सिहर उठे।

वहां किसी युवती की बुरी तरह जली हुई लाश पड़ी थी।

"ये जरूर केट होगी।''-अवनी ने धीमे से कहा।

फिर उसने ऊपर अर्धगोलाकार ऑब्जर्वेटरी की ओर देखते हुए कहा-"पता नहीं कैसी चुड़ैल है। जहां जाती है, मौत की लकीर छोड़ जाती है।''

"पता नहीं वो चुड़ैल है या हम ही मनहूस हैं।''-निमिष ने अवनी को पिछले गेट की ओर खींचते हुए कहा।

अगले ही पल वे गेट से बाहर निकलकर अंधेरे जंगल में गुम होते चले गए।

स्कारलेट कुछ पलों तक ऑब्जर्वेटरी हॉल में नजरें दौड़ाती रही, फिर उसकी नजरें ऊपर उठ गईं।

ऊपर अर्धगोलाकार छत में विशाल टेलीस्कोप के सामने का चौकोर हिस्सा खुला हुआ था, जिससे बाहर आसमान दिख रहा था।

उसके होंठों पर मुस्कान आ गई।

वो वापस दरवाजे की ओर घूमी और सामान्य चाल चलते हुए हॉल से बाहर निकल गई।

सीढ़ियों से उतरकर वो वापस नीचे हॉल में पहुंची और उसी दरवाजे से बाहर निकल गई।
बाहर जाने से पहले उसने हाथ में पहनी स्मार्टवाच झटके से खींचकर तोड़ते हुए उतार दी और उसे भी जिम के पीछे फायरप्लेस में फेंक दिया।

निमिष और अवनी जंगल में पेड़ों के बीच से होते हुए रनवे तक पहुंच ही गए।
“प्लेन के इंजन की आवाज सुनकर वो यहां आ सकती है।”-अवनी ने कहा।
“हमारे पास कोई और रास्ता नहीं है।“-निमिष ने कहा-“और यही आखिरी मौका है।“
दोनों तेज-तेज कदमों से प्लेन की ओर बढ़े।
अभी वे प्लेन से कुछ ही दूरी पर थे कि तभी अंधेरे में एक नीले रंग की चमकदार किरण निमिष के बगल से होते हुए सामने खड़े प्लेन से जा टकराई।
दोनों जहां थे, वहीं रूक गए।
किरण प्लेन से टकराने के कुछ ही सेकेंडों में प्लेन का रंग बदलकर लाल होने लगा, फिर अचानक प्लेन आग की भीषण लपटों से घिर गया।
प्लेन से थोड़े दूर होने के बावजूद उन्हें आग की तपन महसूस हो रही थी।
दोनों ने घूमकर पीछे की ओर देखा, जिधर से किरण आई थी।
उनसे थोड़ी ही दूरी पर स्कारलेट खड़ी थी।
अंधेरे में उसकी आंखें अब भी लाल अंगारों की तरह दहक रहीं थीं।
"तुम्हारे साथियों को मैंने मारा था।''-स्कारलेट की आवाज गूंज उठी-"तो उनका अंतिम संस्कार करना भी मेरा फर्ज था।''
"इस हिसाब से तो''-अवनी उसकी ओर बढ़ी-"अब तेरा अंतिम संस्कार करना हमारा फर्ज होगा।''
स्कारलेट की पैशाचिक हंसी जंगल के सुनसान वातावरण में गूंज उठी।

"अगर तू चुड़ैल है''-अवनी ने भी चिल्लाकर कहा-"तो मेरे पास भी तेरा इलाज करने के लिए जिन्न है।''

स्कारलेट के चेहरे से हंसी गायब हो गई। उसके चेहरे पर खूनी भाव प्रकट हुए। अगले ही पल उसने अपना गन वाला हाथ अवनी की ओर किया और...

निमिष-जो अवनी में अचानक आए असाधारण साहस को देखकर हैरान था-ने फुर्ती से अवनी का हाथ पकड़कर उसे खींचा और हड़बड़ी में ही उसे अपने पीछे कर लिया।

स्कारलेट ने फायर किया।

पहली गोली जहां अवनी पहले खड़ी थी, वहां हवा से बातें करते हुए निकल गई।

स्कारलेट ने फुर्ती से गन को अवनी की ओर मोड़ दिया था और वो शायद दूसरा फायर भी कर देती लेकिन तब निमिष ने एक अजीब बात नोट की।

निमिष को सामने देखकर उसका हाथ कांपकर रह गया।

उसने फायर नहीं किया।

पीछे अवनी ने सीटी बजाई और जोर से बोली-"न्यूट्रल।''

स्कारलेट को अपनी गर्दन पर चुभन का अहसास हुआ।

अगले ही पल उसका दिमाग अंधेरे में डूबता चला गया।

निमिष अवाक-सा स्कारलेट को बेहोश होकर जमीन पर ढेर होते देखता रहा।

वो अवनी की ओर घूमा।

"ये तुमने कैसे किया?''-उसने पूछा।

लेकिन अवनी ने उसके सवाल पर ध्यान नहीं दिया। वो बेचैनी से जलते हुए प्लेन को देख रही थी।

"हमें...हमें उसे बचाना होगा।''-वो बोली।

"किसे? किसे बचाना होगा? हमारे सिवा यहां है ही कौन?''
"उसे।''-अवनी ने प्लेन की ओर इशारा किया।
अगले ही पल एक धमाके के साथ प्लेन फट पड़ा।

उस धमाके से निमिष भी एक पल के लिए स्तब्ध रह गया।
उनके वापस लौटने की आखिरी उम्मीद भी उनकी आंखों के सामने ही खत्म हो गई थी।
सब कुछ इतनी जल्दी-जल्दी हो रहा था कि उन्हें ठीक से सोचने-समझने का मौका भी नहीं मिल पा रहा था।
"ये क्या हो गया?''-अवनी स्तब्ध-से स्वर में बोली-"मशीन नष्ट हो गई। वो सारा डेटा नष्ट हो गया, जो हमने जुटाया था। अब हम उसे प्रोफेसर तक कैसे पहुंचाएंगें?''
निमिष ने अवनी को ऐसे देखा, जैसे उसकी बात का विश्वास न कर पा रहा हो।
अभी-अभी उनके वापस अपने समय में लौटने का इकलौता साधन उनकी आंखों के सामने नष्ट हो गया था।
और उसे मशीन में रखे डेटा की फिक्र हो रही थी?
वो उस मशीन को बचाने की बात कर रही थी?
व्हाट द हैल?
फिर वो अवनी के सामने आ गया और उसके दोनों कंधों को पकड़कर उसे जोर से झंझोड़ दिया।
"क्या तुम पागल हो गई हो?''-निमिष ने गुस्से से कहा-"प्लेन नष्ट हो गया है। हमारे वापस अपनी दुनिया में लौटने की अब कोई उम्मीद नहीं बची है। और तुम्हें उस घटिया मशीन की फिक्र हो रही है?''
अवनी उसे देखती रही लेकिन कुछ बोली नहीं।
निमिष ने उसके कंधे छोड़ दिए और उससे दो कदम पीछे हटकर खड़ा हो गया।

"बताओ मुझे।''-वो दृढ़ स्वर में बोला।

"क्या?''-अवनी ने शांत स्वर में कहा।

"ये सब क्या हो रहा है? तुम और क्या-क्या जानती हो? अगर अब भी तुमने नहीं बताया तो मैं सोचूंगा कि तुम्हारे बारे में मैंने जो कुछ सोचा था, वो सब गलत था।''

वो कुछ पलों तक उसे देखती रही, फिर गहरी सांस लेकर बेहोश पड़ी स्कारलेट की ओर घूमते हुए बोली-"पहले इसे बांध देते हैं।"

निमिष लपककर रनवे पर स्थित शेड में पहुंचा। वहां एक कोने में कुछ सामान रखा हुआ था, जिसमें एक रस्सी भी शामिल थी। वो रस्सी लेकर वापस अवनी के पास पहुंचा।

"पहले तो इसकी तलाशी लेते हैं।''-अवनी ने कहा-"शायद कुछ काम का मिले।''

"पहले ही लेनी चाहिए थी।''-निमिष ने कहा।

"उस वक्त तो प्लेन को क्रैश होने से बचाने की हड़बड़ी थी। तुम्हारा ध्यान भी तो नहीं गया।"

"मेरे साथ ये सब रोज-रोज नहीं होता।''

"जैसे मेरे साथ होता है।''-अवनी भुनभुनाई।

कुछ पल उनके बीच खामोशी छाई रही।

"लो।''-फिर अवनी ने स्कारलेट की ओर इशारा करके कहा।

"क्या?''

"तलाशी।''

"इसकी तलाशी तो तुम ही ले सकती हो न।''

अवनी ने चुभती नजरों से उसे देखा।

"क्या हुआ?''-निमिष ने कहा।

"जेंटलमैन बन रहे हो? बेहोश लड़की को हाथ नहीं लगाना है?''

"बकवास बंद करो और इसकी तलाशी लो।''

अवनी उसे घूरते हुए स्कारलेट पर झुकी और उसकी तलाशी लेने लगी।

निमिष ने स्कारलेट की गन की तलाश में इधर-उधर नजरें दौड़ाईं, जो स्कारलेट के हाथ से छूटकर गिर गई थी लेकिन वहां जमीन पर पड़े पत्तों, बड़ी घास और अंधेरे के कारण वो गन को तलाश नहीं पाया।

अवनी को स्कारलेट के कपड़ों से एक छोटा-सा बॉक्स मिला, जिसमें दो उससे भी छोटी और पतली शीशियां जैसी थी, जिनमें से एक में सुनहरे रंग का चमकीला तरल पदार्थ भरा हुआ था-शीशी बेहद छोटी थी, इसलिए उस तरल की मात्रा भी बेहद कम थी-वहीं दूसरी शीशी खाली थी। दोनों शीशियों के ऊपरी हिस्से के किनारे पर एक बटन बना हुआ था।

"ये क्या है?''-गन नहीं मिलने पर हार मानकर वापस उसके पास आ पहुंचे निमिष ने पूछा।

अवनी ने खाली शीशी उठाकर उसके ऊपर लगा बटन दबाया। तुरंत ही उसके ऊपरी हिस्से से एक पतली सी सुई जैसी निकल आई।

अवनी की आंखें फैल गईं।

"कोई इंजेक्शन लगता है।"-निमिष ने कहा।

"ऐसी चीज मैंने अपनी जिंदगी में कभी नहीं देखी।''-अवनी ने कहा-"और मैं दुनिया की सबसे एडवांस्ड साइंस फैसीलिटीज में से एक में काम करती हूं।''

अवनी ने बटन दोबारा दबाया। शीशी से निकली सुई वापस अंदर चली गई। उसने शीशियों को वापस उस बॉक्स में रखा और बॉक्स अपनी जेब के हवाले किया।

स्कारलेट के पास से उन्हें और कुछ नहीं मिला।

फिर दोनों ने उसे रस्सी से मजबूती से बांध दिया।

"हम इसे इस तरह बांधकर छोड़ देंगें''-निमिष ने कहा-"तो हो सकता है ये इस तरह बंधे-बंधे ही...।''-उसने अपनी बात अधूरी छोड़ दी।

"मर जाए?''-अवनी ने उसकी बात पूरी की-"खुशी से। इससे अच्छा और क्या हो सकता है। जो कुछ इसने किय। है, उसके लिए तो हमें इसे मार ही देना चाहिए। लेकिन हम अपने हाथ इसके गंदे खून से नहीं रंगना चाहते इसलिए इसे ऐसे बांधकर छोड़ना हमारी मजबूरी है।''

निमिष कहना चाहता था कि ऐसे वीरान टापू पर किसी को इस तरह बांधकर छोड़ना भी एक तरह से उसके 'गंदे खून से हाथ रंगना' ही था। लेकिन उसने कहा नहीं।

क्योंकि अवनी ने जो कहा था, वो भी गलत नहीं था।

"चलो''-स्कारलेट को बांधने के काम से छुट्टी पाने के बाद उसने कहा-"शुरू हो जाओ।''

अवनी ने गहरी सांस ली और बोली-"डब्ल्यूएम प्रोजेक्ट।''

"क्या?''

"वो प्रोजेक्ट, जिस पर हम पिछले कई वर्षों से काम कर रहे हैं। प्रोफेसर महादेवन , मैं, प्रमेश, ऐनी, अनीता और अभय। ये एक बेहद गुप्त लेकिन विज्ञान का बहुत बड़ा रिसर्च प्रोजेक्ट है। इस प्रोजेक्ट के दौरान ही हमें बरमूडा क्षेत्र में एक खास तरह के...पार्टिकल्स की उपस्थिति का पता चला।''

"पार्टिकल्स?''

"असल में वे पार्टिकल्स नहीं हैं।''-अवनी ने समझाने वाले अंदाज में दोनों हाथ सामने लहराए-"लेकिन उनकी कुछ विशेषताओं के कारण हमने उन्हें ये नाम दिया है। उन पार्टिकल्स की उपस्थिति ये दर्शाती थी कि बरमूडा क्षेत्र में होने वाली प्लेनों और जहाजों के रहस्यमयी ढंग से लापता होने की घटनाओं का संबंध हमारे रिसर्च प्रोजेक्ट से हो सकता है। इसकी सच्चाई जानने के लिए ही प्रोफेसर ने आनन-फानन में ये मिशन एनॉमली लांच किया, जिसमें हमें ये मशीन लेकर बरमूडा ट्राइएंगल से होकर गुजरना था। मशीन उन पार्टिकल्स से जुड़ा सारा डेटा रिकॉर्ड कर लेती और यकीन मानो, ये विज्ञान की दुनिया में बहुत बड़ी सफलता हो सकती थी।''

निमिष कुछ देर तक खामोशी से उसे देखता रहा।

"ये क्या है?''-फिर वो बोला।

"क्या?''

"जो कुछ भी तुमने कहा, उससे कुछ भी साफ नहीं हुआ।''

"आर यू फॉर रियल? मैंने अभी-अभी तुम्हें अपने बेहद सीक्रेट प्रोजेक्ट के बारे में बताया, जिसमें दुनिया के कुछ टॉप साइंटिस्ट काम कर रहे हैं। और तुम कह रहे हो कि इससे कुछ भी साफ नहीं हुआ?''

"कौन-सा सीक्रेट प्रोजेक्ट?''

"डब्ल्यूएम प्रोजेक्ट।''

"क्या बला है ये डब्ल्यूएम प्रोजेक्ट? और इससे हमारे साथ ये सब...ये सब जो हो रहा है, वो कैसे एक्सप्लेन होता है? ये स्कारलेट कौन है?''

"इसके बारे में तो मुझे भी नहीं पता।''-अवनी पलटकर पीछे बेहोश पड़ी स्कारलेट पर नजर मारते हुए बोली, फिर उसने वापस निमिष की ओर देखा-"डब्ल्यूएम प्रोजेक्ट दुनिया के सबसे बड़े साइंटिफिक रिसर्च प्रोजेक्ट्स में से एक है। मैं तुम्हें अपने इस प्रोजेक्ट से जुड़ने की कहानी सुनाती हूं। इतना तो

तुम समझ ही गए होगे कि बरमूडा ट्राइएंगल से गुजरते समय वहां एक वर्महोल बन गया था, जिससे हम यहां-100 साल आगे भविष्य में-आ गए।''

"वर्महोल?''

"हां। वैसे ये मेरा वर्महोल से पहला साक्षात्कार नहीं था। पोर्टो रिको से उड़ान भरने से पहले मैं वर्महोल से ही अपने रिसर्च सेंटर से पोर्टो रिको में पहुंची थी। मैंने पहली बार वर्महोल में कदम रखकर सैंकड़ों किलोमीटर की दूरी को महज एक सेकेंड में पूरा किया था। इसीलिए तुम्हें मैं बदहवास-सी लग रही थी।''

"ओह।''-निमिष ने कहा।

वो उस बात को कैसे भूल सकता था? वहीं पर तो उसने अवनी को पहली बार देखा था।

"वैसे वो भी वर्महोल से जुड़ी मेरे जीवन की पहली घटना नहीं थी।''-अवनी कह रही थी-"मैं जब सात-आठ साल की थी, पापा के साथ शिप से लंदन से न्यूयॉर्क जा रही थी। रास्ते में मैंने एक प्लेन को आसमान में गायब होते देखा। उस समय मैंने पापा को बताया लेकिन उन्होंने मेरी बात का विश्वास नहीं किया। लेकिन लंदन पहुंचने पर जब एक प्लेन के"-फिर उसने संशोधन किया-"एक और प्लेन के बरमूडा ट्राइएंगल में लापता होने की खबर सुर्खियों में आई, तब पापा ने मेरी बात को गम्भीरता से लिया। उन्होंने मेरी बात पुलिस, इन्वेस्टिगेशन टीम तक पहुंचाई। लेकिन पहले पापा मेरा विश्वास करने को तैयार नहीं थे। बाद में पुलिस और इन्वेस्टिगेशन टीम वालों ने नहीं किया। कुछ लोगों ने किया लेकिन अखबारों, टीवी चैनलों के शो में उस घटना को बताने के बाद भी कोई उस पर यकीन करने को तैयार नहीं हुआ। सब यही मानते रहे कि एक प्लेन क्रैश को सैंशेसनल बनाने की कोशिश की जा रही है। जैसे अभी बरमूडा ट्राइएंगल की घटनाओं में किसी भी तरह की रहस्यमयी शक्ति होने से इनकार करने वाले तथाकथित यथार्थवादी मानते हैं। मेरी बात किसी ने नहीं सुनी। सुनी भी तो विश्वास नहीं किया। विश्वास किया तो कुछ ही लोगों ने, जो कुछ नहीं कर पाए।''

वो कुछ पल सांस लेने के लिए रूकी, फिर उसने बताना जारी रखा-

"बचपन की उस घटना ने मुझे इतना प्रभावित किया कि मैं कभी उसके साये से बाहर नहीं निकल पाई। हमेशा उसी के बारे में सोचती रही। विज्ञान में मेरी

दिलचस्पी तो उस छोटी उम्र से ही थी लेकिन वो प्लेन कहां और कैसे गायब हो गया, ये जानने के लिए मैंने अपनी पूरी जिंदगी ही विज्ञान के नाम कर दी। पढ़ाई, पढ़ाई और सिर्फ पढ़ाई। लेकिन क्वांटम फिजिक्स में पीएचडी करने के बाद भी मैं उस प्लेन के गायब होने का सच नहीं जान सकी। मैं निराश होने लगी थी। मेरे दिमाग का एक हिस्सा चीख-चीखकर मुझसे कहने लगा था कि वो कोई नजरों का धोखा था। या उतनी छोटी उम्र में मैं ही समझ नहीं पाई थी कि प्लेन के साथ क्या हुआ था? या कुछ भी था लेकिन प्लेन के गायब होने जैसी कोई घटना नहीं हुई थी। क्योंकि विज्ञान इस बात से इनकार करता था कि एक पूरा प्लेन हवा में उड़ते-उड़ते अचानक गायब हो सकता है। प्लेन तो क्या, एक साइकिल तक गायब नहीं हो सकती। मैं निराश होती जा रही थी। ऐसा लग रहा था, जैसे वो मेरे बचपन का एक हिस्सा था, जो बिना अपना लक्ष्य पूरा किए खत्म हो रहा था। लेकिन फिर भी मैंने हार नहीं मानी। कहते हैं न कि दिल से किसी चीज के लिए प्रार्थना करो तो भगवान जरूर सुनते हैं। ऐसा ही मेरे साथ हुआ। मेरी ये तलाश मुझे एक साइंस कम्युनिटी तक ले गई, जहां मेरी मुलाकात प्रोफेसर महादेवन से हुई। उनसे मिलने के बाद मुझे पता चला कि मैं जिस चीज की तलाश में पहली सीढ़ी पर भी कदम नहीं रख पाई थी, वे पहले से उसकी छत पर मौजूद थे।''

"उन्होंने पता लगा लिया था कि वो प्लेन कहां गायब हुआ था?''

"नहीं। वो तो एक बहुत बड़े रिसर्च प्रोजेक्ट पर काम कर रहे थे, जिसे डब्ल्यूएम प्रोजेक्ट का नाम दिया गया है।''

"क्या है ये डब्ल्यूएम प्रोजेक्ट?''

"इसके बारे में मैं तुम्हें फिलहाल ज्यादा नहीं बता सकती। वैसे भी इस तरह बातें करते रहे तो हमें बहुत देर हो जाएगी। हमें अपना ध्यान यहां से निकलने पर केन्द्रित करना चाहिए।''

"निकलने पर? और वो कैसे होगा?''

अवनी के खूबसूरत चेहरे पर परेशानी के भाव गहरा गए। उसने दोनों हाथ कमर पर रखकर इधर-उधर देखा।

तभी अपनी पैंट की जेब में कुछ महसूस कर उसका हाथ अनजाने ही जेब में चला गया।

उसने हाथ बाहर निकालकर वो चीज अपनी आंखों के सामने की।

वो 'रेटिना-की' थी।

अवनी अवाक-सी उस बायोनिक आई को देखती रह गई।

आंख की पुतली अभी भी जिंदा आंख की तरह इधर-उधर हिल रही थी।

ऑब्जर्वेटरी में जब उसे लगा था कि हैरिस ने दरवाजे से बाहर निकलते समय उसकी जांघ को सहलाया था-

वो उसकी जांघ को नहीं सहला रहा था।

उसने वो 'रेटिना-की' उसकी जेब में डाल दी थी।

"तुम इसे ले आईं थीं।''-निमिष ने कहा।

"नहीं।''-अवनी स्तब्ध-से स्वर में बोली-"हैरिस ने इसे मेरी जेब में डाल दिया था।''

निमिष कुछ नहीं कह सका।

उसके पास शब्द ही नहीं थे।

हैरिस, जिम और उस लड़की-केट-की मौत के लिए वो खुद को अपराधी महसूस कर रहा था।

"चलो यहां से।''-कहकर अवनी आईलैंड के पश्चिम की ओर बढ़ गई।

वे पायर से कुछ ही दूर थे।

काफी देर से वे खामोशी से चल रहे थे। माहौल की बोझिलता कम करने की गरज से निमिष ने कहा-"उसका क्या नाम है?''

"किसका?''-अवनी ने चौंककर उसकी ओर देखा।

निमिष ने उसकी कलाई की ओर इशारा किया।

अवनी ने ब्रेसलेट की ओर देखा, फिर उसकी ओर देखा, जैसे उसकी बात समझ नहीं पा रही हो।

"आम तौर पर लोग अपने किसी बहुत करीबी के नाम के पहले अक्षर का ब्रेसलेट ही पहनते हैं।''-निमिष ने कहा।

सुनकर अवनी के होंठों पर मुस्कान आ गई।

"हां, करीबी तो है।''-वो ब्रेसलेट से खेलते हुए बोली-"बहुत ज्यादा ही करीबी है।''

"अगर तुम नाम नहीं बताना चाहती तो कोई बात नहीं। मैं फोर्स नहीं कर रहा।''

"उसका नाम स्वीटी है।''

निमिष ने आश्चर्य से उसकी ओर देखा।

"स्वीटी?''

"हां।''-उसके चेहरे के भाव देखकर अवनी खिलखिलाकर हंस पड़ी-"मेरे बचपन का नाम है। मेरे पापा ने ये ब्रेसलेट मुझे मेरे जन्मदिन पर गिफ्ट किया था।''

"ओह।''

उनके कदम पायर पर पड़े।

पायर के आखिर में खड़े सी-प्लेन(पानी पर टेक ऑफ और लैंड कर सकने वाला प्लेन) पर नजर पड़ते ही निमिष को लगा जैसे वो रेगिस्तान में भटक रहा था और उसे ठंडे पानी का स्त्रोत दिख गया हो।

उस प्लेन की बनावट भी काफी अलग थी। वो एक छोटा 6-सीटर प्लेन था। लेकिन उसके पंख काफी पतले और छोटे थे। हालाँकि आम सी-प्लेनों की तरह उसमें भी नीचे समुद्र पर तैरने के लिए विशेष बनावट वाले स्टैंड लगे थे, जिनकी सहायता से वो समुद्र में खड़ा था।

निमिष को शंका होने लगी कि प्लेन के कंट्रोल भी कहीं बहुत ज्यादा अलग न हो। वरना उन्हें प्लेन को उड़ाने में दिक्कत हो सकती थी।

"ये लो।''-अचानक अवनी ने रेटिना-की अपनी जेब से निकालकर उसकी ओर बढ़ा दी।

"मुझे क्यों दे रही हो?''-निमिष ने कहा।

"मुख्य पायलट तो तुम्हीं हो। इसे तुम ही रखो।''

निमिष ने रेटिना-की अपनी जेब में डाल ली।

वे लोग पायर के रैम्प (लकड़ी के रास्ते) पर चलते हुए प्लेन की ओर बढ़ ही रहे थे कि तभी निमिष को लगा जैसे उसके कान के पास से दहकता अंगारा गुजरा हो।

"बचो।''-अवनी ने चिल्लाते हुए उसे धक्का मारकर रैम्प पर ही गिरा दिया। उसके साथ ही वो खुद भी रैम्प पर गिर गई।

कोई उन पर गोलियां चला रहा था।

निमिष ने जमीन पर पड़े-पड़े ही पीछे पलटकर देखा।

अंधेरे जंगल से स्कारलेट उनकी ओर बढ़ी चली आ रही थी। उसने किसी तरह खुद को आजाद कर लिया था और अपनी गन भी ढूंढ ली थी । स्कारलेट का एक हाथ सीधा सामने की ओर तना हुआ था, जिसमें गन थी। उसकी आंखें अब भी उसी तरह लाल दहक रहीं थीं, जैसा उन लोगों ने रनवे के पास देखा था।

उसका सामने तना हुआ हाथ थोड़ा नीचे की ओर मुड़ा और फिर फायर की आवाज गूंजी।

निमिष को गोली चलने की आवाज के लगभग साथ ही अपने पैरों के आसपास कहीं पायर की लकड़ी टूटने की आवाज सुनाई दी।

"पानी में कूदो।''-वो चिल्लाया और उसने अवनी को धक्का दिया।

वे दोनों पलटते हुए पायर के दोनों ओर से नीचे पानी में कूद गए।

पानी में गिरने के साथ ही निमिष को दूसरी ओर अवनी के भी पानी में गिरने की छपाक की आवाज सुनाई दी।

वो तेजी से सामने की ओर तैरने लगा, जिससे प्लेन के नजदीक पहुंच सके।

उसने तैरते-तैरते ही ध्यान लगाकर सुनने की कोशिश की।

दूसरी ओर से भी पानी में तैरने से उत्पन्न आवाज सुनाई दे रही थी।

अवनी भी प्लेन की ओर बढ़ रही थी।

तभी उस आवाज में ऊपर लकड़ी के रैम्प से आ रही कदमों की आहट भी शामिल हो गई।

स्कारलेट उनकी ओर बढ़ रही थी।

निमिष को अवनी की चिंता होने लगी।

अब स्कारलेट को हमला करने के लिए उनमें से किसी एक को चुनना था।

ऊपर से फिर फायर की आवाज गूंजी।

निमिष को ऐसा लगा, जैसे उसकी पसलियों में किसी ने दहकती सलाख घुसेड़ दी हो। उसकी आंखों के सामने अंधेरा छा गया।

स्कारलेट ने हमला करने के लिए उसे चुना था।

या उसका ख्याल गलत था।

फायर की आवाज फिर गूंजी।

इस बार फायर रैम्प के दूसरी ओर किया गया था।

वो अवनी पर भी हमला कर रही थी।

उसे किसी भी हालत में रोकना था।

वैसे भी रनवे पर उसने प्लेन का जो हश्र किया था, उसके बाद लगता नहीं था कि वो सी-प्लेन को भी छोड़ने वाली थी।

वहां तो किसी तरह चमत्कार से उनकी जान बच गई थी लेकिन यहां भी वही चमत्कार दोबारा होगा, इसकी कोई गारंटी नहीं थी।

उन्हें खुद ही कुछ करना था।

रैम्प समुद्र की सतह से ज्यादा ऊंचा नहीं था। निमिष ने तैरना बंद करके रैम्प के बगल में बने लकड़ी के आधार को पकड़कर रैम्प पर चढ़ने की कोशिश शुरू की।

उसके पसलियों के पास जहां गोली लगी थी, वहां दर्द तो हो रहा था लेकिन उस वक्त उसका दिमाग किसी भी तरह अवनी को स्कारलेट से बचाने पर केन्द्रित था।

रैम्प से ऊपर आते समय पैरों की आहट उसके चेहरे के लगभग पास से होकर आगे बढ़ गई।

शायद स्कारलेट का पूरा ध्यान दूसरी ओर अवनी पर हमला करने का था।

निमिष जल्दी से रैम्प पर चढ़ गया।

स्कारलेट आगे बढ़ चुकी थी। उसकी पीठ निमिष की ओर थी।

अचानक उसने अवनी की दिशा में गोलियां चलानी बंद कर दीं।

वो अपनी जगह पर रूक गई।

निमिष जानता था कि उसके पास बस वही मौका था।

वो फुर्ती के साथ उस पर झपटा।

लेकिन स्कारलेट उससे कहीं ज्यादा फुर्ती और सहजता से अपनी जगह पर घूम गई-जैसे उसे पहले से ही पता था कि उस पर पीछे से हमला होने वाला था-उसके दोनों हाथों ने रास्ते में ही निमिष को पकड़ लिया, उसकी पकड़

लोहे की तरह कठोर थी लेकिन उसने निमिष को रोकने की कोशिश नहीं की बल्कि रैम्प पर आगे की ओर ही धक्का दे दिया।

वो लडख़ड़ाकर उसके सामने रैम्प पर ढेर हो गया। उसका मुंह जोर से लकड़ी के रैम्प से टकराया, जिससे आसमान में दिख रहे तारों की झलक एक पल के लिए उसे वहीं पर दिखाई दे दी गई। पसली में जहां गोली लगी थी, वहां भी दर्द की तेज लहर उठी।

'खेल खत्म'।-उसने मन-ही-मन सोचा।

एक पल के लिए वैसी ही स्थिर अवस्था में रहकर वो पीछे से गोली चलने का इंतजार करता रहा।

गोली नहीं चली।

कोई फायर नहीं हुआ।

उसने रैम्प पर पड़े-पड़े ही पलटकर पीछे देखा।

स्कारलेट उसके पीछे ही खड़ी थी।

उसकी आंखें अब भी दहकते अंगारों की तरह लाल चमक रहीं थीं। उसके हाथ में रिवॉल्वर तो थी लेकिन उसे उसने निमिष की ओर नहीं तान रखा था।

वो अपनी सांसों पर काबू पाने की कोशिश करते हुए उठ खड़ा हुआ।

"क्यों मारना चाहती हो तुम हम लोगों को?''-उसने कहा।

वो हंसी।

फिर उसने अचानक गन वाला हाथ रैम्प के उस ओर-जिस ओर अवनी तैर रही थी-किया और ट्रिगर दबा दिया।

तेज हवा और लहरों के शोर के बीच निमिष को अवनी की चीख सुनाई दी।

"अवनी!"-निमिष चीखा। और बिना एक पल गंवाए उसने पानी में छलांग लगा दी, जिस ओर अवनी कूदी थी।

स्कारलेट ने उसे रोकने की कोई कोशिश नहीं की। वो आराम से गन हाथ में थामे मुस्कराते हुए उसे पानी में कूदकर गुम होते देखती रही।

"अवनी।''-निमिष जोर से चीखा-"अवनी।''

कोई जवाब नहीं।

कोई प्रतिक्रिया नहीं।

उसे अपनी रगों में खून जमता-सा महसूस हुआ।

तो क्या अवनी...।

नहीं।

वो ये मानने के लिए तैयार नहीं था।

उसने पानी में डुबकी लगाई।

रात के अंधेरे में सतह के ऊपर भी ज्यादा कुछ दिखाई नहीं दे रहा था। पानी के अंदर किसी को ढूंढना तो और भी मुश्किल काम था।

वो कुछ देर तक पानी के अंदर तैरकर अवनी को ढूंढने की कोशिश करता रहा, फिर सांस लेना मुश्किल होने पर उसे फिर सतह पर आना पड़ा।

देर तक सांस रोकने के कारण वो गहरी-गहरी सांसें ले रहा था।

उसकी नजर ऊपर रैम्प पर गई। वहां उसे स्कारलेट की झलक दिखाई दी।

क्यों?

स्कारलेट ने उसे क्यों नहीं मारा?

अवनी को क्यों...?

निमिष को लगा जैसे वहां आसपास छाया अंधेरा और भी ज्यादा गहरा गया था।

अब सिर्फ उसे एक चीज सूझ रही थी।

वो वापस रैम्प के किनारे आधार की लकड़ियों को पकड़कर वापस रैम्प के ऊपर पहुंचा।

स्कारलेट जैसे उसी का इंतजार कर रही थी। उसके चेहरे पर मुस्कान थी, जैसे निमिष का मजाक उड़ा रही हो। उसे ऊपर आता देखकर वो दिखावे वाले ढंग से अपनी मुस्कान रोकने का प्रयास करने लगी।

निमिष ने इतना गुस्सा, किसी को तुरंत जान से मार देने की इतनी तीव्र इच्छा शायद अपने जीवन में कभी महसूस नहीं की थी।

उतनी ठण्ड में समुद्र के ठण्डे पानी में उतनी देर तैरने के बाद उसके शरीर में सिहरन हो रही थी, ठण्डी हवाएं भी जैसे उसे जमा देने पर उतारू थीं, पसलियों के पास लगातार उठ रही दर्द की तेज लहर जान लेने पर उतारू थी लेकिन वो शायद उसके दिमाग में उबल रहा क्रोध का लावा था, जिसने उसे अपने पैरों पर खड़े रखा था।

वो स्कारलेट की ओर बढ़ा।

वो जानता था कि स्कारलेट के हाथ में गन थी। वो उसे जब चाहे मजे से शूट कर सकती थी। बल्कि उसके पास तो पहले भी मौका था।

निमिष को तो अब उसकी लाल अंगारों की तरह दहक रही आंखों की भी परवाह नहीं थी, जिनकी वजह से वो इंसान भी नहीं लग रही थी।

इस वक्त उसके दिमाग में सिर्फ एक चीज थी।

किसी भी तरह से स्कारलेट का वही हश्र करना, जो उसने अवनी का किया था।

उसके पास पहुंचते ही निमिष उस पर झपट पड़ा। लेकिन स्कारलेट बेहद फुर्ती और सहजता से दो-तीन कदम पीछे हटती चली गई, जिससे निमिष ही लड़खड़ा गया। लेकिन इस चक्कर में वो स्कारलेट के बिल्कुल पास पहुंच गया था।

अगले ही पल स्कारलेट का घूंसा उसके सीने से टकराया।

निमिष को लगा जैसे उसके सीने पर किसी ने हथौड़ा मारा हो।

वो अभी सीने की चोट से उबर भी नहीं पाया था कि स्कारलेट का हाथ उतनी ही तेजी के साथ घूमा और उसका घूंसा निमिष के चेहरे से टकराया।

एक पल के लिए निमिष की आंखों के आगे अंधेरा छा गया। वो पीठ के बल रैम्प पर गिरा।

स्कारलेट जोर से खिलखिलाकर हंसी।

अंधेरे में डूबे पायर के सन्नाटे में उसकी हंसी उसकी आंखों से निकल रही लाल रोशनी की तरह ही डरावनी थी।

फिर वो निमिष की ओर देखकर धीमे से बोली-"मसीहा।"

निमिष ने सुना। लेकिन उसे अपना दिमाग अंधेरे में डूबता महसूस हो रहा था। उस अंधेरे में ही उसे पायर से दूर जाती हुई स्कारलेट के पैरों की आहट सुनाई दी, जो कम होते-होते खत्म हो गई।

समुद्र के ठण्डे पानी में सिर से पांव तक भीगे होने और तेज ठण्डी हवाओं के कारण जगा देने वाली बर्फीली ठण्ड के अहसास और पसलियों के पास गोली के जख्म का असहनीय दर्द भी उसे बेहोश होने नहीं दे रहा था।

उसका दिमाग जैसे उसकी सुनने को तैयार नहीं था।

वो बेहोश हो जाना चाहता था।

बल्कि वो तो अब मर जाना चाहता था।

हैरिस का दिया को-ऑर्डिनेटर भी उसके पास था।

रेटिना-की अब भी उसके पास थी।

क्या अवनी को पहले ही अंदाजा था कि ऐसा कुछ होने वाला था?

क्या इसीलिए उसने वो रेटिना-की पहले ही उसे दे दी थी?

सी-प्लेन कुछ ही कदमों की दूरी पर था।

लेकिन अब निमिष की प्लेन में जाने की इच्छा ही खत्म हो गई थी।

उसका मस्तिष्क जिस पीड़ा से जल रहा था, उससे तो वो मौत को गले लगाना ठीक समझता।

अब उसे अफसोस हो रहा था कि स्कारलेट ने उसे क्यों छोड़ दिया?

जिस तरह उसने अवनी को मारा, अगर एक गोली उसके सीने में भी उतार देती तो ये सारा किस्सा ही खत्म हो जाता।

तो क्या उसे अकेले वापस लौटना पड़ेगा?

टीम के बाकी सदस्यों को तो स्कारलेट प्लेन में ही मार चुकी थी।

अवनी ने इतनी दूर तक उसका साथ दिया।

लेकिन अब वो भी नहीं थी।

आखिर स्कारलेट उसे छोड़कर बाकी सबको क्यों मारना चाहती थी?

उसकी आंखें...।

वो तो प्लेन में ही मर चुकी थी।

अब इन सवालों से कोई फर्क नहीं पड़ता।-उसने सोचा-अब उसे वापस लौटने की कोई इच्छा नहीं थी।

बिना अवनी के तो किसी हालत में नहीं।

परिवार के नाम पर वैसे भी उसका कोई नहीं था, जो उसका इंतजार कर रहा होता। या उसके लापता होने पर परेशान होता। उसकी खोज-खबर लेता।

हां, कुछ दोस्त जरूर थे। लेकिन वे भी थोड़ा-बहुत तलाश करने के बाद शांत होकर बैठने के सिवा क्या कर सकते थे?

हैरिस ने भी जो कुछ भी कहा था, उसमें से कुछ भी निश्चित नहीं था। वे एक ऐसी चीज के पीछे भाग रहे थे, जिसके अस्तित्त्व पर भी यकीन करना मुश्किल था। वो तो जैसे एक छलावा था। एक स्वर्ण मृग।

वर्महोल?

अगर ऐसा कोई वर्महोल हो भी सकता था, तो क्या वो अब भी वहां होगा? अब भी उस तक पहुंचा जा सकता था?

हैरिस ने तो खुद भी कहा था कि वो वर्महोल कभी भी वहां से गायब हो सकता था।

सौ बातों की एक बात, अवनी के बिना वो इस समय से, इस आईलैंड से तो दूर की बात, इस पायर से भी कहीं नहीं जाने वाला था।

आंखें बंद करने पर अंधेरा दिखाई देता है।

पायर पर भी अंधेरा छाया हुआ था।
पायर पर ही क्यों, पूरा टापू ही अंधेरे में डूबा हुआ था।
हर ओर अंधेरा।
बस अंधेरा।
काश, ये अंधेरा ही उसे लील जाता।
ठंड से अब उसका शरीर कांपना शुरू हो गया था।
वो चाहता तो ठंड से बचने की कोशिश कर सकता था।
उठकर हाथ-पांव मार सकता था। खून में गर्मी दौड़ाने का प्रयास करके ठंड कम कर सकता था।
लेकिन अवनी को खोने के कारण जिस गहन निराशा ने उसके अंदर सिर उठाया था, उसने तो जैसे उसकी जिंदा रहने, संघर्ष करने की इच्छाशक्ति को ही खत्म कर दिया था।
तभी उसे एक आवाज सुनाई।
उसने एक झटके से आंखें खोल दीं।
"निमिष।''

पायर से वापस लौट रही स्कारलेट थोड़ी दूर जाकर रूक गई। उसने अपना दाहिना हाथ आगे किया। उस पर जो टैटू जैसा डिजाइन दिख रहा था, उस पर उसने दो जगह टच किया। अगले ही पल उसमें से रोशनी निकलकर हवा में पारदर्शी आयाताकार त्रिआयामी डिस्प्ले जैसा प्रदर्शित करने लगी। वो

डिस्प्ले हल्का पारदर्शी था लेकिन स्कारलेट की आंखें उसे देखने की अभ्यस्त थीं।
उसने उनमें से एक बिंदु को स्पर्श किया।
तुरंत उस त्रिविमीय डिस्प्ले पर उसके शरीर में मौजूद लाइफ पार्टिकल्स की स्टेट्स दिखाई देने लगी।
उसके होंठों पर मुस्कान आ गई।
लाइफ पार्टिकल्स पूरी तरह सक्रिय थे। एक बार रक्त में सक्रिय होने के बाद अब वे और भी तेजी से काम कर रहे थे। अगर कोई उसे दोबारा मारने में कामयाब हो भी जाता तो इस बार उसे पुनर्जीवित होने में पहले की तरह दो घंटे नहीं लगने वाले थे। बल्कि वो महज दस मिनट में ही फिर से सांसें ले रही होती।
फिर कुछ सोचकर उसने उस त्रिविमीय डिस्प्ले से फिर छेड़छाड़ की।
तुरंत ही उसके आसपास के इलाके का नक्शा दिखाई देने लगा, जिसमें पूरा आईलैंड शामिल था।
उस नक्शे में जहां वो खड़ी थी, वहां उसे दर्शाता एक बिन्दु दिखाई दे रहा था।
कुछ देखकर उसकी आंखें सिकुड़ गईं।
उसके पीछे की ओर थोड़ी ही दूरी पर पायर पर दो बिन्दु दिख रहे थे।
जो ये बता रहे थे कि उस आईलैंड पर उसके अलावा दो और जीवित इंसान थे।
स्कारलेट ने गहरी सांस ली और घूमकर तेज कदमों से वापस पायर की ओर बढ़ गई।

अवनी।
वो अवनी ही थी।

आवाज काफी धीमी थी, दूर से आती लग रही थी लेकिन वो साफ-साफ अवनी की आवाज को पहचान सकता था।

उसके शरीर में जैसे बिजली भर गई। वो फुर्ती से उठ बैठा और उसने एक ही झटके में रैम्प के बगल में समुद्र में छलांग लगा दी, जिस ओर अवनी कूदी थी।

उस हालत में सर्द हवाओं के बीच ठण्डे समुद्र में छलांग लगाने की हिम्मत शायद कोई नहीं करता लेकिन इस वक्त निमिष की आशा की एकमात्र किरण वहीं थी।

"अवनी।''-वो पानी में तैरते हुए जोर से चिल्लाया।

"निमिष।''-अवनी की आवाज फिर सुनाई दी। आवाज थोड़ी कमजोर-सी थी।

उसने अंधेरे में आंखें फाड़कर आवाज की दिशा में देखा। आवाज रैम्प के निचले हिस्से से आ रही थी।

उसे रैम्प के नीचे टेढ़ी-मेढ़ी लकड़ियों की डिजाइन के बीच में खाली जगह दिखाई दी। अवनी उसी में थी। उसने एक हाथ से रैम्प के लकड़ी के पिलर का सहारा लिया हुआ था।

उसकी झलक ने निमिष के शरीर में प्राण फूंक दिए। वो तेजी से तैरता हुआ रैम्प के नीचे जा पहुंचा।

"अ...अवनी...''-उसने महसूस किया कि ठण्ड के कारण उसके दांत किटकिटा रहे थे-"त...तुम...ठीक त...तो हो न?''

उसने सिर हिलाया। वो भी सिर से पांव तक भीगी हुई थी। भीगी क्या हुई थी, गले से नीचे तक पानी में ही थी।

"व...व...व...वो चली...गई?''-अवनी ने पूछा।

"ह..हां। चलो...ऊपर...ऊपर चलते हैं...।''-कहकर उसने पानी में ही उसका हाथ पकड़ा और उसे अपने साथ बाहर की ओर खींचा।

दोनों तैरकर रैम्प के नीचे से बाहर निकले।

निमिष ने पहले सहारा देकर अवनी की ऊपर चढ़ने में मदद की, फिर खुद भी उसके साथ ऊपर आ गया।

ऊपर आकर उसे अहसास हुआ कि अवनी को पेट में गोली लगी थी, जिससे काफी खून भी बह गया था।

दोनों के शरीर ठण्ड में बुरी तरह कांप रहे थे। मौसम भी जैसे कोई कसर नहीं छोड़ना चाहता था। लहू जमाने जैसी सर्द हवा चल रही थी।

लेकिन उस हालत से भी निमिष को कोई शिकायत नहीं थी। उसे तो जैसे उसकी दुनिया मिल गई थी।

अवनी जिंदा थी।

उसने कांपती हुई अवनी को कसकर अपने साथ चिपका लिया और उसके कंधे के पास बांहों पर हाथ रगड़ने लगा, जिससे खून का दौरा तेज हो और उसे ठंड से कुछ राहत मिल सके।

तेज सर्द हवाओं के बीच उसके उस प्रयास से भी कोई विशेष राहत मिलती नहीं दिख रही थी।

"प्लेन में चलते हैं।''-उसने कहा।

फिर उसने अवनी को सहारा देकर उठाया। दोनों सी-प्लेन के पास पहुंचे।

उसे सहारा देकर चलाते वक्त निमिष को महसूस हुआ कि उसकी हालत कुछ ज्यादा अच्छी नहीं थी। चलते-चलते उसके पैर उसका साथ छोड़ देते थे।

प्लेन के पास पहुंचकर निमिष ने अपनी जेब से रेटिना की निकाली और उसे प्लेन के दरवाजे पर फिट एक छोटे-से लेंस के सामने किया।

तुरंत एक खटके के साथ दरवाजा खुल गया।

निमिष ने अवनी को प्लेन के अंदर ले जाकर पीछे एक पैसेंजर सीट पर बिठाया-प्लेन वो अकेले भी उड़ा सकता था-फिर उसने प्लेन में फर्स्ट एड बॉक्स तलाश किया। किस्मत से उसे फर्स्ट एड का सामान मिल भी गया। उससे उसने अपने और अवनी दोनों के जख्मों पर पट्टी बांध दी। हालांकि काफी खून बह जाने से उन दोनों की हालत खराब थी लेकिन फिर भी फर्स्ट एड से और खून बहना तो बंद हुआ।

अवनी पैसेंजर सीट पर आंखें मूंदे कुछ देर तक खुद पर काबू पाने की कोशिश करती रही, फिर उसने आंखें खोल कर देखा।

निमिष उसी को देख रहा था।

उस समय उसने निमिष की आंखों में जो देखा, उसके बाद उसे कुछ पूछने, कुछ बोलने की जरूरत ही नहीं पड़ी।

कुछ देर तक प्लेन में खामोशी रही।

"हमें चलना चाहिए।''-अचानक अवनी सावधान स्वर में बोली।

"क्या हुआ?''-निमिष ने कहा।

"वो...स्कारलेट...वो वापस आ सकती है। अगर उसे पता चल गया कि हम जिंदा हैं तो...वो प्लेन पर हमला कर सकती है।''

निमिष ने सहमति में सिर हिलाया। वो पायलट सीट पर जा बैठा और प्लेन उड़ाने की तैयारी करने लगा।

प्लेन के कंट्रोल को देखकर उसे दिल डूबता महसूस हुआ।

उसने आज तक न जाने कितने प्लेन उड़ाए थे लेकिन वो कंट्रोल सबसे अलग था।

भविष्य का प्लेन!

पीछे पैसेंजर सीट पर बैठी अवनी ने प्लेन की विंडो से बाहर की ओर देखा।

उसकी आंखें फैल गईं।

अंधेरे जंगल से हवा में उड़ते दो दहकते अंगारे से पायर की ओर आ रहे थे।

स्कारलेट!

उसका हाथ अपने-आप ही खिड़की के शीशे पर पहुंच गया।

"निमिष।''-वो चिल्लाई-"टेक ऑफ करो।''

"क्या हुआ?''-निमिष चौंका।

"प्लेन उड़ाओ। जल्दी।''

पायलट सीट की बगल वाली विंडो से निमिष को भी वो नजारा दिख गया।

अब आराम से कंट्रोल को समझने का समय नहीं था। उसने तत्काल प्लेन का इंजन स्टार्ट किया।

प्लेन समुद्र की सतह पर आगे बढ़ने लगा।

स्कारलेट पायर तक आ चुकी थी। उसे अंधेरे में आगे की ओर बढ़ता प्लेन दिखाई दे रहा था।

उसने अपना दायां हाथ सीधा किया, जिसमें गन थी।

लेकिन उसने प्लेन पर गोली नहीं चलाई।

उसकी उंगली ट्रिगर के नीचे बने उस दूसरे छोटे ट्रिगर पर पहुंच गई, जिसे दबाने पर गन से वो नीली किरण निकलती, जिससे उसने थोड़ी ही देर पहले रनवे पर खड़े प्लेन को जलाया था।

लेकिन उसने वो ट्रिगर भी नहीं दबाया।

वो बस प्लेन की ओर बढ़ती रही।

लेकिन प्लेन के समुद्र की सतह पर दौड़ने की रफ्तार अधिक थी। जब तक वो पायर के आखिरी सिरे तक पहुंची, तब तक प्लेन उसकी हद से दूर जा चुका था।

फिर उसके देखते-ही-देखते प्लेन समुद्र की सतह से ऊपर उठा और ऊपर की ओर बढ़ता चला गया।

पायर पर खड़ी स्कारलेट दूर जाते प्लेन को देखती रही।

कुछ ही देर में प्लेन उसकी नजरों से ओझल हो गया।

वो लेसर से उस प्लेन को भी उस तरह भून सकती थी, जैसा उसने रनवे पर पिछले प्लेन के साथ किया था।

लेकिन वो चाहकर भी ऐसा नहीं कर सकती थी।

उसके दिमाग में प्रोफेसी गूंज उठी-

'एक आयाम का होगा निश्चित विनाश...

...केवल मसीहा से ही है अंतिम आस...'

फिर उसने अपने दांये हाथ की कलाई को अपने सामने किया और दूसरे हाथ से उस पर बने टैटू की लकीरों को खास अंदाज में टच करने लगी।

तुरंत उसमें से रोशनी की एक लकीर ऊपर की ओर उठी और उसके चेहरे के सामने हवा में एक त्रि-विमीय स्क्रीन जैसी दिखाई देने लगी, जिस पर 'कनेक्टिंग...' लिखा हुआ आ रहा था।

प्लेन आसमान में उठता चला गया।

अवनी प्लेन की विंडो से नीचे पायर पर देखती रही, जहां अंधेरे में भी स्कारलेट की लाल चमकती आंखों के कारण उसकी उपस्थिति का पता चल रहा था। हालांकि प्लेन टेकऑफ करने से पहले अवनी ने देख लिया था कि उसके हाथ में गन भी थी।

अवनी सीट पर से उठी-उठते ही उसके पेट में पीड़ा की तीव्र लहर उठी, जहां गोली लगी थी-उसने होंठ भींचकर दर्द को सहन किया, फिर धीमे-धीमे चलते हुए निमिष के बगल में पायलट सीट पर बैठ गई।

"तुम ठीक हो न?''-निमिष ने पूछा।

अवनी की आंखें मुंद रही थीं लेकिन उसने खुद पर काबू पाने की कोशिश की।

"हां।''-वो बोली।

उसकी हां से ही वो समझ गया कि वो कितनी ठीक थी।

"उसने हम पर फायर नहीं किया।''-अवनी ने कहा।

"ये जो गोलियां तुम्हें और मुझे लगीं हैं, वो क्या आसमान से बरसीं थीं?''

"मेरा मतलब...प्लेन टेकऑफ करते समय उसने हम पर फायर नहीं किया। वो चाहती तो...उस प्लेन की तरह इसे भी जला सकती थी।''

"रनवे पर उसे जिंदा छोड़ देना हमारी सबसे बड़ी बेवकूफी थी।''

अवनी ने सीट की पुश्त से सिर टिकाकर उसकी ओर देखा, फिर बोली-"हम हत्यारे नहीं हैं।''

"हत्यारे के साथ धर्मात्मा बनने से वही होता है, जो हमारे साथ हुआ।''

अवनी ने प्लेन के कंट्रोल पैनल पर नजर दौड़ाई।

"सचमुच''-उसने कहा-"कंट्रोल काफी अलग हैं।''

"मुझे तो यकीन नहीं आ रहा है, मैं इसे उड़ा कैसे ले रहा हूं।''

"मेरे ख्याल से''-वो कंट्रोल्स को गौर से देखते हुए बोली-"ये हमारे प्लेन्स में होने वाले कंट्रोल्स का सिम्पलीफाइड वर्शन है।''

"हां।''-निमिष चमत्कृत रह गया, उस बात पर उसने अब तक गौर नहीं किया था-"हाँ, तुम सही कह रही हो। तभी मैं इसे उड़ा पा रहा हूं।''

तभी कंट्रोल पैनल पर लगा एक नीले रंग का छोटा-सा बल्ब जगमगाने लगा, जिस पर कम्यूनिकेशन लिखा हुआ था।

अवनी ने निमिष की ओर देखा और उस बटन को दबा दिया।

तत्काल उस बटन के बगल में लगी एक छोटी-सी स्क्रीन रोशन हुई, जिस पर स्कारलेट का चेहरा दिखाई देने लगा।

"तुम्हारे मन में मुझको लेकर कई सवाल होंगें।''-स्कारलेट बोली। वीडियो के साथ ही उस सिस्टम में ऑडियो की भी सुविधा थी।

"हां।''-निमिष ने कहा-"जैसे...तुम हमें मारना क्यों चाहती हो?''

"हमने प्लेन में तुम्हें मार दिया था''-अवनी ने कहा।

स्कारलेट मुस्कुराई।

"मैं तुम्हारे सारे सवालों के जवाब देने के लिए तैयार हूं।''-उसने कहा-"लेकिन मेरी एक शर्त है।''

"और वो शर्त क्या है?''

"अपने प्लेन को वापस मोड़ लो। लौट आओ।''

अवनी और निमिष दोनों ने हैरानी से एक-दूसरे को देखा।

उनमें से किसी को भी उससे ऐसे अनुरोध की उम्मीद नहीं थी।

"वापस लौट आएं?''-फिर अवनी ने स्क्रीन की ओर देखते हुए कहा-"जिससे तुम हम दोनों को मार सको?''

"दोनों को नहीं। सिर्फ तुम्हें।''

"सिर्फ मुझे?''

"हां। मैं निमिष को नहीं मार सकती।''

अवनी ने निमिष की ओर देखा।
"क्यों?''-निमिष ने कहा-"प्लेन में तो तुमने मुझे मारने की कोशिश की थी।''
"मैंने तुम्हें मारने की कोई कोशिश नहीं की। मैं जब चाहती, तुम्हें आसानी से मार सकती थी। प्लेन में भी मैंने तुम्हारी जान बख्श दी थी। वरना सबसे पहले मैं तुम्हें ही शूट करती। उसके बाद इसे।''-उसका इशारा अवनी की ओर था-"पायलटों के मरने के बाद वैसे भी प्लेन क्रैश हो जाता और मेरा काम वहीं खत्म हो जाता।''
"प्लेन क्रैश होता तो तुम भी नहीं बच पातीं।''
"मेरी चिंता छोड़ दो। अपने लोगों की चिंता करो। अभी भी वक्त है। अभी भी वापस लौट कर तुम बेशुमार जानें बचा सकती हो।''
"मेरे वापस लौटने से बेशुमार जानें कैसे बच जाएंगीं?''
"वापस नहीं लौटीं तो इसका जवाब भी तुम्हें मिल जाएगा। लेकिन तब तक बहुत देर हो चुकी होगी।''
"तुम्हारी आंखों को क्या हुआ है?''-निमिष ने कहा।
"आंखें? ओह। हां।''-उसने ऐसे कहा, जैसे अपनी आंखों के बारे में वो भूल ही गई थी, उसने गन वाले हाथ को अपनी आंखों की ओर करके हिलाया-"मैं काफी डरावनी दिख रही हूं न? ये लाल रोशनी मेरे स्पेशल कॉन्टैक्ट लैंस के कारण है। इससे मैं अंधेरे में भी दिन की तरह साफ देख सकती हूं।"
"हू द फ... आर यू?''-अवनी ने तीव्र स्वर में कहा।
वो हंसी।
"मैं बताऊंगी, मैं कौन हूं। मैं तुम्हारे हर एक सवाल का जवाब दूंगीं। लेकिन उसके लिए तुम्हें मेरी वापस यहां लौट आने की शर्त माननी होगी।''
"ये सच है कि पिछले कुछ घंटो में हमने जो कुछ देखा है, वो किसी को भी पागल कर देने के लिए काफी है।''-निमिष ने कहा-"लेकिन यकीन करो, हम पागल नहीं हुए हैं, जो तुम्हारी इस शर्त को मान लें।''
"मेरा आधा मिशन पूरा हो चुका है।''-स्कारलेट ने शांत स्वर में कहा-"ये मिशन दो चरणों में है। अगर पहला चरण मैं समय रहते पूरा कर लेती हूं तो दूसरे चरण की जरूरत नहीं पड़ेगी। मुझे जिन 6 लोगों को मारना था, उनमें से 4 को मार चुकी हूं। सिर्फ दो बचे हैं। अवनी, तुम अपनी और प्रोफेसर की कुर्बानी देकर महाविनाश को टाल सकती हो।''
"कैसा महाविनाश?''-अवनी ने कहा।

"प्लेन को वापस मोड़ो।''

"असल में तुम खुद फंस गई हो। मैं तुम्हारी मजबूरी और बेचैनी को समझ सकती हूं। हमारे साथ-साथ तुम भी भविष्य में आ गई हो। एक प्लेन को तुमने अपने हाथों से नष्ट कर दिया। अब यही प्लेन वापस लौटने की तुम्हारी आखिरी उम्मीद है। इसीलिए वापस वर्तमान में लौटने के लिए तुम हमें अपनी बातों के जाल में फंसा रही हो।''

"मैं जब चाहे 2022 में वापस जा सकती हूं। और तुम दोनों से यहां वापस लौटने के लिए इसीलिए कह रही हूं क्योंकि इसमें उस पूरी दुनिया की भलाई है, जहां से हम आए हैं। मैं अपने मिशन के दूसरे चरण में नहीं जाना चाहती। पहले चरण में तुम्हें और प्रोफेसर को मारकर मिशन को खत्म करना चाहती हूं। मेरा विश्वास करो, अगर मुझे दूसरे चरण को पूरा करने के लिए मजबूर होना पड़ा तो उसके परिणाम इतने विनाशकारी होंगें, जिसकी तुम कल्पना भी नहीं कर सकतीं।''

कुछ पलों के लिए उनके बीच खामोशी छाई रही।

स्कारलेट जो कह रही थी, वो भयानक था। न समझ में आने वाला था।

और सबसे खतरनाक बात, वो कहीं से भी झूठ बोलती नहीं लग रही थी।

"तुम्हें तो हमने प्लेन में मार दिया था?''-निमिष ने कहा।

स्कारलेट मुस्कुराई। फिर उसने अपने दांये हाथ के नाखून की कलाई से अपनी बांयीं बांह की कलाई पर छोटी-सी लकीर खींचीं। नाखून इतना तेज था कि त्वचा ऐसे कटती चली गई, जैसे चाकू से काटा हो और उससे खून बहने लगा।

उसने अपने खून बह रहे हाथ को उनके सामने की ओर किया।

"इसे गोल्ड ब्लड कहते हैं।''-उसने कहा-"इसके बारे में तुमने अपनी सारी जिंदगी में कभी नहीं सुना होगा। ये बेहद एडवांस्ड साइंस है। इसमें ऐसे एक्टिव नैनो पार्टिकल्स मौजूद हैं-जिन्हें हम लाइफ पार्टिकल्स भी कहते हैं। असल में ये नैनोबॉट्स हैं, जो बेहद उच्च हैल्थकेयर टेक्नोलॉजी के लिए प्रोग्राम्ड हैं। ये नैनेबॉट्स या लाइफ पार्टिकल्स मृत इंसान को भी पुनर्जीवित करने की क्षमता रखते हैं। अगर उसे मरे एक घंटे से अधिक समय न हुआ हो तो। शरीर में प्रवेश करने के बाद ये लाइफ पार्टिकल्स शरीर के विभिन्न हिस्सों में पहुंचकर निगरानी का काम करते हैं। जैसे ही उस इंसान की मौत होती है, ये पार्टिकल्स सक्रिय हो जाते हैं। सक्रिय होने के बाद ये सबसे पहले

दो प्रमुख काम करते हैं। एक तो सीधे मृतक के मस्तिष्क और दिल तक पहुंचकर उन्हें रिवाइव यानि पुनर्जीवित करने की प्रक्रिया शुरू कर देते हैं। दूसरे, शरीर के उस हिस्से का पता लगाते हैं, जहां कोई बड़ी चोट लगी होती है, जो मौत का कारण हो सकती है। फिर लाइफ पार्टिकल्स तेजी से उस घाव को भर देते हैं। घाव भरने के लिए इनमें से कुछ पार्टिकल्स अपना बलिदान भी देते हैं अर्थात् स्वयं ऊतकों में बदलकर शरीर का स्थाई हिस्सा बन जाते हैं। जिस समय लाइफ पार्टिकल्स का एक दस्ता घाव भर रहा होता है, उसी समय दिल और दिमाग को घेरे हुए नैनो पार्टिकल्स उन्हें सुरक्षा प्रदान करते हैं। घाव भरने के बाद वे कुछ-कुछ वैसा ही काम करते हैं, जैसे कम्प्यूटर में रीस्टोर करने पर होता है। दिल फिर धड़कने लगता है। दिमाग फिर से काम करने लगता है। सांसें फिर से चलने लगतीं हैं। लाइफ पार्टिकल्स के पहली बार एक्टिव होने पर इस प्रोसेस में आधे से एक घंटे का समय लग सकता है लेकिन ज्यादातर मामलों में ये मृतक को पुनर्जीवित कर दिखाते हैं। जैसा''-उसने जीभ चटकाई-"तुम मेरे मामले में देख ही चुके हो। एक्टिवेट होने के बाद दूसरी बार किसी को जीवित करने में इन्हें 10-15 मिनट भी नहीं लगते। और इन पार्टिकल्स की खूबी सिर्फ इतनी ही नहीं है। अगर इनकी सारी खूबियां गिनाने बैठूंगीं तो सुबह हो जाएगी। ये इंसान के खून में करीब एक हफ्ते तक मौजूद रहते हैं। उसके बाद अपने-आप ही डिएक्टिवेट होकर खत्म हो जाते हैं। और इस दौरान शरीर को किसी भी तरह का नुकसान भी नहीं पहुंचाते। बल्कि नुकसान पहुंचाना तो दूर, कई तरह के फायदे ही पहुंचाते हैं। इन नैनो पार्टिकल्स की उपस्थिति के दौरान अगर किसी और को ब्लड चढ़ाना हो तो ब्लड ग्रुप मिलाने की जरूरत भी नहीं पड़ती। ये जिस भी खून में रहते हैं, उसे यूनीवर्सल डोनर और रिसीवर दोनों बना देते हैं। मतलब जिस इंसान के शरीर में ये मौजूद हों, वो किसी भी ब्लड ग्रुप का रक्त ले भी सकता है और किसी भी ब्लडग्रुप वाले शख्स को रक्त दे भी सकता है। पहली बार इनके एक्टिव होने पर शरीर में असमान्य ताकत भी आ जाती है।''

"तुम्हारे कहने का मतलब''-निमिष का स्वर अजीब-सा हो गया-"तुम...मरकर जिंदा हुई हो?''

उसने बड़ी शाइस्तगी से हां में सिर हिलाया।

निमिष ने अवनी को देखा। वो खुद स्तब्ध-सी दिख रही थी।

लाइफ पार्टिकल्स? मृत इंसान को जिंदा करने की तकनीक?

फिर अचानक एक ख्याल हथौड़े की तरह उसके जेहन से टकराया।

क्या सचमुच...वो उनके पास था?

"तुमने पायर पर मुझे मसीहा क्यों कहा था?''-निमिष ने कहा।

"क्योंकि तुम मसीहा हो।''-स्कारलेट की मुस्कान गहरी हो गई।

"किसी सवाल का सीधा जवाब देने से तुम्हें मौत आ जाएगी न?''

वो हंसी।

"अगर तुम्हें मेरी सच्चाई पता होती तो तुम खुद ही मुझसे किसी सीधी बात की उम्मीद नहीं करते। हम जिन परिस्थितियों में जुड़े हैं, उनमें सब कुछ बेहद उलझा हुआ है। फिर भी तुम सीधा जवाब ही सुनना चाहते हो तो सुनो"-उसका स्वर गम्भीर हो गया-"इस दुनिया पर एक बहुत बड़ा खतरा मंडरा है। वो खतरा इतने बड़े स्तर का है, जिस तरह हमारी सोच भी नहीं पहुंच सकती। उस खतरे के सामने हमारा महत्त्व किसी महाप्रलय के सामने चींटियों से ज्यादा कुछ नहीं है। हम उस खतरे को रोकने के लिए कुछ नहीं कर सकते। कुछ करना तो दूर, हम उस खतरे को अभी पूरी तरह समझ भी नहीं सकते। और जहां तक तुम लोगों का सवाल है''-उसने गहरी सांस ली-"तुम लोग तो उस खतरे के बारे में कुछ भी नहीं जानते।''

"तुम लोगों से क्या मतलब है तुम्हारा?''-अवनी ने कहा।

"एक भविष्यववाणी है। एक प्रोफेसी। जिसके अनुसार एक मसीहा ही उस खतरे से दुनिया को बचा सकता है। और वो मसीहा''-उसने मुस्कुराकर स्क्रीन पर ही निमिष की ओर देखा-"तुम हो, निमिष।''

"पता नहीं तुम क्या बकवास कर रही हो।"-निमिष ने कहा।

"इसीलिए मैं तुम्हें नहीं मार सकती। मुझे सख्त आदेश हैं कि मुझे तुम्हारी जान नहीं लेनी है। हां, इस मिशन में अगर किसी और वजह से तुम्हारी जान चली जाती है तो मेरी कोई जिम्मेदारी नहीं है।''

"तुम मुझे नहीं मार सकतीं? मुझे याद भी नहीं होगा तुम पिछले कुछ घंटों में मुझे कितनी बार मारने की कोशिश कर चुकी हो।''

"एक बार भी नहीं। शायद प्लेन में जब मैं अवनी पर गोली चलाने वाली थी और इसने मेरा हाथ पकड़ लिया था और गोली तुम्हारी ओर चल गई, उसे तुमने समझा होगा कि मैंने जान-बूझकर तुम पर ही फायर किया था।''

"पायर पर भी तुमने मुझे शूट किया।''

"तुम दोनों पानी में कूद गए थे। मैं अवनी के कूदने की दिशा का गलत अंदाजा लगा बैठी थी इसलिए गलती से तुम्हारी ओर शूट किया। लेकिन तुम्हें देखते ही फिर मैंने उस ओर दूसरी गोली नहीं चलाई थी।''

निमिष को याद आया।

तो इसलिए स्कारलेट ने उसे पायर पर जिंदा छोड़ दिया था? जब वो उसे बड़े आराम से मार सकती थी।

"मुझे सिर्फ अवनी को मारना है। और अवनी के बाद प्रोफेसर महादेवन को। लेकिन समय हाथ से फिसलता जा रहा है। अगर मैं जल्द ही अवनी और प्रोफेसर को नहीं मार पाई तो मुझे मजबूर होकर मिशन के दूसरे चरण पर काम करना होगा, जिसकी तबाही कितने व्यापक पैमाने पर होगी, इसका तुम लोग सपने में भी अंदाजा नहीं लगा सकते।''

उसका आवाज में कुछ ऐसे भाव थे कि दोनों कुछ पल के लिए जड़वत् जैसे हो गए।

"वो लाइफ पार्टिकल्स।''-फिर अवनी ने कहा-"वो अब भी तुम्हारे पास हैं?''

"मेरे पास उसकी एक डोज थी।''-स्कारलेट ने कहा-"लेकिन वो शायद इस भागदौड़ में कहीं गिर गई।''

निमिष ने अवनी की ओर देखा।

अवनी ने अपनी जेब में हाथ डाला और वो इंजेक्शननुमा शीशी बाहर निकाली, जो उसे जंगल में बेहोश स्कारलेट की तलाशी लेने पर मिली थी।

क्या सचमुच वो सुनहरे रंग का तरल मृत इंसान को जीवित कर सकता था?

स्कारलेट की बातों से लग तो नहीं रहा था कि वो झूठ बोल रही थी।

वो खुद मरकर जिंदा हो चुकी थी।

उस बॉक्स में जो दूसरा खाली इंजेक्शन था, उसे स्कारलेट ने शायद प्लेन में उन पर हमला करने से पहले ही खुद को लगा लिया होगा। ये दूसरा इंजेक्शन उसने एक्स्ट्रा के रूप में अपने साथ रखा होगा, जो किस्मत से उनके हाथ लग गया।

अवनी ने शीशी के ऊपरी हिस्से के पास लगा छोटा-सा बटन दबा दिया। तुरंत छोटी-सी सुई बाहर निकल आई।

स्क्रीन पर उन्हें देख रही स्कारलेट ने भी अवनी के हाथ में वो इंजेक्शन देखा।

"इसमें कोई पिस्टन नहीं है।''-अवनी ने कहा।

"इसमें ऑटो-पिस्टन सिस्टम है।''-स्कारलेट ने कहा-"सिर्फ बांह में लगाना होता है। सीरम खुद ही बॉडी में इंजेक्ट हो जाता है। लेकिन मैं तुम्हें ऐसा करने की सलाह नहीं दूंगीं। ये तुम्हारे मेडिकल स्टोर पर मिलने वाली कोई घाव भरने वाली दवाई नहीं है। मृत व्यक्ति को जिंदा करने वाला सीरम है। इसका लाभ उठाने के लिए''-उसका स्वर व्यंग्यात्मक हो गया-"तुम्हें मरना होगा।''

"इसे मुझे दो।''-निमिष ने कहा-"मैं तुम्हें ये इंजेक्शन लगा देता हूं।''

अवनी ने सहमति में सिर हिलाया।

फिर अचानक उसने एक अप्रत्याशित हरकत की।

उसने चाकू घोंपने वाले ढंग से वो इंजेक्शन निमिष की बांह में लगा दिया।

"ये...''-निमिष का हाथ अपने-आप ही अपने कंधे के पास बांह पर पहुंच गया, जहां अवनी ने उसे इंजेक्शन लगाया था-"ये तुमने क्या किया?''

अवनी ने उसकी बांह पर से हाथ हटाया तो उसके हाथ में थमे से वो सुनहरे रंग का तरल पदार्थ गायब था।

स्क्रीन पर उन्हें देख रही स्कारलेट भी एक पल के लिए अवनी की उस हरकत पर चौंक गई, फिर उसके चेहरे पर मुस्कान आ गई।

"आई एम सॉरी।''-अवनी ने कहा-"लेकिन ये जरूरी था।''

"अवनी...इससे तुम्हारी जान बच सकती थी।''

"हम दोनों में से किसी एक की।''

निमिष अवाक-सा अवनी का चेहरा देखता रह गया।

"वाह।''-फिर स्कारलेट की आवाज ने उनकी तन्द्रा भंग की, जिसमें प्रशंसा के भाव थे-"वाह। क्या सीन है। तुम दोनों का प्यार देखकर मेरी तो आंखें भर आईं।''

"तुम्हें ऐसा नहीं करना चाहिए था।''-निमिष ने अवनी से कहा-"इस इंजेक्शन की तुम्हें ज्यादा जरूरत थी।''

"मैं तुम्हारे जज्बातों से बहुत प्रभावित हुई हूं, अवनी।''-स्कारलेट कह रही थी-"बल्कि सच कहूं तो तुम्हारा ये बलिदान देखकर अंदर तक हिल गई हूं। लेकिन अफसोस के साथ कहने पड़ रहा है कि तुमने अनजाने में ही वो कर दिया है, जिसे करने की मुझे सख्त मनाही थी।''

"क्या मतलब?''-अवनी का चेहरा फक्क पड़ गया।

"दुश्मन की बातों पर इतनी जल्दी भरोसा नहीं करना चाहिए।''

अवनी के चेहरे का रंग उड़ गया।

"तुम कहना क्या चाहती हो?''-अवनी का स्वर कांप उठा।
"मैंने जो सोचा था, वो नहीं हुआ। लेकिन वो भी नहीं होने वाला, जो तुम दोनों सोच रहे हो। जो इंजेक्शन तुमने निमिष को लगाया है, उसमें कोई लाइफ पार्टिकल्स नहीं थे। बल्कि वो तो एक दूसरे प्रयोग के लिए तैयार किया गया सीरम था, जिसके लगने का मतलब है निश्चित मौत।''
अवनी ने दोनों हाथ अपने मुंह पर रख लिए और विस्फारित नेत्रों से निमिष की ओर देखा।
"कुछ नहीं हुआ।''-निमिष ने उसके कंधे पर हाथ रखकर सांत्वना भरे स्वर में कहा-"तुम अकेले भी प्लेन चला सकती हो।''
वो स्तब्ध-सी उसे देखती रही।
"मुझे पता है कि बॉक्स में मिले दूसरे खाली इंजेक्शन के बारे में तुम सोच रही होगी कि वो लाइफ पार्टिकल सीरम का इंजेक्शन था, जो मैंने खुद को इंजेक्ट किया था"-स्कारलेट कह रही थी-"लेकिन ऐसा नहीं है। लाइफ पार्टिकल का सीरम इस मिशन के लिए रवाना होने से भी एक दिन पहले मेरे शरीर में इंजेक्ट किया गया था। लाइफ पार्टिकल्स सीरम का कोई इंजेक्शन मैं अपने साथ नहीं लाई थी। लाइफ पार्टिकल्स एक बार थोड़ी-सी मात्रा में भी खून में पहुंच जाने पर एक हफ्ते तक दूसरी डोज की कोई जरूरत नहीं पड़ती। एक हफ्ते बाद वे पार्टिकल्स अपने-आप नष्ट हो जाते हैं। जो सीरम तुमने निमिष के शरीर में इंजेक्ट किया है, मेरे पास उसके दो इंजेक्शन मौजूद थे। उनमें से एक मैं पहले ही तुम्हारे एक साथी पर टेस्ट कर चुकी हूं, जिसका क्या हश्र हुआ था, तुमने अपनी आंखों से देखा था।''
"किस साथी पर?''-निमिष ने कहा।
"अभय।''
अवनी ने जोर से हिचकी ली।
"मतलब मेरा भी अभय जैसा ही हश्र होगा?''-निमिष ने कहा। उसे शक होने लगा था कि स्कारलेट के रूप में कहीं साक्षात मौत ही तो उनके साथ कोई खेल नहीं खेल रही थी? वो जहां जाती थी, मिनटों में लाशें बिछा देती थी। मरने के बाद जिंदा हो जाती थी। महाविनाश की बातें कर रहीं थीं। और जब वे उसकी पहुंच से दूर निकल आने की सोच कर चैन की सांस लेने की कोशिश कर रहे थे तो उनसे कई किलोमीटर दूर बैठे-बैठे ही उसने फिर उन्हें मौत के जाल में फंसा दिया था।

"नहीं। ऐसा जरूरी नहीं है। हो सकता है तुम्हारी मौत अभय से कम दर्दनाक हो। हो सकता है तुम एकदम ही शांति से मरो। धीरे-धीरे कमजोर होकर मरो। या कुछ दिन शांति से बिताने के बाद तुम्हें एकदम से हार्ट अटैक आ जाए। लेकिन इस सीरम को अब तक जितने भी लोगों पर टेस्ट किया गया है, वे सब 6-7 दिनों से ज्यादा जीवित नहीं रह पाए। तुम्हारी मौत निश्चित है।''

"तुमने कहा था कि तुम्हें आदेश हैं कि तुम मुझे नहीं मारोगी।?''

"मैंने तुम्हें कहां मारा?"-उसने मासूम चेहरा बनाते हुए कहा-"ये काम तो तुम्हारी गर्लफ्रैंड ने किया है।"

"तुमने ही हमें धोखा दिया। मैं वो इंजेक्शन अवनी को लगाने वाला था। जो कि अच्छा हुआ, नहीं लगाया।"

"गुड।"-वो हंसी-"ये हुई न आदर्श प्रेमियों वाली बात। मुझे अंदाजा था कि जब मैं बेहोश हुई थी, सीरम तुम दोनों ने ही मेरे पास से चुराया होगा। मुझे उम्मीद थी कि उसे लाइफ पार्टिकल सीरम बताने पर तुम उसे अवनी को लगा दोगे। और मेरा काम यहां बैठे-बैठे हो जाएगा। लेकिन अफसोस''-उसने ठण्डी आह भरी-"तुम्हारी गर्लफ्रेंड तुमसे ज्यादा तेज निकली।''

"किस तरह के प्रयोग का सीरम था ये?''-निमिष ने कहा।

"इसके वैसे तो दो-तीन नाम हैं लेकिन मुझे 'ब्रिज सीरम' नाम पसंद है।''-स्कारलेट ने कहा-"ये सीरम क्या था, इसे शब्दों में बता पाना तो मेरे लिए भी आसान नहीं है। समझ लो, हम दो दुनियाओं में रहते हैं। दोनों दुनियाओं को अनुभव करते हैं। लेकिन बहुत से लोग दूसरी दुनिया के अस्तित्त्व को नकार देते हैं। ये सीरम इंसानी शरीर के माध्यम से उन्हीं दोनों दुनियाओं को जोड़ने का प्रयास है।''

"दो दुनियाएं?''

"भौतिक दुनिया, जिसे हम देख सकते हैं। छू सकते हैं। सामान्य विज्ञान के नियमों से जिसका विश्लेषण कर सकते हैं। दूसरी दुनिया है आत्मिक दुनिया। स्पिरिचुअल वर्ल्ड। जिसमें जीवन, विचार, भावनाएं, आत्मा जैसी चीजें आती हैं। ये सीरम आत्मा को शरीर से जोड़ने का एक प्रयोग है। हालांकि ये अब तक असफल ही साबित हुआ है।''

"आत्मा को शरीर से जोड़ने का प्रयोग? तो क्या अभी लोगों की आत्मा शरीर से जुड़ी हुई नहीं है, जो इस सीरम से जुड़ जाएगी?''

स्कारलेट के होंठों पर मुस्कान आ गई।

"अभी शरीर का प्रभुत्त्व है। ये सीरम कामयाब होगा तो शरीर पर आत्मा का प्रभुत्त्व होगा।''
“इसका प्रयोग तुम अपनेआप पर क्यों नहीं करतीं? तुम तो मर ही नहीं सकतीं।”
“जिस वजह से मर नहीं सकती, उसी वजह से अपने उपर प्रयोग नहीं कर सकती। इस सीरम में लाइफ पार्टिकल के विरोधी तत्व हैं। एक ही शरीर में दोनों सीरम का प्रयोग करने के परिणाम विनाशकारी होंगें। इसलिए दोनों सीरम एक ही व्यक्ति पर इस्तेमाल नहीं किए जा सकते।”
"अगर ये सीरम किसी प्रयोग का हिस्सा है, तो जरूरी नहीं कि मैं मरूं ही। ये भी तो हो सकता है कि ये सीरम मुझ पर सफल ही हो जाए।
"तुम मरोगे, निमिष। तुम जरूर मरोगे। मैंने उन सैंकड़ों लोगों का रिकॉर्ड देखा है, जिन पर इस सीरम का टेस्ट किया गया लेकिन उनमें से कोई नहीं बचा। एक...भी...नहीं...।''
"तुम बकवास कर रही हो।''-अवनी हिस्टीरिया के मरीज की तरह चीख उठी-"तुम्हारा एक-एक शब्द झूठ है। मैंने ऐसे किसी प्रयोग के बारे में नहीं सुना, जिसकी टेस्टिंग में सैंकड़ों लोगों की जान चली गई हो और किसी को इसकी भनक तक न लगी हो। मुझे तुम्हारा भरोसा नहीं करना चाहिए था।''
"तुम्हारी आखिरी बात सही है।''-स्कारलेट ने मुस्कुराते हुए कहा-"तुम्हें मेरा भरोसा नहीं करना चाहिए। लेकिन तुम लोगों ने जो सीरम मेरे पास से चुराया था, उसके लाइफ पार्टिकल सीरम होने के अलावा मैंने तुमसे जो कुछ कहा है, सब सच है।''
"तुम्हें शुक्र मनाना चाहिए कि हमने तुम्हें रनवे पर ही दोबारा नहीं मार दिया।''
"मैं फिर जिंदा हो जाती। मेरे खून में मौजूद लाइफ पार्टिकल्स मुझे एक हफ्ते तक मरने नहीं देंगें। हां अगर”-उसने ड्रामेटिक अंदाज में कहा-“तुम लोग मेरे टुकड़े कर दो या मुझे जमीन में गाड़ दो तो बात और है।''
उसने जिस ढंग से वो बात कही, उससे अवनी के शरीर में सिहरन दौड़ गई। जैसे वो कोई वैम्पायर या चुड़ैल थी।
उनके मामले में तो वो सचमुच किसी वैम्पायर या चुड़ैल से कम साबित नहीं हुई थी।

अवनी को अपना दिमाग घूमता महसूस हो रहा था। उसे पेट में जहां गोली लगी थी, वहां असहनीय पीड़ा हो रही थी लेकिन उससे भी ज्यादा मानसिक पीड़ा ये सोचकर हो रही थी कि उसने निमिष को वो इंजेक्शन लगा कर मौत के मुंह में धकेल दिया था।

वो मन-ही-मन उस कदम के लिए खुद को कोस रही थी। क्यों किया उसने स्कारलेट की बात पर भरोसा? शायद खून अधिक बह जाने के कारण वो अपने सोचने-समझने की क्षमता खोती जा रही थी।

"जिन लोगों ने मुझे डब्ल्यूएम प्रोजेक्ट को रोकने के लिए भेजा है...।''-स्कारलेट ने निमिष से कहा।

अवनी को अपने कानों पर विश्वास नहीं हुआ।

स्कारलेट डब्ल्यूएम प्रोजेक्ट के बारे में भी जानती थी।

क्या बला थी वो?

"...उनका कहना है कि तुम ही वो मसीहा हो, जो आने वाले समय में उस बहुत बड़े खतरे से दुनिया को बचाएगा, जिसकी मैं बात कर रही थी। इसीलिए तुम्हें सीधे तौर पर न मारने के मुझे सख्त निर्देश हैं। और सच पूछो तो उस भविष्यवाणी का एक हिस्सा सही भी साबित हो चुका है। भविष्यवाणी के अनुसार मसीहा ही मुझे इस मिशन को पूरा करने से रोकेगा। प्लेन में तुमने ही मुझे मिशन पूरा करने से रोका था। प्लेन में फिर से जिंदा होने पर जब मेरी आंख खुली तो मैं यही सोच रही थी कि तुम सचमुच वो मसीहा हो, जिसके बारे में मैं भविष्यवाणी में सुनती आई हूं। लेकिन अब मुझे लग रहा है कि''-उसका स्वर वितृष्णा से भर उठा-''तुम कोई मसीहा-वसीहा नहीं हो। तुम तो खुद मुझसे अपनी जान बचाने के लिए अपनी दुम टांगों में दबाए अपनी प्रेमिका के साथ भागे-भागे फिर रहे हो। तुम दुनिया को क्या बचाओगे? इस आईलैंड पर तुम्हारी वजह से तीन निर्दोष लोगों की लाशें पड़ी हैं। सिर्फ इसलिए क्योंकि तुममें मेरा सामना करने की हिम्मत नहीं है। अब भी अनगिनत निर्दोष लोगों की जानें बचाने के लिए दो जानें कुर्बान करने की हिम्मत तुम नहीं जुटा पा रहे हो। वो भी तब, जब 6 में से 4 लोगों को मैं पहले ही मार चुकी हूं। अवनी को बचाने के चक्कर में तुम उन चारों की कुर्बानी को भी जाया कर रहे हो। अब भी समय है। मर्द बनो। तुम्हारी मौत तो निश्चित हो ही चुकी है। प्लेन वापस मोड़ लो। जिस अवनी ने तुम्हें ये इंजेक्शन लगाया था, उसे मेरे पास पहुंचा दो। डैडलाइन खत्म होने से पहले

मैं अवनी और प्रोफेसर को मारने में कामयाब हो जाती हूं तो मुझे महाविनाश का रास्ता नहीं चुनना पड़ेगा।''

"भाड़ में जाओ तुम और तुम्हारा महाविनाश।''-निमिष ने उस स्क्रीन के आस-पास लगे एक-दो बटनों को अंदाजे से दबाते हुए कहा। लेकिन उनमें से कोई बटन उनकी वीडियो कॉल को डिस्कनेक्ट करने वाला नहीं था।

"कोई बात नहीं।''-स्कारलेट के होंठों पर मुस्कान आ गई-"अगर इतना होने और इतना समझाने के बाद भी तुम्हारे ज्ञानचक्षु नहीं खुल रहे हैं और तुम देखना ही चाहते हो कि विनाश क्या होता है-हालांकि तुम देख नहीं पाओगे-तो यही सही।''

आईलैंड पर पायर के पास स्कारलेट ने अपने टैटू पर बनी एक लकीर को टच किया और उनके बीच सम्पर्क समाप्त हो गया।

"शायद...वो सही कह रही थी।''-अवनी को अब अपनी आंखों के आगे अंधेरा छाता महसूस हो रहा था।

"अवनी''-निमिष ने तीव्र स्वर में कहा-"अपने आपको संभालो।''

"प्लेन को...वापस आईलैंड पर ले चलो...। शायद...मुझे मारने के बाद...वो ये सब खत्म कर दे।''

"तुम ऐसा इसलिए कह रही हो क्योंकि तुम खुद को दोषी मान रही हो। तुम्हें अंदाजा नहीं है कि मैं कितना डरा हुआ हूं। इसलिए नहीं कि उस सीरम से मेरा क्या होगा? बल्कि इसलिए क्योंकि वो इंजेक्शन मैं तुम्हें लगाने वाला था। तुम्हें खुद को संभालना होगा। हमें इस जगह से निकलना होगा। वापस अपने समय में जाना होगा। शायद...शायद हमारे वापस लौटने से ही सब ठीक हो जाए। मैं ये अकेले नहीं कर सकता, अवनी। मुझे तुम्हारी मदद की जरूरत है।''

अवनी की आंखें मुंदती जा रहीं थीं।

बेहोश होने से पहले उसके आखिरी शब्द थे-

"मुझे...माफ कर...दो...निमिष।''

अवनी के बेहोश होने के बाद एक मिनट के लिए निमिष को ऐसा लगा, जैसे उसके चारों ओर अंधेरा छा गया हो।

प्लेन में सन्नाटा पसरा हुआ था।

मनहूसियत भरा सन्नाटा।

निमिष ने महसूस किया कि वो ऐसी स्थिति में था, जहां शायद कोई उम्मीद बाकी नहीं बची थी।

यकायक वो प्लेन उसे मौत के पिंजड़े की तरह लगने लगा।

अवनी बेहोश हो चुकी थी। उसकी हालत भी खराब थी। ऊपर से स्कारलेट के उस सीरम से उसकी मौत अब निश्चित हो चुकी थी।

वो अभय जैसी भयानक मौत नहीं चाहता था।

लेकिन रगों में पहुंच चुके उस सीरम को बाहर निकालने या खुद को उससे बचाने का कोई और रास्ता भी उसे नहीं सूझ रहा था।

उसने आंखें मूंद लीं।

नहीं।

वो हार नहीं मानेगा।

उसका जो भी हश्र हो, लेकिन अवनी को वो इस मौत के जाल से बाहर जरूर निकालेगा।

उम्मीद की किरण थी।

उसने आंखें खोल लीं और अपनी जेब से को-ऑर्डिनेटर निकाला, जो उसे हैरिस ने दिया था।

को-ऑर्डिनेटर की स्क्रीन पर एक बिन्दु चमक रहा था और एक अन्य बिन्दु उनके प्लेन को दर्शा रहा था।

हैरिस के अनुसार वही बिन्दु वो एनॉमली या वर्महोल होना चाहिए था, जिससे वे भविष्य में आए थे।

बिन्दु काफी दूर था।

निमिष ने प्लेन को उस बिन्दु की दिशा में ही मोड़ दिया।

उस बिन्दु के नजदीक पहुंचते-पहुंचते सुबह होने लगी थी।

निमिष बेचैनी से प्लेन की स्क्रीन के सामने खाली आसमान में कुछ ढूंढ रहा था।

को-ऑर्डिनेटर में एनॉमली को दर्शाने वाला जो बिन्दु दिख रहा था, उसकी जगह आसमान में कुछ तो दिखना चाहिए था।

लेकिन वहां कुछ भी नहीं दिख रहा था।

धड़कते दिल के साथ निमिष प्लेन के को-ऑर्डिनेटर में दिख रहे बिन्दु तक पहुंचने का इंतजार करता रहा।

पास...।

और पास...।

प्लेन उस बिन्दु तक पहुंच भी गया और आगे भी बढ़ गया। कुछ नहीं हुआ।

निमिष के माथे पर चिंता की रेखाएं बढ़ गईं। चारों ओर सब कुछ सामान्य था। ऐसा कुछ भी नहीं था-या ऐसा कुछ भी बदलाव नहीं हुआ था-जिससे वो महसूस कर सके कि वो किसी और जगह आ गया था।

प्लेन अभी भी वहीं उड़ रहा था, जहां बिन्दु तक पहुंचने के समय उड़ रहा था।

तो क्या वर्महोल हट गया था? जैसी कि हैरिस ने आशंका भी व्यक्त की थी? अगर सचमुच में ऐसा हुआ था तो उनके वापस अपने समय में लौटने की वो आखिरी उम्मीद भी खत्म थी।

या वर्महोल जैसी कोई चीज ही नहीं थी?

वो जो कुछ भी हो रहा था, वो सब एक बुरा सपना था। या ऐसा कुछ, जिसे न कोई समझ सकता था, न समझा जा सकता था।

उसने चिंतित निगाह को-ऑर्डिनेटर पर डाली।

उसमें प्लेन निर्धारित बिन्दु से निरंतर दूर होता दिख रहा था।

उसकी नजरें प्लेन के कंट्रोल पैनल पर दिख रहे मीटरों पर गईं।

काश। काश, कुछ तो मिल जाता।

कुछ तो ऐसा, जिससे उस जगह से वापस लौटने की उम्मीद बंधती।

फिर उसने प्लेन की खिड़की की ओर नजर मारी, जहां से विशाल समुद्र दिख रहा था।

उसके दिमाग में बिजली-सी कौंधी।

वो कम ऊंचाई पर उड़ रहे थे।

वर्षों के प्लेन उड़ाने के गहन अनुभव के परिणामस्वरूप वो जमीन या समुद्र की सतह को देखकर ही अंदाजा लगा सकता था कि वे कितनी ऊंचाई पर उड़ रहे थे।

उसने तत्काल एल्टीट्यूड मीटर पर नजर मारी।

5000 फीट।

जबकि उस समय-जब उन्होंने वर्महोल में प्रवेश किया था-उनका प्लेन करीब 10000 फीट की ऊंचाई पर था।

उसके मन में उम्मीद जगी।

उसने प्लेन को टर्न किया और ऊंचाई बढ़ाते हुए वापस उस बिन्दु की ओर बढ़ गया।

को-ऑर्डिनेटर में उसने उस बिन्दु पर नजर मारी, जो उसका लक्ष्य था, फिर सामने प्लेन की स्क्रीन से बाहर देखा।

सामने जो दृश्य था, उसे देखकर उसे अपने शरीर में सिहरन दौड़ती महसूस हुई।

आसमान में थोड़ी दूरी पर एक वृत्ताकार चमकीली पारदर्शी संरचना दिख रही थी।

निमिष कुछ पलों तक आश्चर्य से उसे देखता रह गया।

वो गोलाकार पारदर्शी, चमचमाती-सी आकृति सूरज की रोशनी में अजीब-सी दिख रही थी। वो आकृति उतनी दूर से एक विशाल चमकीले ग्लोब जैसी दिख रही थी हालांकि उतनी दूर से वो जितनी बड़ी दिख रही थी, निश्चित ही उससे काफी बड़ी थी और प्लेन को उसके अंदर जाने में कोई दिक्कत नहीं होने वाली थी।

पारदर्शी और चमकीली-सी होने के कारण वो इतनी धूमिल दिख रही थी कि बहुत गौर से देखने पर ही उसके वहां होने का पता चलता था। वो तो लगभग अदृश्य जैसी थी।

वैसे भी वहां समुद्र के ऊपर उसे देखने वाला था भी कौन?

निमिष के अलावा।

और वो तो वैसी ही किसी चीज की वहां तलाश कर रहा था।

उसे तो जैसे कुछ पलों के लिए कोई दिव्यदृष्टि मिली हुई थी, उस अदृश्य-सी आकृति को देखने के लिए।

निमिष के लिए अपने-आपको उस अद्भुत दृश्य के सम्मोहन में खिंचने से रोक पाना मुश्किल होता जा रहा था।

क्या वो सचमुच वर्महोल था?

वर्महोल, जिसके बारे में उसने न जाने कितने किस्से-कहानियों में पढ़ा था। कितनी साइंस फिक्शन मूवीज में देखा था।

जिसके अस्तित्त्व को लेकर वैज्ञानिकों में भी दशकों से बहस छिड़ी हुई थी।

आज के दिन उसे और कितने आश्चर्य देखना बाकी थे?

फिर उसने कुछ महसूस किया।

प्लेन उस पारदर्शी हल्की चमकीली-सी आकृति के नजदीक पहुंच रहा था, जिसके चलते उस आकृति को अब बड़ा दिखना चाहिए था लेकिन वो तो उल्टे छोटी होती दिख रही थी।

ऐसा कैसे...?

नहीं।-उसके दिमाग में खतरे की घंटी बजी-वो आकृति छोटी होती दिख नहीं रही थी।

वो सचमुच छोटी हो रही थी।

उसे अपना हलक सूखता महसूस हुआ।
हैरिस की हर बात सच थी।
उसने कहा था, वहां वर्महोल था। वर्महोल उसके सामने था।
उसने कहा था, अगर उन्हें देर हुई तो वर्महोल गायब हो सकता था।
वो गायब हो रहा था।
उसने कोऑर्डिनेटर पर नजर डाली। उसमें प्लेन बिंदु के पास पहुंचता दिख रहा था। लेकिन वो जानता था कि उस छोटे-से यंत्र की छोटी-सी स्क्रीन में दिख रही वो थोड़ी-सी दूरी बहुत बड़ा फासला थी।
उस स्पीड से उड़ते रहने का मतलब उस आकृति को खो देना था।
पता नहीं वो वर्महोल था भी या नहीं?
नहीं।-उसके मन ने कहा-वो वर्महोल ही था।
वो वर्महोल के सिवा कुछ हो ही नहीं सकता था।
वो ही उसकी आखिरी उम्मीद थी।
उसने एक बार बगल की सीट पर बेसुध पड़ी अवनी के चेहरे पर नजर डाली, जिसका चेहरा सफेद होता जा रहा था, फिर सामने दिख रही उस रहस्यमयी आकृति की ओर प्लेन की स्पीड बढ़ाता चला गया।

प्लेन उस चमकीली आकृति के बिल्कुल पास पहुंच चुका था।
वो आकृति भी अब अपने पूर्व आकार से काफी छोटी हो चुकी थी। लेकिन उसके लगभग न-दिखने जैसे वाले किनारे अब भी इतनी दूरी पर थे कि उनके बीच प्लेन आराम से जा सकता था।
उनका प्लेन उस रहस्यमयी आकृति में प्रवेश कर गया।

निमिष ने अपने हाथों को देखा।
उस पर छोटी-छोटी बिजलियां जैसी नाच रहीं थीं।
उसने सामने देखा।
प्लेन की स्क्रीन के पार दो तेज लाइटें चमकीं।
प्लेन!
उनके प्लेन के ठीक सामने एक प्लेन था।
एक पल में ही वो तेज चमक उनके प्लेन की विंडस्क्रीन तक आकर गायब हो गई।
प्लेन को तेज झटका लगा।
वे लोग एक बार फिर तूफानी मौसम में थे।
टर्बुलेंस!
वो प्लेन को काबू करने के लिए जूझने लगा।
टर्बुलेंस ज्यादा देर तक नहीं रहा।
मौसम धीरे-धीरे सामान्य हो रहा था।
उसने प्लेन को ऑटो पायलट पर सैट करके बगल में अवनी पर नजर डाली।
वो अब भी बेहोश थी।
कब तक?-निमिष ने सोचा।
फिर अचानक उसने अपने हाथ को सामने करके स्मार्टवॉच को देखा।
उसमें ऑन हुए दोनों पैनल अब फिर से ब्लैंक हो चुके थे।
और पहला पैनल-जो तब चल रहा था, जब उन्हें वो घड़ियाँ पहनाईं गईं थीं-ऑन था, जिस पर 1:00 पीएम का टाइम दिखा रहा था।
निमिष ने गहरी सांस ली।
शायद वो वापस आ गए थे।
उसकी जिन्दगी का सबसे विचित्र अनुभव।

लेकिन उसे लोगों को बताने के लिए वो जिंदा रहने वाला था, इस पर उसे शक था।

उसके सामने अब सबसे बड़ी समस्या थी प्लेन को दो घंटे का लंबा सफर तय करके न्यूयॉर्क तक पहुंचाना।

उस इलाके से वाकिफ होने के कारण वो जानता था कि आसपास बरमूडा को छोड़कर और कोई जगह नहीं थी, जहां प्लेन उतारा जा सकता।

और बरमूडा भी कोई एकदम बगल में नहीं था।

किसी भी सूरत में उसे अभी काफी देर तक प्लेन चलाना था।

उसे अब बेहद कमजोरी भी लगने लगी थी और लग रहा था कि किसी भी वक्त होश का दामन उसके हाथ से छूट सकता है।

तभी उसका हैडसैट घरघरा उठा।

"हैलो।''-उसने माइक पर कहा।

"हैलो। क्या आप मिस्टर निमिष हैं?''

"हां।''-निमिष को जानकर आश्चर्य हुआ कि दूसरी ओर से बोल रहा शख्स उसका नाम जानता था।

"हम आपको एक लोकेशन भेज रहे हैं, जो आपसे कुछ ही दूरी पर है। अपने प्लेन को उस ओर मोड़ लीजिए।''

"लेकिन...लेकिन यहां तो आसपास कोई आईलैंड नहीं है।''

"आईलैंड नहीं है मिस्टर निमिष। आप एक नेवी ऑफिसर से बात कर रहे हैं। और एक नेवी का शिप आपका इंतजार कर रहा है। और प्रोफेसर महादेवन - जो भारत के जाने-माने वैज्ञानिक हैं और जिन्होंने आपके इस पूरे मिशन को ऑर्गेनाइज किया था-उन्होंने आपके लिए एक मैसेज दिया है।''

"कौन-सा मैसेज?''-निमिष को सुखद आश्चर्य हुआ।

"वेलकम बैक, निमिष।''

कंट्रोल रूम में सब अवाक रह गए।

स्क्रीन पर दिख रहा प्लेन अचानक गायब हो गया था और उसकी जगह एक अजीब-सा दिखने वाला सी-प्लेन प्रकट हो गया था।

"ये क्या हुआ?''-संजय के मुंह से निकला।

"हमारा प्लेन कहां गया?"-आश्चर्यचकित मोनिका ने कहा-"और...और ये दूसरा प्लेन कहां से आ गया?"

"ये...ये क्या हो रहा है सर?''-जैकब का विस्फारित स्वर सुनाई दिया।

"क्या हुआ?''-संजय जैकब के पास पहुंचा।

जैकब कम्प्यूटर स्क्रीन को ऐसे देख रहा था, जैसे दुनिया के आठवें आश्चर्य को देख रहा हो।

स्क्रीन पर जितने भी प्रोग्राम शो हो रहे थे, वे अब नीचे चले गए थे, और उसकी जगह कोई और ही प्रोग्राम दिख रहा था।

उस प्रोग्राम का नाम 'कंट्रोलर' था।

और उस पर जो जानकारी दिख रही थी, उसके अनुसार उनके सिस्टम पर डेटा की बाढ़ आई हुई थी।

अचानक कम्प्यूटर इतना डेटा रिसीव कर रहा था, जैसे बरसों का डेटा एक साथ मिल रहा हो।

"यहां डेटा का बांध टूट गया है, बॉस"-जैकब ने कहा-"अचानक हमारा नेटवर्क किलो के भाव से...सॉरी...टनों के भाव से डेटा रिसीव कर रहा है।"

डेटा उन्हें मिल तो लगातार रहा था। प्लेन के पोर्टो रीको से उड़ान भरने से भी पहले से, लेकिन उस समय वो डेटा 100-200 एमबी प्रति मिनट तक ही सीमित था।

जबकि अचानक उनके कम्प्यूटरों ने उस प्रोजेक्ट पर लगे अपने सभी कम्प्यूटर डिवाइसेज से कई टेराबाइट डेटा रिसीव किया था।

कई टेराबाइट!

वो तो उनके पास उतनी फास्ट स्पीड में डेटा रिसीव और स्टोर करने की विशेष व्यवस्था थी वरना शायद उनका सिस्टम ही क्रैश हो जाता।

जैकब मन-ही-मन प्रोफेसर की तारीफ किए बिना नहीं रह सका।

उन्होंने पहले ही अंदाजा लगा लिया था कि ऐसा कुछ हो सकता था। इसीलिए सिस्टम को अचानक इतना डेटा रिसीव करने में सक्षम बनाने के लिए खास तौर पर निर्देश दिए थे।

जबकि कम्प्यूटर साइंस तो उनकी फील्ड भी नहीं थी। वे तो एक भौतिकशास्त्री थे।

वो अब समझ चुका था कि दुनिया में साइंटीफिक रिसर्च से जुड़े लोग उन्हें इतना ज्यादा क्यों मानते थे।

देखते-देखते डेटा टेराबाइट से बढ़कर पेटाबाइट के आंकड़ों तक पहुंच गया था।

संजय को महसूस हुआ कि वो एक बेहद विलक्षण घटना को अपने सामने घटित होते देख रहा था। किसी ऐसे प्रोजेक्ट में, जो इन्फॉर्मेशन टेक्नोलॉजी के ही क्षेत्र से न जुड़ा हो, इतने कम समय में इतनी भारी मात्रा में डेटा मिलना सचमुच हैरान करने वाली बात थी।

डेटा स्टोर होने के साथ ही उतनी ही तेजी से उसका बैकअप भी तैयार हो रहा था। जो कि जरूरी भी था। क्योंकि वे उतना महत्त्वपूर्ण डेटा गंवाने का चांस नहीं ले सकते थे।

संजय जानता था, डेटा की उस 'बाढ़' का क्या मतलब था।

उसका मतलब था कि प्रोफेसर ने जो सोचा था, वही हुआ था।

मिशन एनॉमली कामयाब रहा था।

उसने तुरंत प्रोफेसर को कॉल लगाई।

उसकी आशा के विपरीत दूसरी ओर से तुरंत ही कॉल रिसीव हो गई।

"प्रोफेसर।''-उसने कहा-"आपका अंदाजा सही साबित हुआ है।''

"अंदाजा नहीं, मेरे बच्चे।''-उधर से प्रोफेसर की संयमित आवाज सुनाई दी, जिसमें खुशी भी झलक रही थी-"मुझे पता था।''

संजय और मोनिका आईलैंड पर बने एक हैंगर में खड़े थे।

उनके सामने वो सी-प्लेन था, जिस पर निमिष अवनी को लेकर 2122 से वापस लौटा था।

निमिष सचमुच उस हालत पर भी प्लेन उस क्षेत्र से गुजर रहे नेवी के शिप पर लैंड करने में कामयाब हो गया था। हालांकि वो प्लेन का दरवाजा खोलने के तुरंत बाद ही बेहोश हो गया था।

उन्होंने ही निमिष को प्लेन सहित वहां लाने की व्यवस्था करवाई थी।

उस प्लेन को भी रिसर्च सेंटर लाना जरूरी था।

वो तो मिशन एनॉमली में उनका सबसे बड़ा गिफ्ट था।

भविष्य से आया हुआ प्लेन!

जो एंटीमैटर से चलता था।

प्लेन के कुछ हिस्से खुले हुए थे। प्लेन की जांच जारी थी।

"कमाल है।''-संजय मंत्रमुग्ध स्वर में बोला-"एंटीमैटर से चलने वाला प्लेन।''

"सिर्फ प्लेन नहीं।''-मोनिका ने कहा-"आज से 100 साल बाद सारी गाड़ियाँ एंटीमैटर से चलने वाली हैं।''

"हम लोग कामयाब रहे।''-संजय की आवाज में खुशी झलक रही थी।

"हां। मिशन एनॉमली कामयाब रहा। लेकिन हम जश्न भी नहीं मना सकते। हमारे कुछ साथियों को इस मिशन में अपनी जान गंवानी पड़ी है।''

"हां।''-संजय का स्वर तत्काल संजीदा हो गया-"हम सपने में भी नहीं सोच सकते थे कि ऐसा कुछ हो सकता था।''-एक पल रूककर वो बोला-"वैसे मैं बरमूडा मिशन की बात नहीं कर रहा था। डब्ल्यूएम प्रोजेक्ट की बात कर रहा था।''

"उसमें तो हम पहले ही कामयाब हो चुके थे। अवनी को यहां से पोर्टो रिको कैसे भेजा था?''

तभी उन्हें अपने पीछे किसी की मौजूदगी का अहसास हुआ। उन्होंने पलटकर देखा तो पीछे डॉ. शिल्पी भटनागर खड़ी थी।

वो उनके प्रोजेक्ट के एनर्जी डिपार्टमेंट की हैड थी। डॉ. शिल्पी एक 32 वर्षीय बेहद खूबसूरत युवती थी हालांकि उसे देखकर उसके 30 की होने का अंदाजा लगाना भी मुश्किल था।

"ओह। डॉ. शिल्पी।''-संजय ने कहा-"बताइए, क्या पता चला आप लोगों को इस प्लेन के बारे में?''

"बहुत कुछ।''-डॉ. शिल्पी का चेहरा दमक रहा था-"इस प्लेन से हमें जो मिला है, वो हमारी एडवांस्ड टेक्नोलॉजी को भी दशकों आगे ले जा सकता है। बल्कि डब्ल्यूएम प्रोजेक्ट के लिए भी किसी वरदान से कम नहीं है।''

"प्रोजेक्ट के लिए?''-मोनिका ने उत्सुकता से कहा-"वो कैसे?''

"हमें ऐसे किसी एनर्जी रिसोर्स की सख्त जरूरत थी, जिससे अत्यधिक एनर्जी प्राप्त की जा सके। बल्कि हम इस पर काम भी कर रहे थे। लेकिन उसे पूरा होने में अभी बरसों लग सकते थे। इस प्लेन से मिले इंजन से बरसों का काम महीनों में नहीं बल्कि दिनों में पूरा हो जाएगा। मैं जल्द ही एक ऐसा इंजन तैयार कर लूंगीं, जिसे हम डब्ल्यूएम प्रोजेक्ट में इस्तेमाल कर सकेंगें। फिर डब्ल्यूएम प्रोजेक्ट के लिए एनर्जी की प्रॉब्लम हल हो जाएगी।''

मोनिका ने कुछ नहीं कहा। वो जानती थी कि डॉ. शिल्पी 'जल्द ही' कह रही थीं तो वो कितना जल्दी हो सकता था।

उस आईलैंड पर पूरी दुनिया की सबसे एडवांस्ड तकनीकी सुविधाएं उपलब्ध थीं।

वहां सालों का काम महीनों में, दिनों का काम घंटों में, और घंटों का काम मिनटों में होना कोई बड़ी बात नहीं थी।

निमिष को होश आया।

वो एक रूम में एक बैड पर लेटा हुआ था।

उसने अपने आसपास नजर दौड़ाई। कमरा किसी हॉस्पिटल का लग रहा था।

उसके शरीर पर कुछ तार भी लगे हुए थे, जिनसे बैड के पास ही लगे कार्डियोग्राम में उसकी दिल की धड़कनें दिख रहीं थीं।

उन मशीनों को देखकर उसे कुछ याद आया। उसने अपने दांये हाथ को आगे किया।

कलाई पर स्मार्टवॉच नहीं थी।

उसे झटका-सा लगा।

लेकिन वो झटका स्मार्टवॉच को न देखकर नहीं लगा था।

उसका हाथ काफी पतला हो गया था।

वो बैड पर ही बैठ गया। लेकिन बैठने में ही उसे चक्कर-सा महसूस हुआ।

उसने अपने ऊपर पड़ी चादर हटा दी।

नीचे उसने एक सफेद रंग का गाउन पहना हुआ था। उसने गाउन अपने पैरों पर से हटा दिया।

उसके पैर भी काफी पतले हो गए थे।

उसने अपने चेहरे पर हाथ फिराया तो उसे गालों में पड़े गढ्ढों का अहसास हुआ।

तभी आहट सुनकर उसका ध्यान दरवाजे की ओर गया।

दरवाजा खुला। अवनी ने अंदर प्रवेश किया।

उसे होश में देखकर अवनी के चेहरे पर खुशी की झलक दिखाई दी। लेकिन फिर वो उससे बिना कुछ कहे ही तुरंत ही पलटकर वापस चली गई।

अवनी को देखकर निमिष ने भी राहत की सांस ली।

"अवनी।''-निमिष ने उसे आवाज दी लेकिन वो रूकी नहीं। निमिष को अपना गला सूखा महसूस हुआ।

कुछ ही सेकेंड में अवनी वापस लौट आई। उसके साथ एक डॉक्टर भी था और एक और व्यक्ति भी था, जिसे वो पहचानता था।

वो अभिजीत था।

“अभिजीत तुम?”-निमिष ने आश्चर्य से कहा।

“वापस 2022 में स्वागत है, दोस्त।“-अभिजीत ने मुस्कुराते हुए कहा।

डॉक्टर ने निमिष की पल्स चैक की, कार्डियोग्राम पर नजर मारी, ऑक्सीजन लेवल चैक किया, फिर निमिष से पूछा-"कैसा लग रहा है आपको?''

“मुझे क्या हुआ है डॉक्टर?”

“अगर आप अपने पतले होने के बारे में पूछ रहे हैं तो शायद ये उस सीरम का असर है, जो आपको दिया गया था। हमने आपका ब्लड सैंपल लिया है। लेकिन सबसे ज्यादा हैरानी की बात ये है कि उस सीरम के किसी तरह के अवशेष हमें सैंपल में नहीं मिले हैं। ऐसा लगता ही नहीं कि आपको किसी तरह का जहर या किसी तरह के प्रयोग के लिए कोई सीरम आपके शरीर में इंजेक्ट किया गया था। असामान्य रूप से कमजोरी के अलावा ऊपरी तौर पर हमें आपमें किसी तरह की समस्या नहीं दिखाई दे रही। आपको इस वक्त कैसा महसूस हो रहा है?“

"सिर में थोड़ा भारीपन है। और गला सूखा लग रहा है।''

"नॉर्मल है। आप तीन दिनों से बेहोश थे। जूस वगैरह पियें। कुछ देर में बेहतर महसूस करेंगें।''

कहने के बाद डॉक्टर ने अवनी और अभिजीत की ओर देखा।

"ये ठीक हैं।''-डॉक्टर ने ऐसे कहा, जैसे उन्हें रिपोर्ट दे रहा हो।

"थैंक्स डॉक्टर।''-अवनी ने कहा।

फिर डॉक्टर उन्हें कमरे में छोड़कर बाहर निकल गया।

“तुम ठीक हो न?”-निमिष ने अवनी से पूछा।

“हां।“-अवनी ने कहा। हालांकि उसे होश में आया देखकर अवनी के चेहरे पर जो खुशी प्रकट हुई थी, वो अब पहले जैसी नहीं दिख रही थी।

“तुम तो सचमुच बड़े जबर्दस्त इंसान निकले, यार।“-अभिजीत उसके बगल में बैड पर ही बैठते हुए बोला।

“क्या हो गया?”

“टाइम ट्रैवल? वो भी 100 साल आगे?”

“तुम तो ऐसे बोल रहे हो, जैसे मैंने कोई पुरस्कार मिलने वाला काम किया है।“

“लो। आज तक वैज्ञानिक इसी बात को लेकर सिर ठोंकते रहे कि टाइम ट्रैवल सम्भव है भी या नहीं। और यहां बंदा टाइम ट्रैवल करके आ भी गया और ऐसे उदासीन होकर दिखा रहा है, जैसे चौपाटी घूमकर आया हो।“

“हम कहां हैं?”-निमिष ने अवनी से पूछा।

“बीएसएल के रिसर्च सेंटर में। हम इस वक्त एक आईलैंड पर हैं, जो अंडमान-निकोबार में है। ये पूरा आईलैंड ही बीएसएल के अधीन है।“

“बीएसएल?”

“ये एक गुप्त वैज्ञानिक संस्था है। तुमने इसका नाम नहीं सुना होगा।“

“तुम...एक गुप्त वैज्ञानिक संस्था में काम करती हो?”

"मैं तुम्हें बीएसएल के बारे में बता सकती हूं।''-अवनी के होंठों पर मुस्कान आ गई-"आखिर मुझ पर तुम्हारे एक सीक्रेट का कर्ज है। तुमने मुझे अपनी कमांडो ट्रेनिंग के बारे में बताया था। बीएसएल की स्थापना पांच साल पहले एक अंतर्राष्ट्रीय वैज्ञानिक राजनीतिक समूह द्वारा की गई थी। इस समूह में विश्व के प्रमुख देशों के वरिष्ठ वैज्ञानिक, विज्ञान के क्षेत्र से जुड़े वरिष्ठ अधिकारी व उन देशों के शासन-प्रशासन के प्रतिनिधि भी सम्मिलित हुए थे। सबने मिलकर ये निर्णय लिया कि मानवता विज्ञान को समर्पित होनी चाहिए। विज्ञान से ही मनुष्य का विकास सम्भव है। और स्थापना की गई डब्ल्यूएसएल यानि वर्ल्ड साइंस लीग या विश्व विज्ञान संगठन की। बीएसएल यानि भारतीय साइंस लीग इसी संगठन का हिस्सा है।''

"ये गुप्त क्यों हैं?''

"क्योंकि इसका उद्देश्य बड़ा है। तुम्हें पता होगा विज्ञान ने उन्नति कैसे की? एक समय था, जब लोग विज्ञान में बिल्कुल रूचि नहीं रखते थे। वैज्ञानिक सोच रखने वालों को हेय दृष्टि से देखा जाता था। अपमानित किया जाता था। पागल समझा जाता था। पृथ्वी सूर्य की परिक्रमा करती है कहने पर गैलीलियो को दण्डित किया गया था, अपमानित किया गया था। और गैलीलियो ऐसे अकेले वैज्ञानिक नहीं थे। न जाने कितने वैज्ञानिकों को उन्हीं की तरह उनकी खोजों, उनकी उत्सुकताओं के लिए प्रताड़ना सहनी पड़ी थी।''

"लेकिन वो सब तो बीते वक्त की बात है। आज तो सब विज्ञान के महत्त्व से परिचित हो चुके हैं। आज कोई वैज्ञानिकों को प्रताड़ित नहीं करता।''

"भूल में हो। पहले पूरी बात सुन लो। ऐसा हजारों वर्ष पहले भी नहीं था कि कोई वैज्ञानिकों की बिल्कुल भी इज्जत नहीं करता था। विज्ञान के महत्त्व को नहीं समझता था। लेकिन वो सब गुप्त रूप से होता था। राजा-महाराजाओं के यहां गुप्त रूप से ऐसे लोग काम करते थे, जो उनके लिए जीवन को अधिक सुखमय, सुविधाजनक बनाने के लिए तरह-तरह के यंत्रों, तकनीकों की खोज करते थे। फिर वे यंत्र, वे तकनीक धीरे-धीरे से महल, किलों से आम जनता तक पहुंचती थी। इसके अलावा राजा-महाराजाओं के वे निजी वैज्ञानिक ऐसे हथियारों, ऐसी पद्धतियों की भी खोज करते थे, जिनसे राजा व उनके सैनिक

और भी दक्षता से युद्ध लड़ सकें। हमला होने पर बेहतर ढंग से अपना बचाव कर सकें। यानि राजा-महाराजाओं के काल में भी लोग खाली नहीं बैठते थे। खोज करते रहते थे। और खोज करने का नाम ही विज्ञान है।''

निमिष खामोशी से उसकी बात सुनता रहा।

"समय बीतता रहा। आज हम अब तक के समय से तुलना करें तो विज्ञान के शिखर पर मौजूद हैं। लेकिन विज्ञान का शिखर क्या है? कोई नहीं जानता। और शायद कभी जान भी नहीं पाएगा। आज भी कई क्षेत्रों में हम बहुत पीछे हैं। बड़े-बड़े वैज्ञानिक सवालों के जवाब ढूंढ रहे हैं। इन हजारों वर्षों में विज्ञान ने इतनी उन्नति तो कर ली है कि अब वो राजा-महाराजाओं की निजी प्रयोगशालाओं से निकलकर सार्वजनिक जनता की सुविधाओं के लिए, उनके कल्याण के लिए इस्तेमाल की जाने वाली अत्याधुनिक प्रयोगशालाओं में पहुंच गया है। जानते हो, विज्ञान ने ये सफलता कैसे प्राप्त की?''

"कैसे?''

"क्योंकि विज्ञान ही सत्य है। विज्ञान ही जरिया है, जिससे मानवजाति सुकून से रह सकती है। जिससे इंसान सुख-सुविधाओं का उपभोग कर सकता है। जीवन को समझ सकता है। समुद्र की गहराइयों में जा सकता है। निमिषकी ऊंचाईयों में जा सकता है। पृथ्वी से निकलकर अंतरिक्ष में दूसरे ग्रहों तक भी जा सकता है। लेकिन उस विज्ञान को हम बदले में क्या देते हैं? बदनामी, कोसना और दुनिया भर की लानत-बलामत। चांद पर कदम रखना एक झूठ था। नासा का बजट इतना ज्यादा क्यों है? उस पैसे से बच्चों को अच्छी शिक्षा, ड्रेस, किताबें मिल सकतीं हैं। अंतरिक्ष पर खर्चा करना कम करो। और कम भी कर देंगें, तब क्या होगा? तब बिल्कुल ही बंद कर देने की मांग उठने लगेगी। क्योंकि विध्नसंतोषी कभी चैन से नहीं बैठते। उन्हें शायद तब ही होश आएगा, जब इंसानों के कर्मों से ही पृथ्वी जल में डूब रही होगी और वे गले तक पानी में डूबकर सोच रहे होंगें कि काश, किसी दूसरे ग्रह तक पहुंचने की तकनीक विकसित कर ली होती, जहां इंसान जाकर बस पाता।''

"विध्नसंतोषी लोग तो हर जगह होते हैं।''

"करैक्ट। विज्ञान और धर्म को लोग एक-दूसरे का विपरीत बताते हैं लेकिन सच यही है कि विज्ञान मनुष्य को ईश्वर का दिया हुआ वरदान है। और इंसान इस वरदान की उपेक्षा करके एक-दूसरे को मारने, युद्ध करने और अपना

जीवन गैरजरूरी चीजों पर बर्बाद करने में लगा हुआ है। वर्ल्ड साइंस लीग की स्थापना का यही उद्देश्य है कि ये संस्था गुप्त रूप से विज्ञान के क्षेत्र में काम करते हुए विज्ञान के बड़े प्रोजेक्ट्स पर काम करे। साथ ही दुनिया में विज्ञान के प्रति जागरूकता लाई जाए। ऐसा माहौल बनाया जाए, जिससे लोग राजनीतिक समस्याओं से जूझ रही दुनिया को एक नया रूप दे सकें। जिसमें सभी इंसानों को इंसान समझा जाए। और विज्ञान पर अधिकतम कार्य करके इसका प्रयोग मानवजाति की खुशहाली के लिए, उसके सुरक्षित भविष्य के लिए किया जा सके।''

निमिष ने अभिजीत की ओर देखा, फिर दोनों ने एक साथ ताली बजाना शुरू किया।

"वाओ।''-अभिजीत ने कहा-"क्या बात है। यही स्पीच अगर तुम प्रोफेसर के सामने दे दो तो कसम से, प्रोफेसर तुम्हें अपनी उत्तराधिकारी घोषित कर दें।''

"मैं स्पीच नहीं दे रही थी।''-अवनी ने नाराज स्वर में कहा-"भारतीय साइंस लीग के बारे में बता रही थी।''

तभी एक नर्स ट्रे में जूस लेकर वहां पहुंची और निमिष को देकर चली गई।

"वैसे तुम्हें पता है?''-अभिजीत ने कहा-"तुम एकदम सही जगह पर हो।''

"मतलब?''-निमिष ने जूस का घूंट भरते हुए कहा।

"तुम्हारे शरीर में जो सीरम इंजेक्ट किया गया था, उसका तुम पर क्या असर होगा, ये पता लगाने के लिए हमारे डॉक्टर दिन-रात कोशिश कर रहे हैं। हालांकि पता वो भी नहीं लगा पा रहे हैं, लेकिन उम्मीद है कि अगर तुम्हारी तबीयत अचानक बिगड़ती है तो यहां तुम्हें सबसे अच्छा इलाज उपलब्ध कराया जा सकेगा।''

निमिष की आंखों के आगे अभय की तस्वीर घूम गई।

अगर उसके साथ वैसा कुछ होने वाला था तो उसे रोकने के लिए कोई भी डॉक्टर क्या कर सकता था?

अवनी ने जैसे उसकी आंखों के भावों को पढ़ लिया। उसने अपना हाथ उसके हाथ पर रख दिया।

"तुम्हें कुछ नहीं होगा।''-वो धीमे से बोली।

"अच्छा भाई।''-अभिजीत ने उठते हुए कहा-"तुम जूस-वूस पीकर आराम करो। कल इस आईलैंड की जनता के लिए बहुत महत्त्वपूर्ण दिन है। और"-उसने एक पल ठिठककर कहा-"उसमें तुम्हारी भी महत्त्वपूर्ण भूमिका है।''

"क्या है कल?''-निमिष ने उत्सुकता से उसकी ओर देखा-"और मेरी उसमें क्या भूमिका है?''
"अरे, तुम्हारी भूमिका-ही-भूमिका है। तुम तीन दिन बाद उठे हो। आज चैन की बंशी बजाओ। आराम करो। कल तुम्हें पता चलेगा इस आईलैंड पर क्या-क्या गुल खिलाए गए हैं।''
"हो सकता है कल तुम्हारी मुलाकात प्रोफेसर महादेवन से भी हो।''-अवनी ने कहा-"वो हमारे साइंस सेंटर के हैड हैं। हम सब उन्हें बहुत मानते हैं। वे हमारे लिए पितातुल्य हैं। वे भी तुमसे मिलने के लिए काफी उत्साहित हैं। भविष्य-यात्रा के दौरान हमारे साथ जो कुछ हुआ, तुम बेझिझक उसके बारे में उनसे बात कर सकते हो।''
"रूको। रूको।''-अभिजीत को जाते देखकर निमिष ने टोका-"पहले तुम मुझे ये बताओ कि तुम यहां क्या कर रहे हो? और तुम्हारा हाथ कैसा है? और उसे सचमुच कुछ हुआ भी था या नहीं? या तुमने मुझे जान-बूझकर इस मिशन के लिए तैयार किया था?''
"बाप रे। एक ही सांस में इतने सारे सवाल? चलो, फिर भी जवाब देने की कोशिश करता हूं। भूल गए, मैं पायलट होने के अलावा एक भविष्यशास्त्री भी हूं। तुम्हारे बारे में जो घोषणा मैंने की थी, अब तो उसकी पुष्टि स्कारलेट ने भी कर दी है...।''
स्कारलेट का नाम सुनते ही निमिष को एक सिहरन-सी महसूस हुई।
वो लोग 2122 से वापस आ चुके थे।
क्या स्कारलेट उसी समय में रह गई थी?
क्या उनका फिर से उससे सामना हो सकता था?
उसकी धमकी...
...कि उसके मिशन का पहला चरण पूरा नहीं होने की स्थिति में उसे मजबूरन दूसरे चरण पर काम करना होगा, जिसका परिणाम होगा...
महाविनाश!
"...मुझमें प्लेन उड़ाने के अलावा जो दूसरी विशेषता है, उसकी वजह से मैं यहां मौजूद हूं। यहां पर स्पिरिचुअल साइंस रिसर्च सेंटर है, जिसमें मैं सीनियर साइंटिस्ट हूं। हाथ मेरा अब बिल्कुल ठीक है। और तुम्हें मैंने किसी जाल में फंसाकर इस मिशन पर नहीं भेजा था। असल में इस मिशन पर तुम्हारा जाना ही लिखा था। इसीलिए मेरा वो छोटा-सा एक्सीडेंट हुआ, ऐन वक्त पर मुझे

मिशन एनॉमली से पायलट के तौर पर हटना पड़ा, संयोग से ही मुझे तुम्हारी याद आ गई, मैंने तुम्हें ऑफर दिया और तुमने मान भी लिया। क्या तुम्हें अब वो ऑफर मानने का अफसोस हो रहा है?''

निमिष ने अवनी की ओर देखा और बोला-

"नहीं।''

उस दिन निमिष ने सचमुच आराम किया।

हालांकि उसके मन में उत्सुकता भी थी कि कल के दिन वहां क्या महत्त्वपूर्ण होने वाला था। उसके पास बहुत सारे सवाल भी थे, जिन्हें उसने अवनी से भी पूछने की कोशिश की लेकिन अवनी ने उसे ये कहकर धैर्य रखने के लिए कहा कि सारे सवालों के जवाब उसे कल मिलेंगें।

अगले दिन सुबह-सुबह ही अभिजीत उसके कमरे में आ धमका।

"कैसे हो जवान?''-वो उसके बगल में बैड पर ही बैठते हुए बोला।

"चकाचक।''-निमिष ने कहा।

"मेरे पास तुम्हारे लिए इस संस्था के हैड, इस आईलैंड के बॉस, भारत साइंस लीग के मुखिया प्रोफेसर सिद्धार्थ महादेवन का संदेश है।''

'निमिष ने उत्सुकता से उसकी ओर देखा।

"वे तुमसे मिलना चाहते हैं।"

निमिष तैयार होकर आईलैंड पर स्थित गार्डन में पहुंचा।

गार्डन काफी बड़ा था। उसके एक हिस्से में एक टेबल लगी हुई थी, जिसके चारों ओर चार कुर्सियां डली हुईं थीं। उनमें से तीन कुर्सियों पर पहले से लोग विराजमान थे।

"जाओ।''-अभिजीत ने उसे जाने का इशारा किया और खुद थोड़ी दूर ही रूक गया।

निमिष को उसके उन कपड़ों के नाप के हिसाब से नए कपड़े उपलब्ध करवाए गए थे, हालांकि वो उसे काफी ढीले-ढाले लग रहे थे। वो इन तीन दिनों में काफी पतला हो गया था।

स्कारलेट ने कहा भी था कि ब्रिज सीरम जितने भी लोगों पर टेस्ट किया गया था, उनकी मौत अलग-अलग तरह से हुई थी। किसी की मौत कम दर्दनाक थी, तो किसी की ज्यादा।

शायद उसका पतला होना भी उसी प्रोसेस का हिस्सा था।

लेकिन वो इसकी टेंशन नहीं लेना चाहता था।

उसने जो सबसे बड़ी इच्छा की थी-अवनी को उस समयजाल से बाहर निकाल लाने की-वो पूरी हो चुकी थी।

अब उसके साथ क्या होता था, इससे उसे कोई फर्क नहीं पड़ता था।

वो मेज पर बैठे लोगों के पास पहुंचा।

उनमें एक करीब 60 वर्ष की आयु के क्लीनशेव्ड बुजुर्ग थे, जिनका व्यक्तित्त्व काफी प्रभावशाली लग रहा था। वे मुस्कुराते हुए उसी की ओर देख रहे थे। वे प्रोफेसर महादेवन थे।

टेबल के दूसरी ओर रखी कुर्सियों में से एक पर एक युवती बैठी थी, जिसे वो पहचानता नहीं था।

तीसरी कुर्सी पर भी कोई युवती ही बैठी थी, जिसकी पीठ निमिष की ओर होने के कारण वो उसका चेहरा नहीं देख पा रहा था।

"बैठो निमिष।''-प्रोफेसर ने उसे खाली पड़ी कुर्सी पर बैठने का इशारा किया।

निमिष कुर्सी पर बैठने लगा तो उसकी नजर उस दूसरी युवती के चेहरे पर पड़ी।

वो जैसे आसमान से गिरा।

वो स्कारलेट थी।

निमिष इतनी तेजी से पीछे हटा कि उसके पीछे रखी कुर्सी पलट गई।

स्कारलेट हंसते हुए उठ खड़ी हुई, उसके गले से अवनी की आवाज सुनकर निमिष भी अपनी जगह पर रूक गया।

स्कारलेट ने अपने चेहरे से एक पारदर्शी झिल्ली जैसा मास्क खींचकर उतार दिया।

मास्क के नीचे अवनी का चेहरा उजागर हुआ।

दूसरी युवती ने भी फुर्ती से उठते हुए जमीन पर गिर गई कुर्सी को उठाकर वापस टेबल के सामने रख दिया और निमिष का हाथ ऐसे पकड़ा, जैसे उसे बैठने के लिए सहारा दे रही हो।

"मैं ठीक हूं।''-निमिष ने उसकी ओर देखकर कहा, फिर अवनी से बोला-"ये कैसा मजाक था?''

"मैंने कहा था''-प्रोफेसर मुस्कुराते हुए अवनी से बोले-"इस तरह का प्रैंक ठीक नहीं है।''

"सॉरी।''-अवनी ने निमिष और प्रोफेसर से एक साथ माफी मांगते हुए लेकिन हंसते हुए कहा-“मैं तुम्हें ये दिखाना चाहती थी”-उसने निमिष से कहा-“कि हमने इस मास्क का राज सुलझा लिया। ये काफी एडवांस्ड टेक्नोलॉजी से बना है। इसमें एक खास तरह का बेहद सूक्ष्म कैमरा और चिप लगा हुआ है। कैमरा किसी चेहरे को स्कैन करता है और फिर ये मास्क...''-वो एक पल के लिए रूक गई, जैसे बोलते हुए उसे ही अजीब लग रहा हो-"पहने जाने पर उस चेहरे का रूप धारण कर लेता है।''

"तुमने स्कारलेट का चेहरा कब स्कैन किया?''

"हमारे पास उसका चेहरा है। हमारे पास उसके तमाम वीडियो हैं।''
"वीडियो? वीडियो किसने बनाए?''
"उसी ने जिसने रनवे पर स्कारलेट को बेहोश किया था।''
निमिष ने आहत भाव से उसे देखा।
"कुकू।''-अवनी ने आवाज दी।
तुरंत उनके बीच टेबल से करीब दो फीट की ऊंचाई पर एक छोटी-मोटी चिड़िया के साइज का एक ड्रोन प्रकट हुआ।
"स्कारलेट को इसने बेहोश किया था?''-निमिष ने आश्चर्य से कहा।
"हां।''-अवनी मुस्कुराई-"ये पूरे समय हमारे साथ था। ये प्लेन से दुगुनी रफ्तार से उड़ सकता है। अपने चारों ओर लगे कैमरों से आसपास का दृश्य रिकॉर्ड कर उसे वापस रिफ्लेक्ट करता है, जिससे ये लगभग अदृश्य हो जाता है। अभी ही देख लो, ये तुम्हारे सामने ही मौजूद था लेकिन तुम्हें भनक तक नहीं लगी। दरअसल, मुख्य रूप से इसे सिर्फ मॉनीटरिंग करने या इसी तरह के काम करने के लिए डिजाइन किया गया है। किसी विशेष परिस्थिति में इसका प्रयोग रक्षात्मक रूप से किया जा सकता है, जिसके लिए ये दुश्मन पर सिंगल डार्ट फायर कर सकता है, जो तेज बेहोशी की दवा से युक्त होती है। उसका असर क्या हुआ था, वो तुमने देख ही लिया था। लेकिन इसमें ऐसी एक ही डार्ट थी इसलिए मैं इसे स्कारलेट के खिलाफ दोबारा इस्तेमाल नहीं कर सकी।''
"कमाल है।''-निमिष ने मंत्रमुग्ध स्वर में कहा।
"ये प्लेन में जो कुछ हो रहा था, सब रिकॉर्ड कर रहा था। इतना ही नहीं, हम जो मशीन अपने साथ ले गए थे, उसमें रिकॉर्ड होने वाले डेटा का बैकअप भी सेव कर रहा था। हालांकि इस बात की मुझे जानकारी नहीं थी। इसीलिए स्कारलेट ने जब प्लेन को जला दिया था और उसके साथ मशीन भी नष्ट हो गई थी तो मैं परेशान हो रही थी। वापस लौटने पर संजय ने बताया कि सारा डेटा कुकू ने सेव कर लिया था।"
"तुम्हारा मतलब...ये पूरे समय हमारे साथ था और हमारा वीडियो बना रहा था?''
"हां। इसके जैसा एक और ड्रोन प्लेन से बाहर भी था लेकिन वो हमारे साथ भविष्य में नहीं गया था। वो बाहर से उड़ते हुए प्लेन की रिकॉर्डिंग कर रहा था और शायद वर्महोल से अधिक ऊंचाई पर था इसलिए उसमें प्रवेश नहीं

कर पाया। कुकू हमारे साथ प्लेन के अंदर ही था इसलिए पूरे समय हमारे साथ ही रहा। चलो, अब स्कारलेट से बचाने के लिए इसका शुक्रिया अदा करो।''

"थैंक्स, कुकू।''-निमिष ने ड्रोन से कहा।

ड्रोन वापस अदृश्य हो गया।

"शायद उसे तुम्हारा थैंक्स कहना पसंद नहीं आया।''-अवनी ने हंसते हुए कहा।

"उसमें डिफॉल्ट टाइमर है।''-प्रोफेसर ने मुस्कुराते हुए कहा-"20 सेकेंड में वो खुद अदृश्य हो जाता है।''

दूसरी युवती ने मास्क अवनी के हाथ से ले लिया और उसे देखने लगी।

"अरे''-अवनी ने निमिष से कहा-"मैं तुम्हारा परिचय कराना तो भूल ही गई। ये हैं प्रोफेसर सिद्धार्थ महादेवन बीएसएल के हैड और डब्ल्यूएम प्रोजेक्ट के चीफ साइंटिस्ट। और ये हैं डॉ. शिल्पी भटनागर-डब्ल्यूएम प्रोजेक्ट के एनर्जी डिपार्टमेंट की चीफ।''

"इस मास्क में एक बेहद छोटा वॉइस सिंथेसाइजर भी मौजूद है"-डॉ. शिल्पी हाथ में थमे मास्क को देखते हुए बोली-"जो किसी की भी आवाज की हू-ब-हू नकल कर सकता है। ये वॉइस सिंथेसाइजर मास्क के निचले हिस्से से जुड़ा हुआ है, जिसे गले के पास सैट करना होता है। इसीलिए अनीता की आवाज सुनकर भी आप लोगों को शक नहीं हुआ होगा।''

"वो ज्यादा बात कर भी नहीं रही थी।''-अवनी ने याद करते हुए कहा-"काफी खामोश थी। जो कि उसकी आदत के बिल्कुल खिलाफ था। प्लेन में हमला करने से पहले उसने जरूर बात की थी लेकिन तब वो अपनी असली आवाज-यानि स्कारलेट की आवाज-में बोल रही थी।''

"उसने जरूर वॉइस सिंथेसाइजर डिसएबल कर दिया होगा।''-शिल्पी ने कहा।

"तुम्हें मैंने यहां बुलाया है।''-प्रोफेसर ने निमिष से कहा।

"जी कहिए।''-निमिष ने कहा।

"आज मेरा छुट्टी का दिन है।''-प्रोफेसर के चेहरे पर स्मित मुस्कान थी-"हाफ डे समझ लो। क्योंकि आधे दिन के बाद तो यहां बहुत महत्त्वपूर्ण प्रयोग होने वाला है। अपनी आधे दिन की छुट्टी मैं तुम्हारे साथ विज्ञान के एक खास क्षेत्र से जुड़ी चर्चा करते हुए बिताना चाहूंगा। खास तुम्हारे साथ इसलिए, क्योंकि

तुमने हमारे इस प्रोजेक्ट में बेहद अहम भूमिका निभाई है। अहम तो तुम पहले ही थे-आखिर तुमने ही हमारे मिशन एनॉमली को 'एक पायलट गायब क्राइसिस' से बाहर निकाला था-लेकिन बाद में जो परिस्थितियां निर्मित हुईं, उनसे और भी ज्यादा अहम बन गए। और-प्रोफेसर एक पल रूककर बोले-तुम्हारे सवालों के जवाब भी देने हैं।''

"जी।''-निमिष बस इतना ही कह पाया।

"चलो, तुम्हारे नाम से ही शुरू करते हैं।''-प्रोफेसर ने उत्साहित स्वर में कहा।

"मेरे नाम से?''-निमिष के स्वर में उलझन थी।

"हां। तुम्हारा नाम। निमिष का क्या अर्थ होता है?''

निमिष हिचकिचाया। वो एक चीज उसे हमेशा अजीब लगती थी। उसके नाम का जो अर्थ था, वो उसे हमेशा बहुत साधारण लगता था।

"समय का बहुत छोटा हिस्सा।''-फिर उसने कहा-"एक पल। पलक झपकने में लगा समय।''

"राइट। पलक झपकने में लगा समय। निमिष मात्र। कहते हैं कि निमिष मात्र में ही बहुत कुछ हो सकता है। और होता रहता भी है। तुम पायलट हो। साइंस के स्टूडेंट रहे हो। तो मुझे उम्मीद है मेरी बातें समझने में तुम्हें आसानी होगी। तो, निमिष, टाइम ट्रैवल तुम्हारी नजर में क्या है?''

"एक भयानक सपना।''-निमिष के मुंह से निकल गया।

प्रोफेसर ने गम्भीरता से सिर हिलाया, फिर बोले-"यानि तुम दोबारा टाइम ट्रैवल नहीं करना चाहोगे।''

निमिष ने इनकार में सिर हिलाया।

"और उन लोगों का क्या''-प्रोफेसर ने पूछा-"जो टाइम ट्रैवल करना चाहते हैं? टाइम ट्रैवल करने की टेक्नोलॉजी को साकार होते देखना चाहते हैं? और उनका क्या, जो इस टेक्नोलॉजी को विकसित करने के लिए वर्षों से काम कर रहे हैं? मेहनत कर रहे हैं?''

"उनके बारे में मैं क्या कह सकता हूं? मेरा अनुभव तो बहुत बुरा रहा। हो सकता है उनका अनुभव अच्छा रहे। वैसे भी मैं किसी तैयारी से तो भविष्य में गया नहीं था। अपनी मर्जी से भी नहीं गया था। मुझे तो भनक भी नहीं थी कि ऐसा कुछ होने वाला था। टाइम ट्रैवल करने वाले लोग तो पूरी तैयारी के साथ अपने इच्छित समय में जाएंगें। तो हो सकता है उनका अनुभव अच्छा रहे। वैसे भी''-उसने अवनी की ओर देखा-"हम पर तो स्कारलेट ने हमला

भी किया था तो पूरे समय हम अपनी जान बचाने के लिए या वहां क्या हो रहा था, उसे समझने के लिए ही भागदौड़ करते रहे। जिंदा बच गए यही बहुत बड़ी बात है। एक मिनट"-निमिष के दिमाग में घंटी बजी-"क्या आपने ही हमें भविष्य में भेजा था? या आपको पता था कि वैसा हो सकता था?''

"नहीं। हमने तुम्हें भविष्य में नहीं भेजा था। वो हमारे हिसाब से एक प्राकृतिक वर्महोल ही था। एक एनॉमली, जो कि बरमूडा ट्राइएंगल क्षेत्र में होती रहती है। लेकिन ये भी सच है कि हम यहां टाइम ट्रैवल की टेक्नोलॉजी पर काम कर रहे हैं। मिशन एनॉमली में हमने इस संभावना को जरूर ध्यान में रखा था कि ऐसा कुछ हो सकता है और इसीलिए हमने तुम सबको वो स्पेशल स्मार्टवॉच दी थीं, प्लेन में अदृश्य ड्रोन की व्यवस्था की थी। लेकिन हमें स्कारलेट जैसे किसी खतरे की उम्मीद नहीं थी, जिसने सब गड़बड़ कर दिया। लेकिन फिलहाल हम अपनी बातचीत का केंद्रबिन्दु टाइम ट्रैवल को ही रखेंगें। तो टाइम ट्रैवल तुम्हारी नजर में एक भयानक सपना है और तुम दोबारा टाइम ट्रैवल नहीं करना चाहते। लेकिन तुम ये भी मानते हो कि हो सकता है दूसरे लोगों के लिए ये एक अच्छा अनुभव हो।''

निमिष ने सहमति में सिर हिलाया।

"लेकिन अगर मैं कहूं कि टाइम ट्रैवल असल में तुम्हारे उस भयानक सपने से भी ज्यादा भयानक है, तब तुम्हारी क्या प्रतिक्रिया होगी?''

"जो कुछ हमारे साथ हुआ, उससे भी भयानक?''-निमिष ने अवनी की ओर देखा।

प्रोफेसर ने सहमति में सिर हिलाया।

"ऐसा कैसे हो सकता है?''-निमिष के चेहरे पर उलझन के भाव आ गए।

"हो सकता है नहीं बल्कि ऐसा ही है। और ऐसा मुझे तब कहना पड़ रहा है, जब हमने बरसों इस टेक्नोलॉजी पर काम किया और आज हम समय-यात्रा करने में सक्षम हो चुके हैं। अतीत या भविष्य में किसी भी समय में आ-जा सकते हैं। लेकिन इस आईलैंड पर कोई ऐसा व्यक्ति नहीं है, जो हमारे डब्ल्यूएम प्रोजेक्ट से पूरी तरह परिचित हो और भविष्य या अतीत की यात्रा करने के लिए तैयार हो।''

कुछ पल उनके बीच खामोशी छाई रही।

"डब्ल्यूएम प्रोजेक्ट''-फिर निमिष ने कहा-"टाइम ट्रैवल की टेक्नोलॉजी है?''

"उससे कहीं बढ़कर। लेकिन उसे विकसित समय-यात्रा के लिए ही किया गया था। हमारा ये प्रयोग अब तक बेहद गोपनीय रहा है। लेकिन तुम्हारे साथ इसकी चर्चा करने के कई उद्देश्य हैं। पहली बात, तुम मिशन एनॉमली के हीरो रहे हो। दूसरी बात, मैं इस टेक्नोलॉजी के बारे में किसी आम आदमी से भी चर्चा करना चाह रहा था, जिससे इसको लेकर जनता का क्या नजरिया होगा, उसे समझ सकूं। तीसरी बात, डब्ल्यूएम प्रोजेक्ट के लिए एक बेहद जरूरी चीज तुम हमारे लिए लेकर आए हो, जिससे ये प्रोजेक्ट अचानक कई साल आगे बढ़ गया है और डब्ल्यूएम प्रोजेक्ट के प्रमुख कंट्रीब्यूटर बन चुके हो।''

"कौन-सी चीज?''-निमिष के मुंह से निकला।

"उसके बारे में मैं तुम्हें बाद में बताऊंगा। पर उससे पहले जरूरी है कि तुम ये समझ लो कि डब्ल्यूएम प्रोजेक्ट क्या है? और डब्ल्यूएम प्रोजेक्ट को समझने के लिए तुम्हें समय-यात्रा को समझना पड़ेगा।''

वो खामोशी से प्रोफेसर की बात सुनता रहा।

"तुमने बूटस्ट्रैप पैराडॉक्स के बारे में सुना है?''

निमिष ने इनकार में सिर हिलाया।

"ग्रैंडफादर पैराडॉक्स?''

"सुना है लेकिन ज्यादा नहीं मालूम।''

"ये समय-यात्रा से जुड़े कुछ पैराडॉक्स या विरोधाभासी कथन हैं, जो वर्षों से समय-यात्रा को लेकर उलझन बने हुए थे। और समय-यात्रा की तकनीक जब भी विकसित होती, जैसे हमने की है, तो इनका जवाब भी मिलना था। जवाब मिल चुका है। लेकिन जवाब जानने से पहले जरूरी है कि तुम प्रश्न को समझ लो। बूटस्ट्रैप पैराडॉक्स के अनुसार वर्तमान-भविष्य-भूतकाल के बीच की जाने वाली कुछ गतिविधियों से एक लूप-एक चक्र-जैसा बन जाता है, जिसमें भौतिकी के नियम बदलने लगते हैं। वो भी असंभव से लगने वाले मायनों में।"

"मतलब?"

"इसे ऐसे समझो। अगर तुम वर्तमान से अतीत में जाकर खुद को कोई चीज देते हो, तो उस चीज की उत्पत्ति कैसे हुई, इस पर ही प्रश्नचिह्न लग जाता है। मान लो, तुम्हारे पास एक पेन है।"-प्रोफेसर ने अपने कोट की जेब से एक पेन निकालकर अपने हाथ में ले लिया-"अब तुम टाइम मशीन से 10 साल पीछे

जाकर अपने ही घर में दराज में वो पेन रख देते हो और वापस लौट आते हो। तुम्हारे उस समय के रूप को-दस साल पहले अतीत के निमिष को-अपनी दराज में वो पेन मिलता है और वो उसे संभालकर रख लेता है। अब तुम बता सकते हो, वो पेन कहां बना होगा? तुमने उसे कहां से खरीदा होगा? उसमें लगने वाली प्लास्टिक, स्याही कहां से आई होगी?"

निमिष बात को समझने की कोशिश कर रहा था।

"नहीं बता सकते।"-प्रोफेसर ने कहा-"वो पेन एक चक्र में फंस गया है। तुमने उस पेन को कहीं से नहीं खरीदा था। वो पेन किसी फैक्ट्री में नहीं बना। न उसके अंदर की रीफिल बनी, न उसकी बॉडी बनी, न निब बनी। वो तो जैसे हवा में प्रकट हो गया था। वर्तमान समय में वो पेन तुम्हारे पास है क्योंकि दस साल पहले वो तुम्हें अपने घर में टेबल के ड्रॉअर में मिला था। दस साल पहले तुम्हारे घर की टेबल के ड्रॉअर में था, क्योंकि तुम ही उसे समय-यात्रा कर अतीत में जाकर वहां रखकर आए थे।"

निमिष की समझ में आया।

उसकी आंखें फैल गईं।

"ये हर चीज पर लागू होता है।"-प्रोफेसर ने शांत स्वर में कहा-"कोई भी चीज तुम अतीत में जाकर खुद तक पहुंचाते हो उसकी उत्पत्ति एक अनसुलझा सवाल बनकर रह जाती है। वो चीज एक चक्र में फंसकर रह जाती है। वो ऐसी चीज बनकर रह जाती है, जो कि नहीं हो सकती। क्योंकि कोई चीज हवा में प्रकट नहीं हो सकती।"

"आपने कहा, आप लोगों ने समय-यात्रा की तकनीक को विकसित कर लिया है।"-निमिष ने कहा-"यानि आपको इस पैराडॉक्स का जवाब मिल गया होगा।"

"जवाब मिल गया है।"-प्रोफेसर ने गम्भीर स्वर में कहा-"और वो जवाब इतना खतरनाक है कि हमें मजबूरन उस प्रोजेक्ट को ही रोकना पड़ रहा है। उस जवाब के कारण ही मैंने समय-यात्रा को तुम्हारे समय-यात्रा के अनुभव से भी ज्यादा भयानक बताया है। लेकिन उस जवाब के बारे में जानने से पहले समय-यात्रा से जुड़े कुछ और पैराडॉक्स के बारे में जान लो। ग्रैंडफादर पैराडॉक्स कहता है कि अगर कोई व्यक्ति अतीत में जाकर अपने दादा की हत्या कर देता है तो वो भविष्य में पैदा ही नहीं हो सकता। और अगर पैदा ही नहीं हो सकता तो भविष्य में उसका अस्तित्त्व ही नहीं होगा। और जब

भविष्य में उसका अस्तित्त्व ही नहीं होगा तो वो अतीत में जाकर अपने दादा की हत्या कैसे कर सकता है?"
"काफी उलझी हुई बात है।"-निमिष ने समझने वाले भाव से सिर हिलाया।
"फर्मी पैराडॉक्स से जुड़ा टाइम ट्रैवल से सम्बन्धित कथन है-अगर समय-यात्रा संभव है, तो सारे समय-यात्री कहां हैं? अगर आज से 50, 100, 1000 कितने भी साल बाद आगे भविष्य में जाकर टाइम मशीन बनना सम्भव होता है-आखिर कभी तो होना चाहिए-तो भविष्य के उस समय से लोग टाइम मशीन की सहायता से यहां क्यों नहीं आते? इतने वर्षों, इतने दशकों, इतनी सदियों से किसी भी समय-यात्री को क्यों नहीं देखा गया?"
"और डब्ल्यूएम प्रोजेक्ट इन सारे पैराडॉक्स के जवाब देता है?"-निमिष ने कहा।
"हां। देता है। क्योंकि डब्ल्यूएम प्रोजेक्ट से समय-यात्रा सम्भव है। लेकिन बिल्कुल अलग मायनों में। उस तरह बिल्कुल नहीं, जैसा हम सोचते थे।"
"मतलब?"
"डब्ल्यूएम प्रोजेक्ट क्या है और इससे समय-यात्रा कैसे सम्भव है, इसके बारे में बताने से पहले मैं तुम्हें टाइम पार्टिकल्स या समय कणों के बारे में बता दूं। समय कणों की खोज करीब 12 साल एक भारतीय वैज्ञानिक ने की थी, जो वर्महोल की थ्योरी को हकीकत में बदलने पर काम कर रहा था। उस समय तक उसका वर्महोल का निर्माण करने का प्रयोग पूरा नहीं हो पाया था लेकिन प्रयोगों से उसने ये पता लगाया था कि वर्महोल बनाने के प्रयास में कुछ अनजाने-से कण उस जगह के आसपास उपस्थित हो जाते हैं, जहां वर्महोल बनाना होता है। वे कण इतने ज्यादा रहस्यमयी थे कि वो वैज्ञानिक वर्महोल के अपने प्रयोग को रोककर उन कणों पर पूरे पांच साल तक रिसर्च करता रहा।''
"ऐसा क्या खास था उन कणों में?''-निमिष ने कहा।
"पहली बात, वे कण ही नहीं थे। लेकिन उनकी प्रवृत्ति कुछ-कुछ कणों की तरह थी इसलिए शुरूआत में उस वैज्ञानिक ने उन्हें ये कण मानकर ही उन पर शोध किया, जिससे यही नाम उनसे जुड़ गया। असल में वे अज्ञात-सी ऊर्जा के बेहद सूक्ष्म बंडल जैसे थे-हां, तुमने सही सुना, अज्ञात-सी ऊर्जा, जिसके बारे में अब तक हम पता नहीं लगा पाए हैं कि वो ऊर्जा क्या है?-लेकिन उन कणों की कुछ विशेषताएं थीं, जिनके चलते उस वैज्ञानिक को अपने इतने

प्रमुख प्रोजेक्ट को छोड़कर उन पर शोध करने के लिए जुटना पड़ा। उसने पता लगाया कि उन कणों का वर्महोल से ही नहीं बल्कि 'समय' से भी बेहद खास संबंध है। फिर उस वैज्ञानिक ने कम्प्यूटर साइंस की सहायता से ऐसा सिस्टम विकसित किया, जो वातावरण में मौजूद उन कणों से जुड़ी महत्त्वपूर्ण जानकारी को डेटा में बदल देता है, जिसे हम 'टाइम पार्टिकल डेटा' या शॉर्ट में टीपी डेटा कहते हैं।''

"मैंने पहले कभी टाइम पार्टिकल्स या टाइम पार्टिकल डेटा के बारे में नहीं सुना।''

"मुख्यत: इस रिसर्च से जुड़े लोग ही इस बारे में जानते हैं। विज्ञान की दुनिया सिर्फ साइंस फिक्शन फिल्मों और किताबों में ही ग्लैमरस लगती है। असल में लोगों की इसमें कम ही दिलचस्पी होती है। इसीलिए बहुत से प्रयोगों का विज्ञापन भी नहीं किया जाता। उनके बारे में वही लोग जान पाते हैं, जो उससे जुड़े होते हैं।''

"ओह।''

"टाइम पार्टिकल्स डेटा पर रिसर्च इसलिए भी जरूरी था''-प्रोफेसर ने कहना जारी रखा-"क्योंकि वो वर्महोल की गुत्थी को सुलझा सकते थे। जो कि उन्होंने सुलझाया भी। और समय से टाइम पार्टिकल्स के संबंध ने समय-यात्रा के द्वार भी खोल दिए। यानि उन प्रयोगों से ये निष्कर्ष निकला कि न सिर्फ वर्महोल का अस्तित्त्व संभव है, बल्कि समय-यात्रा भी की जा सकती है।''

कहकर प्रोफेसर ने अवनी की ओर देखा।

उनका संकेत समझकर अवनी ने टाइम पार्टिकल डेटा के बारे में बताना शुरू किया-"हमारा मिशन एनॉमली बरमूडा क्षेत्र से इसी टाइम पार्टिकल डेटा को कलेक्ट करने के लिए था। वो मशीन, जो हम अपने साथ प्लेन में ले जा रहे थे, उसी डेटा को कलेक्ट करने का काम करती थी। हालांकि वो मशीन नष्ट हो गई और हमारा मिशन भी असफल हो जाता, अगर प्रोफेसर ने पहले ही बैकअप प्लान के बारे में नहीं सोचा होता।''

"कैसा बैकअप प्लान?''

"वो स्मार्टवॉच जो हमें पहनाईं गईं थीं। असल में उनमें से हर स्मार्टवॉच अपने-आप में एक सुपरकम्प्यूटर थी, जो टाइम पार्टिकल डेटा रिकॉर्ड करने वाली मशीन से डेटा रिसीव करके उसका बैकअप भी सेव कर रहीं थीं। यानि मुख्य मशीन प्लेन के साथ नष्ट होने के बाद भी वो पूरा डेटा हमारे पास

सुरक्षित है और हम उससे बरमूडा ट्राइएंगल से जुड़े अपने प्रयोग को आगे भी बढ़ा सकते हैं। और वो ड्रोन उस बैकअप का भी बैकअप था।"

"लेकिन बरमूडा ट्राइएंगल हमारा मुख्य मिशन नहीं है।"-प्रोफेसर ने दखल दिया-उसमें तो मेरी दिलचस्पी सिर्फ इसलिए जगी थी कि हमने ये स्मार्टवॉच डेवलप की थीं, जो समय-यात्रा में भेजने वाले किसी व्यक्ति को पहनाई जा सकें, जिससे उसके भविष्य के समय से लेकर टाइम पार्टिकल डेटा का पूरा रिकॉर्ड रखा जा सके। संयोग से इनमें से एक स्मार्टवॉच में कुछ मोडीफिकेशन के लिए मुझे इसे अमेरिका के एक रिसर्च सेंटर भेजना पड़ा, जहां से इसे प्लेन से वापस लाते समय इस स्मार्टवॉच ने बरमूडा ट्राइएंगल क्षेत्र में कुछ असामान्य टाइम पार्टिकल डेटा रिकॉर्ड किया। हमारा डब्ल्यूएम प्रोजेक्ट लगभग पूर्णता के कगार पर है, इसलिए मैंने प्रोजेक्ट से जुड़े अपने प्रमुख वैज्ञानिकों को एक दिन की पिकनिक पर भेजने और साथ ही बरमूडा ट्राइएंगल क्षेत्र में टाइम पार्टिकल डेटा की मौजूदगी का रहस्य जानने के लिए बरमूडा क्षेत्र के सर्वे वाला मिशन एनॉमली लांच किया।''

"ओह।''-अब निमिष को धीरे-धीरे समझ आ रहा था।

"अब तुम टाइम पार्टिकल डेटा के बारे में जान चुके हो तो समय पर भी बात कर लेते हैं। उसके बाद ही समय-यात्रा का कॉन्सेप्ट क्लीयर हो सकेगा। तो तुम्हारे हिसाब से समय क्या है?''

निमिष ने अवनी की ओर देखा, फिर बोला-"दो घटनाओं के बीच की दूरी।''

"गुड। आसान शब्दों में बता दिया। अब ये बताओ कि क्या समय के बिना दुनिया का अस्तित्त्व हो सकता है?''

"शायद नहीं।''-निमिष ने हिचकिचाते हुए कहा।

"करैक्ट। समय वास्तविक संसार की वो ईकाई है, जो ब्रह्मांड की रचना का प्रमुख अवयव है। अगर तुम्हें नई दुनिया, या नए ब्रह्मांड का निर्माण करना है तो तुम्हें जो सबसे प्रमुख चीजें चाहिए होंगीं, जिनके बिना ब्रह्मांड की रचना नहीं हो सकती, उनमें समय भी शामिल है। जैसे घर बनाने के लिए लकड़ी, सरिया, सीमेंट, रेत, ईंट वगैरह की जरूरत होती है, वैसे ही ब्रह्मांड के निर्माण के लिए जो चीजें बेहद जरूरी है, समय उनमें से एक है।''

"ब्रह्मांड का निर्माण?''-निमिष ने कहा-"क्या इसका समय-यात्रा से सम्बन्ध है?''

"बहुत गहरा सम्बन्ध है। इसे समझने के बाद ही तुम जान पाओगे कि समय-यात्रा सम्भव होकर भी सम्भव नहीं है।''

"सम्भव नहीं है? लेकिन प्रोफेसर, हम दोनों खुद 100 साल आगे के भविष्य की यात्रा करके आए हैं। क्या वो सब धोखा था?''

"डब्ल्यूएम प्रोजेक्ट के बारे में पूरी तरह जान लो, फिर तुम खुद फैसला करना कि तुमने जो समय-यात्रा की थी, वो धोखा था या सच्चाई? टाइम ट्रैवल से जुड़े अनसुलझे लगने वाले पैराडॉक्सेज के जो जवाब हमने ढूंढे हैं, वो सही हैं या गलत? समय-यात्रा को तुम्हारे भविष्य यात्रा में हुए अनुभव से भी भयानक कहकर मैंने सही किया है या गलत? यहां तुम जज हो, मैं केस तुम्हारे सामने रख रहा हूं। क्योंकि विज्ञान की हर खोज आम जनता को ही समर्पित होती है। तुमने मिशन एनॉमली में भी बेहद महत्त्वपूर्ण भूमिका निभाई, हमारे डब्ल्यूएम प्रोजेक्ट के लिए भी बेहद खास हो लेकिन इस वक्त मैं तुम्हें आम जनता के प्रतिनिधि के रूप में देख रहा हूं और अपने पूरे प्रोजेक्ट को तुम्हारे सामने रख रहा हूं।''

निमिष खामोश हो गया।

"समय''-प्रोफेसर ने फिर कहना शुरू किया-"सिर्फ दो घटनाओं के बीच की दूरी ही नहीं है। ये रहस्यों का भण्डार है। जीवन का सार है। तुम्हारे नाम में भी समय है। निमिष। कई बार हम पूरा-पूरा दिन गुजार देते हैं लेकिन ऐसा कुछ उल्लेखनीय नहीं होता, जिसे हम हमेशा याद रख सकें। और कई बार एक पल में ही, एक निमिष में ही कुछ ऐसा हो जाता है कि उसे हम हमेशा याद रखते हैं। अच्छी यादें। बुरी यादें। तुम एक निमिष में ही आज से 100 साल आगे की भविष्य की दुनिया में चले गए थे और एक निमिष में ही वापस लौट आए। अगर नहीं लौट पाते तो इस दुनिया को खो देते। यही डब्ल्यूएम प्रोजेक्ट है।''

आखिरी लाइन सुनकर निमिष का दिमाग खटका।

"समय ब्रह्मांड का निर्माण करता है। नए आयामों का निर्माण करता है। समय किसी के लिए नहीं रूकता। टाइम मशीन के लिए भी नहीं। अगर तुम किसी टाइम मशीन की सहायता से-जैसे कि हमारा डब्ल्यूएम प्रोजेक्ट-आज से दस साल पहले अतीत में जाते हो, तो असल में तुम वास्तविक अतीत को जीने नहीं जा रहे हो। बल्कि एक नई दुनिया का निर्माण कर रहे हो।''

"मैं दुनिया का निर्माण कर रहा हूं?''

"टाइम मशीन का इस्तेमाल करके। अगर तुम अतीत में जाते हो, तो जिस पल में जाते हो, उस पल से आगे एक नई दुनिया शुरू हो जाती है। कुछ भी वैसा नहीं होता, जैसा तुम्हारे वास्तविक अतीत में हुआ था। जिसे तुम बिताकर आए थे। और न ही ये समय, ये वर्तमान तुम्हारे लिए रूका रहता है, जहां से तुम अतीत में गए। ये समय भी अपनी चाल से चलता रहता है। ये तुम्हारे इंतजार में रूका नहीं रहता कि तुम वापस आओगे, तब ये आगे बढ़ेगा।''

"लेकिन''-निमिष हतप्रभ था-"हम जब वापस लौटे तब तो उसी समय में वापस लौटे थे, जिस समय हमारा प्लेन 2122 में गया था।''

"वो एक प्राकृतिक वर्महोल था। प्रकृति ज्यादा शक्तिशाली है। वो वर्महोल क्यों बना, ये तो हम नहीं जानते लेकिन हमें इतना पता है कि वो तुम्हें भविष्य में भेजकर उसी पल में वापस ले आने में सक्षम था, जिस पल में उसने तुम्हें भेजा था। अभी हमारी टेक्नोलॉजी उतनी विकसित नहीं है। और मेरे ख्याल से हो भी नहीं पाएगी। याद करो, वर्महोल में प्रवेश करते समय तुमने सामने एक प्लेन देखा था, जो तुम्हारे प्लेन से टकराने वाला था।''

"हां।''-निमिष ने कहा।

"और ऐन यही वापसी के समय हुआ था। जब तुम वापसी के लिए उस वर्महोल में प्रवेश कर रहे थे तो तुमने फिर एक प्लेन को अपने प्लेन के ठीक सामने देखा था, जो तुम्हारे प्लेन से टकराने वाला था।''

निमिष की आंखें फैल गई।

"इसका मतलब...?''-वो बोला।

"हां। वो दोनों तुम्हारे ही प्लेन थे। दोनों प्लेनों में तुम ही थे। लेकिन वो समय का एक बेहद छोटा अंश था, एक निमिष, या उससे भी छोटा पल, जिसमें वो सब हुआ। जब तुमने 2022 से उस वर्महोल में प्रवेश किया तो ऐन उसी वक्त सामने से तुम भविष्य के सी-प्लेन में घायल अवनी को लेकर 2122 से वापस यहां लौट रहे थे।''

निमिष सन्न रह गया।

"लेकिन हमारी टक्कर क्यों नहीं हुई, प्रोफेसर?''-अवनी ने पूछा।

"क्योंकि वो सब एक वर्महोल में हो रहा था। जहां सामान्य भौतिकी के नियम मायने नहीं रखते। ऐसा समझ लो, हवा की हवा से टक्कर नहीं होती।''

कुछ पल उनके बीच खामोशी रही।

"हमारी रिसर्च यही कहती है''-प्रोफेसर ने कहा-"तुम लोग जिस भविष्य में गए थे, वो हमारा एक सम्भावित भविष्य था। एक अलग आयाम। जरूरी नहीं कि 100 साल बाद वैसी ही दुनिया बने। वैसी ही परिस्थितियां उत्पन्न हो। वो भविष्य का आयाम अपनी जगह है। तुम्हारे लौट आने के बाद वो दुनिया नष्ट नहीं हो गई। न ही रूक गई। वहां अब भी घटनाएं हो रहीं होंगीं। लेकिन वो दुनिया हमारी पहुंच से बहुत दूर है।''

"एक अलग दुनिया?''-निमिष ने कहा।

"समय अलग दुनिया बनाने में सक्षम है। सक्षम ही नहीं है बल्कि हर बार बनाएगा, जब तुम उसे ऐसा करने के लिए फोर्स करोगे। तुम डब्ल्यूएम प्रोजेक्ट या किसी भी टाइम मशीन की सहायता से समय में 50 साल पहले, या 100 साल पहले या 1000 साल पहले जाओगे तो वो दुनिया दिखने में तो बिल्कुल उसी समय की इसी दुनिया जैसी होगी लेकिन उस पल के ठीक आगे से उस दुनिया का एक अलग अस्तित्त्व होगा। इसी तरह भविष्य के साथ है। अगर तुम भविष्य में भी 50 साल आगे या 100 साल आगे जाते हो तो वो हमारा वास्तविक भविष्य नहीं है। वहां एक संभावित भविष्य की नई दुनिया आकार लेगी और उसके आगे जो भी घटनाएं होंगीं, वो उस नई दुनिया में-जिसे तुम एक अलग आयाम भी कह सकते हो-होंगीं।''

"ऐसा कैसे हो सकता है?-निमिष बुदबुदाया।

"मैं तुम्हें एक और आसान उदाहरण देता हूं।''-प्रोफेसर ने टेबल पर रखे चार पानी भरे गिलासों में से दो गिलासों को खींचकर अपने सामने किया-"समझ लो ये गिलास'' -उन्होंने एक गिलास पर उंगली रखी-"हमारे इस आयाम या यूनीवर्स में तुम्हारा घर है। और ये''-उन्होंने गिलास में रखे पानी में उंगली डुबोकर उस गिलास के चारों ओर एक गोल घेरा बना दिया-"हमारा यूनीवर्स या आयाम है। अब तुम अपने दादा जी से उनके जवानी के टाइम में मुलाकात करने या किसी भी काम से टाइम मशीन की सहायता से 50 साल पहले के समय में अपने इसी घर में जाते हो। लेकिन तुम जब उस समय में जाते हो तो इस घर में नहीं पहुंचते।''-उन्होंने दूसरे गिलास को खींचकर उस गिलास के बगल में उससे थोड़ी दूर पर रख दिया और गीली उंगली से उसके चारों ओर भी एक गोल घेरा खींच दिया-"तुम एक दूसरे आयाम में उस चुने हुए पल में अपने घर के इस हू-ब-हू प्रतिरूप में पहुंच जाते हो। तुम्हारा वर्तमान का घर-जहां से तुमने समय-यात्रा आरम्भ की थी''-उन्होंने पहले

गिलास पर उंगली रखी-"वो अपने वास्तविक आयाम में अपनी जगह पर मौजूद है। उस घर में समय अपनी रफ्तार से बढ़ता रहता है। तुम्हारे लिए इंतजार नहीं करता। तुम''-उन्होंने दूसरे गिलास पर उंगली रखी-"वास्तविक अतीत में जाने की जगह इस आयाम की एक हू-ब-हू प्रतिकृति में अपने घर में पहुंच गए हो। लेकिन वास्तव में वो तुम्हारा घर नहीं है। एक छलावा दुनिया है। जो शायद होनी भी नहीं चाहिए थी।''

निमिष प्रोफेसर की बात सुन और समझ तो रहा था लेकिन उस पर विश्वास करना मुश्किल था।

"क्या सचमुच ऐसा हो सकता था?"

"साइंस फिक्शन फिल्मों में या कहानियों में भी समय-यात्रा के कॉन्सेप्ट को बहुत ही गलत ढंग से प्रस्तुत किया जाता है"-प्रोफेसर ने कहा-"जैसे एक फिल्म में भविष्य में दुनिया पर मशीनों ने कब्जा कर लिया है और मशीनें भविष्य से एक आदमी को भेजती हें, उस बच्चे को मारने के लिए, जो बड़ा होकर भविष्य में उन मशीनों के खिलाफ युद्ध का बिगुल बजाएगा। हकीकत में ऐसा नहीं हो सकता। हमारा अतीत गुजर चुका है। हम उसे दोबारा नहीं जी सकते। हम सिर्फ उसे जीने की चाह में वापस अतीत में जाकर रायता फैला सकते हैं। अतीत में सब कुछ वैसा ही होगा, जैसा हमारे साथ पहले हुआ था, ऐसा जरूरी नहीं है। उदाहरण के लिए मान लो, तुम दो साल पहले किसी बड़े रेस्टोरेंट के सामने खड़े हो और उसमें बढ़िया खाना खाना चाहते हो। लेकिन उस वक्त तुम्हारे पास पैसे नहीं थे इसलिए तुम्हें मन मसोस कर रह जाना पड़ा। वो बात तुम्हारे मन में बस गई। टाइम ट्रैवल की तकनीक विकसित होने के बाद तुम अपनी वो इच्छा पूरी करने दो साल पहले के समय में उसी रेस्टोरेंट के सामने जाते हो-इस बार मोटा पैसा लेकर-और उस रेस्टोरेंट में छककर भोजन करते हो। तो तुम्हारी इच्छा तो पूरी हो गई। लेकिन सवाल ये है कि तुम्हारे वास्तविक अतीत में क्या ऐसा ही हुआ था?''

"नहीं।''-निमिष ने इनकार में सिर हिलाया-"वास्तविक अतीत में मुझे उस रेस्टोरेंट के सामने से भूखे ही लौटना पड़ा था।''

"करैक्ट। यानि तुम जिस अतीत में जाकर उस रेस्टोरेंट में भोजन करने की इच्छा पूरी करते हो, वो एक तुम्हारे अतीत जैसी ही दिखने वाली दूसरी दुनिया है। एक दूसरा आयाम। अब चाहे तुम उस रेस्टोरेंट में भोजन करने के बाद वापस वर्तमान में लौट आओ, चाहे उसी दुनिया में रह जाओ, वो

दुनिया चलती रहेगी। लेकिन ये भी याद रखो कि वो दुनिया वहां थी नहीं। वो दुनिया बनी, क्योंकि तुमने टाइम मशीन की सहायता से समय से छेड़छाड़ की। उस पल को वापस जीवित किया, जब तुम उस रेस्टोरेंट के सामने खड़े थे। वरना वास्तविक दुनिया में तो वो पल बीत चुका था।''

"इसका मतलब साइंस फिक्शन फिल्मों, कहानियों में जो दिखाया जाता है, वो समय यात्रा की टेक्नोलॉजी विकसित होने के बावजूद संभव नहीं है?''

"हाँ"-प्रोफेसर ने कहा-"और यही टाइम ट्रेवल से जुड़े उन पैराडॉक्स का जवाब है. कोई अपने अतीत में जाकर अपने पिता के जन्म से पहले भी अपने दादा को मार सकता है लेकिन फिर भी उसका अस्तित्व हो सकता है क्योंकि उसने जिस अतीत में जाकर अपने दादा को मारा वो एक दूसरा आयाम था. उसका वास्तविक अतीत गुजर चुका है. किसी अन्य आयाम में अपने दादा को मारकर वो ज्यादा से ज्यादा उस आयाम में भविष्य में होने वाले अपने जन्म को रोक सकता है. इसी तरह हम अतीत में जाकर कोई चीज-जैसे मैंने पेन का उदाहरण दिया था-स्वयं को ही देते हैं तो वो चीज एक लूप में नहीं फंसती. उसकी उत्पत्ति पर प्रश्नचिह्न नहीं लगता. क्योंकि असल में हम एक अलग आयाम-जो हमारे अतीत की प्रतिकृति है-में जाकर उस चीज को अपने तक पहुंचाते हैं. हमारे वास्तविक समय में वो चीज किसी फैक्ट्री वगैरह में ही बनकर निकली होगी. इसीलिए कोई समय यात्री भी भविष्य से यहाँ नहीं आता. क्योंकि हमारे भविष्य का अस्तित्व तब होगा, जब हम उसमें पहुंचेंगे. और वहां से हम समय यात्रा करके अतीत में लौटने की कोशिश करेंगे तो अपने वास्तविक अतीत में नहीं पहुंचेंगे. बल्कि अतीत की प्रतिकृति-एक अलग आयाम में पहुंचेंगे."

प्रोफेसर की बातें हैरत में डालने वाली थीं.

"समय यात्रा के बारे में एक चीज अच्छी तरह समझ लो''-प्रोफेसर ने कहा-"तुम अतीत में जाकर कुछ सुधारना चाहते हो तो नहीं सुधार सकते। उस तरह तो बिल्कुल नहीं, जिस तरह कि समय-यात्रा को लेकर आम लोगों में अवधारणा है। या ये कहूं तो ज्यादा सही रहेगा कि जिस तरह का आम लोगों में भ्रम है। सुधारने के चक्कर में तुम एक नए आयाम का निर्माण करके उसमें रायता फैलाकर आ जाओगे। जैसे मान लो कोई सोचता है कि टाइम मशीन की सहायता से हिटलर के जन्म के समय जाकर हिटलर को मार देगा तो जर्मनी में होलोकॉस्ट नहीं होगा। तो ऐसा सम्भव नहीं है। हमारी वास्तविक

दुनिया में वे घटनाएं बीत चुकीं हैं। हो चुकी हैं। टाइम मशीन से ज्यादा-से-ज्यादा कोई व्यक्ति ऐसे प्रतिकृति आयाम का निर्माण करेगा और हिटलर के जन्म के समय ही उसे मार देगा जबकि उस आयाम में उस वक्त तक हिटलर ने कुछ किया ही नहीं था। ये अलग-अलग समयधाराओं के निर्माण जैसा है।''

"विश्वास नहीं होता।''

"ये समय-यात्रा है ही नहीं। बल्कि ये समय से खिलवाड़ करने के परिणामस्वरूप होने वाली प्रक्रिया है, जिसे आयाम निर्माण कहना चाहिए। तुम पांच साल पहले के किसी समय में जाते हो तो तुम्हें वहां अपने परिजन मिलते हैं। तुम खुशी-खुशी उनके साथ रहने लगते हो। जबकि वास्तविकता ये है कि इस आयाम में तुम्हारे परिजन इंतजार करते रह जाते हैं कि निमिष कहां चला गया? साइंस कम्युनिटी ने इसे 'मिस्ट्री ऑफ द सेंचुरी' के नाम से असाइन किया है और हम इस पर अब भी रिसर्च कर रहे हैं। लेकिन अभी हमारे पास बहुत कम जानकारी है। हमें और जानकारी चाहिए। वैसे तुम जिस प्रयोग से अभी-अभी वापस लौटे हो, उसकी बदौलत अब हमारे पास रिसर्च करने के लिए, विश्लेषण करने के लिए जानकारी का भंडार है। लेकिन फिर भी समय की गुत्थी सुलझाने के लिए इस प्रोजेक्ट से मिली जानकारी समंदर से निकाले गए एक चम्मच पानी के बराबर है। उस एक चम्मच पानी से हम समुंदर के पानी का कुछ विश्लेषण तो कर सकते हैं लेकिन पूरे समंदर के रहस्यों को नहीं सुलझा सकते।''

"डब्ल्यएम प्रोजेक्ट में डब्ल्यूएम से क्या बनता है?''-निमिष ने पूछा।

"वर्ल्ड मेकर।''

"हमें शुरूआत से ये नहीं मालूम था''-अवनी ने कहा-"कि हमारे प्रयोग के ये परिणाम सामने आएंगें। डब्ल्यूएम का मतलब भी उस समय दूसरा था। लेकिन जैसे-जैसे हमारा रिसर्च प्रोग्राम आगे बढ़ता गया और ये सब बातें हमारे सामने आती गईं, हमें डब्ल्यूएम का मतलब भी बदलना पड़ा। डब्ल्यूएम प्रोजेक्ट अब एक समय-यात्रा की टेक्नोलॉजी नहीं है। एक आयाम निर्माता है।''

"लेकिन प्रोफेसर''-निमिष ने कहा-"विज्ञान तो अब तक किसी दूसरे आयाम के अस्तित्त्व को भी साबित नहीं कर पाया है। फिर सिर्फ समय से नए आयामों का निर्माण होना कैसे साबित होता है?''

"एक बीज से पूरा पेड़ बनता है। एक विशाल बरगद के सैंकड़ों बीज तुम अपनी जेब में लेकर घूम सकते हो। लेकिन उनमें से एक बीज से भी बनने वाले पेड़ की एक डाल भी तुम्हारी जेब में नहीं आएगी। समय की प्रवृत्ति भी कुछ ऐसी ही है। और जहां तक रही विज्ञान के दूसरे आयामों के अस्तित्त्व को साबित करने की बात, तो मेरे बच्चे, ये हो चुका है।''

"मतलब?''

"तुमने मल्टीवर्स के बारे में तो सुना होगा?''

"मल्टीवर्स? मुझे लगा ये सिर्फ किस्से, कहानियों, कॉमिक्सों की बातें हैं।''

"न।''-प्रोफेसर ने इनकार में सिर हिलाया-"विज्ञान भी मल्टीवर्स के अस्तित्त्व को मान चुका है। क्वांटम फीजिक्स में इस पर रिसर्च जारी हैं। और हमारे इस रिसर्च सेंटर में तो मल्टीवर्स पर रिसर्च में हम बहुत आगे बढ़ चुके हैं। सबसे बड़ा सबूत डब्ल्यूएम प्रोजेक्ट ही है। हमारे ब्रह्मांड की सीमा से बाहर एक विस्तृत क्षेत्र है, जिससे 'अननोन इनफिनिट वास्ट' नाम दिया गया है। यही मल्टीवर्स है। इस अननोन इनफिनिट वास्ट में पहले से न जाने कितने आयाम हैं? उनकी क्या-क्या विशेषताएं हैं? उनमें से कई आयाम एक-दूसरे से अत्यधिक समान हैं तो कई आयामों का एक-दूसरे से दूर-दूर तक कोई संबंध नहीं है। वो सब हमारी पहुंच से बहुत, बहुत दूर है। लेकिन ज्यादा दिनों तक रहेंगें नहीं।''

"मतलब?''-निमिष ने आश्चर्य से कहा-"मनुष्य ने अभी सौरमंडल से भी बाहर कदम नहीं रखा है, पृथ्वी से बाहर किसी ग्रह पर भी कदम नहीं रखा है, फिर इस ब्रह्मांड से बाहर किसी दूसरे आयाम तक कैसे पहुंच सकता है?''

"पहुंच सकता है। डब्ल्यूएम प्रोजेक्ट की बदौलत। एक टाइम मशीन के रूप में डब्ल्यूएम प्रोजेक्ट ने हमें भले ही निराश किया हो लेकिन वो एक दोहरी तकनीक है। डब्ल्यूएम प्रोजेक्ट से भविष्य या अतीत में भेजने के लिए वर्महोल का निर्माण किया जाता है। लेकिन उन वर्महोल का निर्माण दूरी को तय करने के लिए भी किया जा सकता है। और हम वहीं करेंगें। कम-से-कम हमारा ये प्रोजेक्ट पूरी तरह असफल तो साबित नहीं होगा। अतीत या भविष्य में यात्राएं करके नए-नए आयामों के निर्माण करके अननोन इनफिनिट वास्ट को बोझ से लाद देने की जगह हम डब्ल्यूएम प्रोजेक्ट का इस्तेमाल हजारों, लाखों, करोड़ों किलोमीटर की दूरियों को एक पल में तय करने के लिए करेंगें।''

"ऐसा हो सकता है?''-निमिष ने आश्चर्य से कहा।

"बिल्कुल हो सकता है।''-प्रोफेसर ने गर्व से कहा-"वर्महोल की तकनीक से स्पेस मिशन भी संभव होंगें। इस बात की कल्पना तो वैज्ञानिकों ने बहुत पहले ही कर ली थी कि सुदूर अंतरिक्ष की यात्राएं बिना वर्महोल के संभव नहीं होंगीं। अब वर्महोल निर्माण करने की तकनीक हमारे पास है। जल्द ही हम इसे इतना विकसित कर लेंगें कि सुदूर ग्रहों की यात्राएं मिनटों में संभव हो सकेंगीं।''

"प्रोफेसर''-अवनी ने कहा-"आपने नए आयामों के निर्माण से अननोन इनफिनिट वास्ट को लादने की बात की। इसके बारे में मैं और जानना चाहूंगीं। क्या यही कारण है कि आप डब्ल्यूएम प्रोजेक्ट के टाइम मशीन के रूप में इस्तेमाल पर रोक लगा रहे हैं?''

"काफी कुछ तो तुम पहले से जानती हो। फिर भी मैं तुम्हें बताता हूं। हमने इस ब्रह्मांड से बाहर एक अननोन इनफिनिट वास्ट का पता लगा लिया है, जो हमारे ब्रह्मांड से भी विशाल है। बल्कि सिर्फ विशाल नहीं है इतना विशाल है कि उसमें हमारे जैसे अनेक ब्रह्मांड समाए हुए हैं। लेकिन इस विशाल होने की भी कोई तो सीमा होगी? कोई तो नियम होंगें? कोई तो परिस्थितियां होंगीं? जिनके बारे में हम कुछ नहीं जानते। अगर हम बार-बार टाइम मशीन का प्रयोग करके अपनी दुनिया जैसी नई दुनियाएं या आयाम अननोन इनफिनिट वास्ट में बनाते रहते हैं तो उसके क्या दुष्परिणाम होंगें, इसका हमें कोई अंदाजा भी नहीं है। लेकिन इसे सामान्य विवेक से भी समझा जा सकता है। हम एक नई दुनिया बना जरूर लेते हैं, लेकिन उस नई दुनिया पर हमारा कोई नियंत्रण नहीं होता। हम एक नकली ईश्वर बन जाते हैं। उस ईश्वर से अलग, जिसने वास्तविकता में ये दुनिया बनाई है। असली ईश्वर इस दुनिया को चला रहा है। लेकिन नकली ईश्वर बनकर हम ऐसी दुनिया बना देते हैं, जिसे चलाना तो दूर, हम उसके एक छोटे-से हिस्से को भी ठीक से कंट्रोल नहीं कर सकते। हमारा अपने आप पर ही कोई नियंत्रण नहीं है। मान लो मैं 10 साल पहले के अतीत में जाता हूं-जो मेरा वास्तविक अतीत नहीं है बल्कि समय को फोर्स करने के कारण अननोन इनफिनिट वास्ट में बनी उस अतीत की प्रतिकृति दुनिया है और उस दुनिया में मेरी मृत्यु हो जाती है तो क्या वो दुनिया नष्ट हो जाएगी? सिर्फ इसलिए क्योंकि मैं नहीं रहा? नहीं। वो दुनिया चलती रहेगी। जबकि उस दुनिया का अस्तित्त्व था ही नहीं। इसीलिए

मेरी नजर में टाइम मशीन किसी भी परमाणु बम, किसी भी हाईड्रोजन बम से हजारों-हजार गुना अधिक खतरनाक है।''

प्रोफेसर ने सामने टेबल पर रखे चारों गिलासों पर नजर डाली।

"इसे ही देख लो।''-उन्होंने कहा-"इन गिलासों का उदाहरण मैंने टाइम मशीन से नए आयामों के निर्माण को समझाने के लिए किया था। इस मेज को अननोन इनफिनिट वास्ट मान लो। लेकिन क्या हमारे ऊपर कोई प्रतिबंध है कि हम टाइम मशीन का उपयोग कितनी बार करेंगें? हम सौ बार कर सकते हैं। हजार बार कर सकते हैं। लाख बार कर सकते हैं। इस आईलैंड पर जितने गिलास मौजूद हैं, वे सब भी ये दर्शाने के लिए कम पड़ जाएंगें कि टाइम मशीन से कितने आयामों का निर्माण हो सकता है।''

निमिष के चेहरे से लग रहा था कि वो कुछ कहना चाहता था लेकिन उसके चेहरे पर हिचकिचाहट के भाव थे।

"तुम कुछ पूछना चाहते हो?''-प्रोफेसर ने कहा।

"हां, प्रोफेसर, लेकिन मुझे कहते हुए अजीब लग रहा है।''

"मुझे विश्वास है कि तुम जो भी कहोगे, वो कोई गम्भीर बात ही होगी। तुम मुझसे जो चाहे बेहिचक पूछ सकते हो।''

निमिष ने अवनी की ओर देखा, फिर प्रोफेसर से बोला-"प्रोफेसर, आपने जो कुछ बताया, उसे ठोस रूप से कैसे साबित किया जा सकता है?''

"हमारे पास टनों डेटा है, हमारे रिसर्च प्रोजेक्ट्स की फाइलें भरी हुईं हैं, इक्वेशंस हैं, खास इसी रिसर्च के लिए विकसित किए गए कम्प्यूटर प्रोग्राम्स और उनसे सामने आए रिजल्ट हैं। लेकिन वो डेटा, फाइलें, इक्वेशंस देखने और समझने में तुम्हें काफी समय लगेगा तो मैं आसान काम करूंगा। मैं तुम्हें मल्टीवर्स का ऐसा सबूत दिखाऊंगा, जिसके बाद तुम्हें शक की कोई गुंजाइश नहीं रह जाएगी।'३

"मेरा एक सवाल और था।''

"वो भी पूछो।''

"जब हम प्लेन की ओर जा रहे थे''-निमिष ने गम्भीर स्वर में कहा-"उस समय एनी ने मुझसे कहा था कि काली बिल्ली का रास्ता काटना अशुभ माना जाता है। लेकिन मैंने उस वक्त उसे अंधविश्वास कहकर मना कर दिया था। मैंने तो ये तक कहा था कि बिल्ली के रास्ता काटने से हमारे सफर में कुछ भी गलत नहीं होने वाला। लेकिन...।''-वो एक पल के लिए चुप रहा,

फिर बोला-"उसके लिए-बल्कि हमारी टीम के सभी लोगों के लिए-सब गलत-ही-गलत हुआ। शायद प्रकृति उस बिल्ली के माध्यम से हमें संदेश दे रही थी''-निमिष ने धीमे से कहा-"कि हमें उस यात्रा को स्थगित कर देना चाहिए था।''

"लेकिन उस यात्रा को स्थगित करने का अधिकार तुममें से किसी के पास नहीं था। सिवाय अवनी के।''-उसने अवनी की ओर देखा-"बोलो अवनी? क्या तुम एक बिल्ली के रास्ता काट जाने को लेकर उस यात्रा को स्थगित कर देतीं?''

अवनी ने इनकार में सिर हिलाया।

"यानि जो होना था, वो निश्चित था। उसमें तुम लोग कुछ भी नहीं कर सकते थे। मैं भी कुछ नहीं कर सकता था। भविष्य के गर्भ में क्या छिपा है, ये जानना बहुत मुश्किल है। छोटे-मोटे संकेतों को समझना भी हर किसी के बस की बात नहीं है और न ही उन संकेतों के आधार पर बड़े फैसले लेना इतना आसान होता है। और बिल्ली के रास्ता काटने की बात उठी ही है तो मैं एक दिलचस्प बात बताना चाहूंगा। बिल्ली एक ऐसा जानवर है, जो किसी तरह से-हालांकि हम अभी निश्चित रूप से नहीं कह सकते कि किस तरह से-मल्टीवर्स से जुड़ा हुआ है।''

"मतलब?''

"बिल्ली दूसरे आयामों से आने वाले लोगों को देखकर पहचान लेती है। उनके असाधारण होने के बारे में महसूस कर लेती है। और हमारे स्पिरिचुअल रिसर्च डिपार्टमेंट का कहना है कि प्राचीन काल से बिल्ली के रास्ता काटने को गलत मानने की परंपरा भी इसी वजह से प्रचलित हुई थी। अन्य जानवरों की तरह बिल्ली भी इंसान से दूर ही रहती है, भागती है लेकिन चूंकि वो दूसरे आयाम से आए किसी व्यक्ति को देखकर उसके बारे में कुछ असाधारण महसूस कर लेती है, इसलिए कुछ देर उसके आस-पास मंडराती है। या उसके सामने से भी भाग सकती है, जिसे रास्ता काटना कह दिया जाता है। पोर्टो रिको से रवाना होते समय भी वो बिल्ली शायद तुम्हारे बीच स्कारलेट की उपस्थिति के कारण ही तुम्हारे आसपास मंडरा रही थी।''

"बिल्लियां दूसरे आयाम से आए व्यक्ति को पहचान सकतीं हैं? मल्टीवर्स से जुड़ी हैं? ऐसा कैसे हो सकता है? आखिर एक जानवर ऐसा कैसे कर सकता है, जो अत्याधुनिक तकनीक के बल पर भी अब तक संभव नहीं है?''

"क्या बया अपना घोंसला नहीं बनाती? क्या मकड़ी जाला नहीं बुनती? क्या चमगादड़ पराश्रव्य तरंगों का सहारा नहीं लेते? अनेक उदाहरण हैं। क्या ये जीव ये सब तब से नहीं करते आ रहे हैं, जब हमें सिविल इंजीनियरिंग, पराश्रव्य तरंगों के बारे में जानकारी तक नहीं थी। एक समय ऐसा भी था, जब टॉर्च भी अत्याधुनिक तकनीक का उदाहरण थी। लेकिन क्या जुगनू उससे भी पहले से नहीं चमकते आए थे? जो सवाल तुमने बिल्लियों के किसी अन्य आयाम से आए व्यक्ति की उपस्थिति को भांप लेने को लेकर उठाया है, वही सवाल आज से कुछ सौ साल पहले ऐसा व्यक्ति-जुगनुओं को लेकर उठा सकता था, जिसने कभी जुगनू को देखा न हो। बया को लेकर उठा सकता था, जिसने कभी बया को घोंसला बनाते न देखा हो। हम इन जीवों को तुच्छ समझते हैं क्योंकि हम इंसान हैं। अपनी समझ से हम इन जीवों से ज्यादा सोच सकते हैं। बोल सकते हैं। हमने अपनी पूरी सभ्यता विकसित की है। लेकिन इसका मतलब ये नहीं कि ये जीव सचमुच तुच्छ हैं। कई मामलों में ये इंसानों से बेहतर स्थिति में हैं। ये जीव एक-दूसरे का जातिसंहार नहीं करते। परमाणु बम, हाइड्रोजन बम जैसे घातक हथियार नहीं बनाते।''

"हथियार नहीं बना सकते तो अपनी सुरक्षा भी तो नहीं कर सकते।''

"क्यों नहीं कर सकते? चिड़िया हमलावर से बचने के लिए उड़ सकती है। खरगोश तेज भाग सकता है। साही अपने कांटों से हमला कर सकती है। और अगर तुम पूर्ण सुरक्षा की ही बात कर रहे हो तो क्या इंसान ने अपनी पूर्ण सुरक्षा कर ली है? वो तो अपने ही बनाए भय के साए में जीता है। अपने द्वारा बनाए गए घातक हथियारों से युद्ध में उन दूसरे इंसानों को मारता है, जिनका उनसे कोई लेना-देना तक नहीं होता। ऐसे लोगों को मारता है, जिनकी कभी उसने सूरत तक नहीं देखी होती। और दूसरों को ही नहीं, वो अपने-आप को भी नहीं बचा पाता। कई बार प्रयोगों के दौरान ही कितने लोग मारे गए हैं। अगर तुम्हें लगता है कि इंसान अन्य जीवों से कहीं अधिक सुरक्षित है तो तुम भूल में हो। और हथियार तो दूर की बात है, इंसान तो उन चीजों से ही मर रहा है, जो उसने अपनी सुविधाओं के लिए बनाईं हैं। लगातार बढ़ रहे प्रदूषण से ओजोन परत में छेद, वायुमंडल का तापमान बढने से ध्रुवीय बर्फ के पिघलने जैसी घटनाओं से इंसान सामूहिक आत्महत्या की ओर अग्रसर है। पैसा इंसान की सुविधा की वस्तु है। लेकिन क्या वो इंसान को सुरक्षित रख पा रहा है? उल्टे पैसों के कारण लोग एक-दूसरे की जान लेने से नहीं

हिचकते। रोज दुनिया भर में सैंकड़ों-हजारों घटनाएं होती हैं, जिनमें पैसों के कारण लोग एक-दूसरे को मार रहे हैं। मुझसे पूछो तो''-प्रोफेसर ने एक पल रूककर कहा-"जानवर इंसान से कहीं ज्यादा बेहतर हैं।''

कुछ पल उनके बीच खामोशी रही।

"कई प्रयोगों से अब ये निर्विवाद रूप से साबित हो चुका है कि बिल्लियां किसी तरह से दूसरे आयाम से आए व्यक्ति को पहचान लेती हैं। उसके बारे में कुछ असाधारण महसूस कर लेती हैं। इसी कारण बिल्लियों में हमारी खासी दिलचस्पी जाग गई है क्योंकि हमारा प्रयोग भी मल्टीवर्स से जुड़ा है। हम बिल्लियों पर कई प्रयोग करके पता लगाने की कोशिश कर रहे हैं कि आखिर बिल्लियों और मल्टीवर्स का क्या रिश्ता है। बिल्लियों से जुड़ा ऐसा ही एक प्रयोग तो हम तुम दोनों पर भी कर चुके हैं।''

"हम दोनों पर?''-निमिष ने कहा।

"तुम्हारे भविष्य से लौटने के बाद जब तुम्हें हॉस्पिटल रूम में रखा गया तो वहां कई कमरे थे। हमने वहां एक बिल्ली को छोड़ा। बिल्ली सारे रूम छोड़कर तुम्हारे और अवनी के कमरे के दरवाजे के बाहर जाकर ही रूकती थी। हमने अलग-अलग बिल्लियों पर ये प्रयोग किया। यहां तक कि तुम दोनों को दूसरे कमरों में शिफ्ट करके भी देखा। लेकिन हर बिल्ली उसी कमरे के बाहर जाकर रूकती थी, जिसमें हमने तुम दोनों को एडमिट किया था।''

"दिलचस्प प्रयोग है।"-अवनी ने कहा।

"पहले भी कई प्रयोगों में ये बात सामने आ चुकी है कि जानवरों में कुछ एक्स्ट्रासेंसरी सिस्टम होता है। उनकी इन्द्रियां मनुष्यों के मुकाबले अधिक जागृत होतीं हैं। कहते हैं व्हेल सुनामी आने से पहले ही भांप लेती है। कुत्ते भूकंप आने से पहले ही महसूस कर लेते हैं। दुनिया भर में प्रवासी पक्षी हजारों मील दूरी की यात्रा हर साल करते हैं। उनके पास कोई कम्पास, कोई नेवीगेशन सिस्टम नहीं होता। सिवाय उनके अपने प्राकृतिक नेवीगेशन सिस्टम के अलावा। कुत्ते-बिल्लियां और कुछ अन्य जीवों के बारे में भी कहा जाता है कि वे भूत-प्रेत आदि को देख लेते हैं। मैं भूत-प्रेत शब्द का इस्तेमाल बार-बार इसलिए कर रहा हूं क्योंकि अब हमारे लिए भूत-प्रेत पूरी तरह अंधविश्वास नहीं है। किसी दूसरे आयाम में रह रहा कोई व्यक्ति-जो इस आयाम के लिए नहीं बना, जिसे इस आयाम में नहीं होना चाहिए-वो अगर यहां है तो समझ लो इस आयाम के लिए वो किसी भूत-प्रेत से कम नहीं।''

"ऐसा क्यों प्रोफेसर?''-अवनी ने कहा-"वो भी तो आखिर हमारी तरह एक इंसान ही होगा।''

"तुम खुद ऐसे एक शख्स से मिलने के बाद भी ऐसा कह रही हो?''

"स्कारलेट ने जो कुछ भी किया लेकिन वो कोई भूत-प्रेत तो नहीं थी। ये बात सही है कि वो मर कर जिंदा हो गई थी लेकिन वो उसके...उसके आयाम की एडवांस्ड टेक्नोलॉजी के बल पर संभव हो सका।''

"मैं ये नहीं कह रहा कि तुम स्कारलेट को कोई भूत-प्रेत मानो ही। मैं ये कह रहा हूं कि भूत-प्रेतों के संबंध में आम धारणाएं जो भी हों, लेकिन विज्ञान की दृष्टि से देखा जाए तो ऐसी कोई परिभाषा भूत-प्रेत के लिए फिट बैठती है। इसके अलावा तुम ये भी जानती हों कि मल्टीवर्स में सिर्फ 2 या 4 या 10-20 यूनीवर्स नहीं हैं।''

"अनंत ब्रह्मांड हैं।''-अवनी ने सिर हिलाते हुए कहा-"इनफिनिट यूनीवर्स।''

"एग्जैक्टली। और इन यूनीवर्स के बारे में हम कुछ भी नहीं जानते। बल्कि इनका होना ही अपने-आप में एक महान आश्चर्य है। अभी हमें उस दौर तक पहुंचने में शायद कई दशक-या हो सकता है कई शताब्दियां-लग जाएंगीं, जब हम इसे सामान्य रूप से लेने लगेंगें और मल्टीवर्स के अस्तित्त्व को अच्छी तरह समझने लगेगें। इन अनंत ब्रह्मांडों या आयामों में कई हमारे आयाम जैसे हो सकते हैं, तो कई बिल्कुल अलग हो सकते हैं। ऐसे, जिनके बारे में हम सोच भी नहीं सकते। हमारी कल्पना का आखिरी छोर भी उन तक नहीं पहुंच सकता। जैसे अनंत की संख्या को ज्ञात नहीं किया जा सकता। कोई संख्या चाहे कितनी भी बड़ी क्यों न हो, अनंत की तुलना में अपेक्षा शून्य के नजदीक ही होती है। सोचो। ये कितना अजीब है। तुम चाहे कितनी भी बड़ी-से-बड़ी संख्या क्यों न सोच लो, एक अरब, दस अरब, दस खरब, नील, पद्म, शंख, महाशंख! लेकिन वो संख्या तुम्हारे लिए चाहे कितनी ही बड़ी क्यों न हो, वो अनंत से अब भी बहुत दूरी पर है। अनंत की तुलना में शून्य के नजदीक ही है।''

अवनी ने सहमति में सिर हिलाया।

"मल्टीवर्स भी फिलहाल हमारे लिए एक अनंत पहेली की तरह है। हम अपने यूनीवर्स या ब्रह्मांड को ही अभी 0.001 प्रतिशत भी नहीं जान पाए हैं। मल्टीवर्स में तो ऐसे अनंत ब्रह्मांड हैं। इनमें से कुछ आयाम आबादी के बोझ तले दबे हुए हो सकते हैं, तो कुछ आयाम पूरी तरह निर्जन हो सकते हैं। कुछ

आयामों में तकनीकी इतनी विकसित हो चुकी है कि वहां लोग मर कर भी जीवित हो सकते हैं, जैसे तुम्हारी स्कारलेट, तो कुछ आयाम इतने पिछड़े हुए हो सकते हैं कि वहां अब भी आग की खोज हो रही होगी। लोग अब भी वहां देवता प्रोमीथियस के इंतजार में होंगें। इसी तरह से ऐसे आयाम भी हो सकते हैं, जिनमें बहुत कुछ ऐसा होता हो, जिसे हम अंधविश्वास ही मानते हैं।''

निमिष और अवनी आश्चर्य से प्रोफेसर को देखते रह गए।

"मुझे पता है एक क्वांटम फिजिसिस्ट के मुंह से ये बातें सुनकर तुम्हें हैरानी हो रही होगी।''-प्रोफेसर हंसे-"लेकिन मल्टीवर्स, समय और कॉन्शियसनैस यानि चेतना पर साइंस लीग के जो रिसर्च चल रहे हैं-और उनसे जो परिणाम प्राप्त हो रहे हैं-उन्होंने हमें अपनी विचारधारा में परिवर्तन करने पर मजबूर कर दिया है। साइंस लीग से जुड़े वैज्ञानिक पहले किसी भी चीज को नकारने से पहले दो बार सोचते थे। अब आठ बार सोचते हैं।''

"आपका मतलब है कि मल्टीवर्स में कोई आयाम भूत-प्रेतों का भी होगा?''-अवनी ने कहा।

"ऐसा सवाल पूछकर तुम मुझे निराश कर रही हो। क्या इतने अरसे तक मल्टीवर्स पर शोध करने के बाद भी तुम इसे समझ नहीं पाई? मल्टीवर्स में ऐसा बहुत कुछ हो सकता है, जिसके बारे में हम सोच भी नहीं सकते। कोई आयाम पूरी तरह पराशक्तियों का भी हो सकता है। किसी आयाम में असाधारण शक्तियों वाले लोग रह रहे हो सकते हैं। वैसे मर कर जिंदा हो जाना भी एक असाधारण शक्ति ही माना जाएगा। भले ही वो एडवांस टेक्नोलॉजी के बल पर ही संभव क्यों न हुआ हो।''

"ऐसा लगता है''-अवनी बुदबुदाई-"जैसे हम किसी कल्पनालोक की बातें कर रहे हों।''

"ये कल्पनालोक ही है।''-प्रोफेसर ने गम्भीर स्वर में कहा-"एक बच्चा दुनिया के सारे ऐशोआराम के साथ पलता है। वहीं एक बच्चा दो रोटी के लिए भी तरसता है। तो कहीं युद्धक्षेत्र में एक बच्चे के जीवन का भी भरोसा नहीं होता। हम बच्चों के अधिकार की इतनी बड़ी-बड़ी बातें करते हैं। लेकिन युद्ध में जो मासूम मारे जाते हैं, उनका क्या? उनके लिए तो ये दुनिया ही खत्म हो जाती है न? मुझे नहीं पता कि वे इसी दुनिया में या किसी और आयाम में दूसरा जन्म लेते हैं या नहीं। लेकिन हर एक व्यक्ति की अपनी एक अलग दुनिया है।

इस दुनिया की आबादी सात अरब है तो हमें नए आयाम का सबूत ढूँढने के लिए कहीं बाहर जाने की जरूरत ही नहीं है। इसी पृथ्वी पर ही सात अरब आयाम हैं। हर किसी व्यक्ति की उसके सापेक्ष अपनी दुनिया है। अपने रिश्ते हैं। अपनी सोच है। अपने दुख हैं। अपनी खुशियां हैं। जो उसके मरते ही समाप्त हो जाते हैं। एक आयाम समाप्त हो जाता है। हम पृथ्वी पर अपने आसपास रह रहे लोगों को ही सुरक्षा और अच्छा माहौल नहीं दे पाते, तो किसी और आयाम को समझना तो हमारे लिए बहुत, बहुत ही मुश्किल काम है। और समझकर करेंगें भी क्या? उन आयामों तक हमारी पहुंच बन गई, तब भी उसका परिणाम क्या होगा? हम वहां भी ऐसी ही अव्यवस्था फैलाएंगें? ऐसी ही अराजकता फैलाएंगें? उन्हें भी भ्रष्टाचार, अपराध और युद्ध की आग में झोंक देंगें?''

"हो सकता है उन आयामों में हमसे भी ज्यादा बुरी स्थिति हो।''-अवनी ने कहा।

"बिल्कुल हो सकता है। और इससे भी हमारे लिए खतरा बढ़ सकता है। कहीं हम किसी आयाम से किसी ऐसी चीज के लिए द्वार न खोल लें, जिसके आने का हमें अफसोस हो।''

गार्डन में उस मीटिंग के बाद वे मेन रिसर्च सेंटर की ओर रवाना हुए।

वो वही विशाल डोम के आकार की बिल्डिंग थी, जो उन्हें गार्डन से भी दिख रही थी।

अवनी ने निमिष को बताया कि प्रोफेसर उसे डब्ल्यूएम प्रोजेक्ट को दिखाने ले जा रहे हैं।

अभिजीत भी उनके साथ हो लिया था।

"प्रोफेसर ने तुम्हें मल्टीवर्स के बारे में बताया होगा?''-अभिजीत ने कहा।

"हां।''-निमिष ने कहा, वे दोनों प्रोफेसर, अवनी और डॉ. शिल्पी से थोड़ा पीछे चल रहे थे-"विश्वास नहीं होता कि सचमुच ऐसा हो सकता है।''

"विज्ञान जैसे-जैसे तरक्की करता जाएगा, ऐसी चीजें तो सामने आएंगीं, जिन पर विश्वास करना मुश्किल हो। लेकिन आश्चर्य तब होता है, जब इस बात पर ध्यान जाता है कि प्राचीन समय के लोग पहले ही इन चीजों से वाकिफ थे।''

"मतलब?''

"मल्टीवर्स का जिक्र रामायण से सम्बन्धित एक कथा में भी मिलता है।''

"मल्टीवर्स से जुड़ी रामायण की कथा?''

"ये रामायण में शायद नहीं है लेकिन इसे रामायण से ही संबंधित कथा बताया जाता है। इसके अनुसार एक बार हनुमान जी को अपनी भक्ति का अहंकार हो जाता है। भगवान श्री राम को जब ये पता चलता है तो वे उनका अहंकार दूर करने के लिए हनुमान जी को बुलाते हैं और कहते हैं कि उनकी मुद्रिका खो गई है। श्री राम के कहने पर हनुमान जी मुद्रिका की खोज में जाते हैं। खोज करते-करते वे पाताल में पहुंचते हैं, जहां उन्हें नागों के देव वासुकि मिलते हैं। वासुकि हनुमान जी से पाताल आने का कारण पूछते हैं तो हनुमान जी बताते हैं कि भगवान श्री राम ने मुझे अपनी मुद्रिका की तलाश में भेजा है। वासुकि हनुमान जी को मुद्रिकाओं के एक विशाल ढेर के पास ले जाते हैं और कहते हैं कि आपकी मुद्रिका इसी में होगी। इतना विशाल ढेर देखकर हनुमान जी को आश्चर्य होता है कि इतनी मुद्रिकाओं में राम जी की मुद्रिका कैसे मिलेगी? फिर भी वे ढेर में तलाश करने लगते हैं तो जो पहली मुद्रिका उन्हें मिलती है, वही राम जी की थी। हनुमान जी को बहुत खुशी होती है कि पहली ही मुद्रिका वही निकली, जिसे वे ढूंढ रहे थे। फिर कुछ सोचकर वे कुछ अन्य मुद्रिकाओं को भी देखते हैं तो ये देखकर उन्हें और भी आश्चर्य होता है कि वे जिस मुद्रिका को उठा रहे थे, वही बिल्कुल उस मुद्रिका के समान थी, जो श्री राम ने उन्हें दी थी। ये देखकर हनुमान जी सोचने लगते हैं कि मुझे जैसी मुद्रिका प्रभु श्रीराम ने दी थी, बिल्कुल वैसी ही इतनी सारी मुद्रिकाएं कहां से आ गईं? आखिरकार हनुमान जी वासुकि से ही पूछते हैं कि इसका क्या रहस्य है? तब वासुकि बताते हैं कि ये सिलसिला युगों-युगों से चला आ रहा है। हर बार त्रेतायुग में श्रीराम की मुद्रिका यहां आकर गिरती है और इसकी तलाश में आप यहां आते हैं। इसी से ये इतनी सारी मुद्रिकाएं इकट्ठा हो गईं हैं।''

निमिष मंत्रमुग्ध-सा वो पूरा व्याख्यान सुन रहा था।

"ये कहानी बताती है''-अभिजीत ने कहा-"हम सिर्फ एक दुनिया को जानते हैं। लेकिन दुनियाएं कई हो सकतीं हैं। हम आज भी रामायण और महाभारत की निश्चित तिथि ज्ञात नहीं कर पाए हैं। हमारा विज्ञान कहता है कि जीवन के क्रमिक विकास के बाद जब मनुष्य अस्तित्त्व में आया और आदिमानव से विकसित होकर सभ्यता के दौर में पहुंचा, उसी समय के कुछ कालखंडों को रामायण और महाभारत काल माना गया है। उसमें भी महाभारत के समय को लेकर भी वैज्ञानिकों में बहस होती रहती है। कोई महाभारत काल को पांच हजार पहले का समय मानते हैं तो कोई चार हजार साल पहले का। इससे त्रेतायुग, द्वापरयुग जैसी अवधारणाएं कैसे मानी जा सकतीं हैं? विज्ञान तो युगों को स्वीकार ही नहीं करता। विज्ञान एक ही दुनिया को मानता है। एक ही कालक्रम को मानता है। लेकिन कल्प और युगों द्वारा समय के मापन की अवधारणा कहती है कि सिर्फ एक आयाम नहीं है। कई आयाम हैं। युग बदलते रहते हैं। चार युग का चक्र कई बार पूरा होता है तब एक कल्प पूर्ण होता है। फिर कालचक्र दोहराता है। फिर सारे युग चलते हैं। और दुनिया इसी तरह चलती रहती है। न जाने कितने आयाम इस वक्त भी हमारे आयाम के समानांतर में मौजूद हैं, जिनके बारे में न हम जानते हैं, न उनके बारे में जानने का हमारे पास कोई तरीका है।''

"मल्टीवर्स।''-निमिष बुदबुदाया-"प्राचीन कथाओं में।''

"अच्छा।''-अभिजीत ने उसकी ओर एक बॉक्स बढ़ाते हुए कहा-"हैप्पी बर्थडे।''

"अरे।''-निमिष चौंक गया, वो तो भूल ही गया था कि आज उसका जन्मदिन था। फिर वो बॉक्स उससे लेते हुए बोला-"थैंक्स।''

"इसे संभाल कर रखना।''

निमिष ने चलते-चलते ही बॉक्स खोला तो उसके अंदर नजर पड़ते ही चौंक गया।

उसमें एक छोटी, हल्की लेकिन खतरनाक और अत्याधुनिक-सी दिखने वाली गन है।

उसने अभिजीत की ओर देखा।

"इस बार स्कारलेट दिखे तो हमेशा की तरह दयानतदार मत बनना।''-अभिजीत ने उसके कंधे पर हाथ रखकर कहा।

निमिष ने खामोशी से गन अपने कोट की जेब में रख ली।

फिर अभिजीत ने उनसे विदा ली।

निमिष की नजर एक तरफ बड़े एक स्तम्भ पर पड़ी, जिसके ऊपर एक झण्डा लहरा रहा था। उस झण्डे के बीच में अंतरिक्ष की ओर रवाना होता हुए एक रॉकेट का चित्र था।

हालांकि झंडा झुका हुआ था।

"ये वर्ल्ड साइंस लीग का झंडा है।''-अवनी ने कहा-“इस बात का प्रतीक कि एक दिन संसार में विज्ञान अपने चरमोत्कर्ष पर होगा।“

"ये झुका हुआ क्यों है?''

"हमारे साथियों के शोक में।''

"ओह।''

"हमें स्कारलेट के बारे में भनक लग गई थी।''-प्रोफेसर ने कहा-"लेकिन देर से। हमारे ही एक साथी की लापरवाही के कारण। प्लेन में जितने भी लोग मौजूद थे, उन सबसे टाइम पार्टिकल्स के डेटा प्राप्त हो रहे थे। लेकिन बहुत कम। बरमूडा क्षेत्र के तटवर्ती इलाकों की जांच में भी वहां के वायुमंडल में टाइम पार्टिकल्स की उपस्थिति दर्ज की जा चुकी है। लेकिन इनकी संख्या बेहद कम रहती है। पोर्टो रिको भी बरमूडा क्षेत्र में आता है। और वो रनवे तो बरमूडा ट्राइएंगल के समुद्र तट पर ही स्थित है, जहां से तुम्हारी टीम ने उड़ान भरी थी। टीम के सदस्यों की कलाइयों पर बंधी स्मार्टवॉच से टाइम पार्टिकल्स की रिकॉर्डिंग का डेटा हमें मिलने लगा था। उस समय हमने वो डेटा ये सोचकर नजरअंदाज कर दिया कि बरमूडा क्षेत्र में उतने टाइम पार्टिकल मिलना सामान्य बात है। लेकिन...।''-प्रोफेसर ने गला खंखारा-"जैकब-हमारी टीम का मेम्बर, जिसका काम उस रिकॉर्डिंग की मॉनीटरिंग करना था-उसकी लापरवाही के कारण हम इस मामले में बड़ी चूक कर गए। स्मार्टवॉच से मिल रहा टाइम पार्टिकल्स का डेटा बाकी मेम्बरों में तो सामान्य संख्या बता रहा था लेकिन एक मेम्बर में''-उन्होंने निमिष की ओर देखा-"बहुत ज्यादा बता रहा था।''

"स्कारलेट।''-निमिष के मुंह से निकला।

"करैक्ट। इस मामले में जैकब से लापरवाही हुई लेकिन उसमें हमारी टीम के सुपरवाइजर संजय की भी गलती थी। जैकब ने स्मार्टवॉच से मिल रहे टीम के सभी सदस्यों के डेटा के ग्राफ में सी-6 में अप्रत्याशित वृद्धि देखकर उसे तत्काल सूचित किया था लेकिन उस समय संजय ने बिना चैक किए उसे ये

कहकर ध्यान न देने के लिए कहा कि वो ज्यादा टाइम पार्टिकल्स अवनी की स्मार्टवॉच से शो हो रहे होंगें। क्योंकि अवनी वर्महोल से ही यहां से पोर्टो रिको पहुंची थी। लेकिन अवनी के स्मार्टवॉच का नम्बर सी-6 नहीं था। वो सी-3 नम्बर की स्मार्टवॉच पहने थी। सी-3 का टाइम पार्टिकल्स का डेटा भी टाइम पार्टिकल्स की संख्या अधिक बता रहा था-क्योंकि अवनी कुछ ही देर पहले वर्महोल से सफर करके भारत से पोर्ट रिको पहुंची थी-लेकिन वो डेटा बाकी की तुलना में उतना ज्यादा नहीं था, जितना सी-6 यानि स्कारलेट का था। जैकब ने जब संजय से एक मेम्बर के टाइम पार्टिकल का डेटा बहुत अधिक होने की बात कही-वो कन्फ्यूज हो गया था कि कौन-से नंबर की स्मार्टवॉच किसने पहन रखी थी-जिसके चलते संजय ने यही अंदाजा लगाया कि वो अवनी की स्मार्ट वॉच से आ रहा डेटा होगा क्योंकि वो वर्महोल से सफर करके आई थी। तुम लोगों के वापस आने के बाद हमने उस एयरस्ट्रिप की जांच करवाई, जहां से प्लेन ने उड़ान भरी थी तो वहां से अनीता की लाश भी बरामद हो गई।"

"वो ड्रोन।''-निमिष को अचानक याद आया-"कुकू। तुमने कहा था कि वो हर समय हमारे साथ था''-उसने अवनी से कहा-"तो तुमने प्लेन में स्कारलेट को रोकने के लिए उसका इस्तेमाल क्यों नहीं किया?''

"शायद तुम भूल गए हो, स्कारलेट ने जब हमला किया था तो प्लेन में किस तरह के हालात बन गए थे''-अवनी ने कहा-"किसी को कुछ समझने का मौका भी नहीं मिल रहा था। वो ड्रोन अपने-आप निर्णय लेकर किसी पर हमला करने के लिए प्रोग्राम्ड नहीं था। और मेरे तो उस वक्त हवास ही ठिकाने नहीं थे। तो मैं उसे स्कारलेट पर हमला करने का निर्देश कहां से देती। सब कुछ मिनटों में हुआ था।"

वे लोग मेन रिसर्च सेंटर की डोम के आकार की बिल्डिंग के सामने पहुंच चुके थे।

वहां बाहर मेनगेट पर दो तेजतर्रार लगने वाले गार्ड मौजूद थे, जो उन्हें देखकर सावधान हो गए।

"यहां सुरक्षा का पूरा ध्यान रखा गया है।''-अवनी ने कहा-"यहां सिर्फ कुछ खास लोगों को ही आने की अनुमति है। उनमें से इस आइलैंड पर इस वक्त दो ही लोग हैं। प्रोफेसर और मैं।''

निमिष ने समझने वाले भाव से सिर हिलाया।

वे लोग मेनगेट से होकर मेन रिसर्च सेंटर के मुख्य प्रवेशद्वार से अंदर पहुंचे। वो भी एक बड़ा हॉल था, जिसमे एक गेट बना हुआ था। उस गेट के बगल में एक छोटी स्क्रीन जैसी फिट थी।

प्रोफेसर ने अपना हाथ उस स्क्रीन पर रख दिया।

"वर्चुअल सीक्वेंसर।''-अवनी ने निमिष से कहा-"ये नई तरह का सिक्योरिटी सिस्टम है। ये बिना भौतिक नमूना यानि सैंपल लिए ही केवल वर्चुअल सैंपल से ही ब्लड ग्रुप, डीएनए से लेकर शारीरिक संरचना तक चैक कर लेता है और फिर उसके मिलने पर ही दरवाजा खोलता है।''

"वर्चुअल सैंपल?''-निमिष ने आश्चर्य से कहा-

"मेडिकल फील्ड में ये तकनीकी क्रांतिकारी साबित होने वाली है। इससे मरीज को भविष्य में अपने डीएनए, खून आदि के टेस्ट के लिए सैंपल तक नहीं देना पड़ेगा। वर्चुअल सीक्वेंसर उसका डुप्लीकेट और हू-ब-हू वर्चुअल सीक्वेंस तैयार करेगा, जिससे पता लगाया जा सकेगा कि मरीज को क्या बीमारी है। मेडिकल के क्षेत्र को हमारी साइंस लीग की ओर से ये एक और तोहफा है।''

"हू-ब-हू वर्चुअल सीक्वेंस?''-निमिष आश्चर्य से बोला-''इसका मतलब जिस बीमारी का पता किया जाना है, इस तकनीकी से उसके लक्षण भी कॉपी हो जाएंगें?''

"वर्चुअल सीक्वेंसर का काम ही यही है। वरना स्वस्थ्य कोशिका या खून के सैंपल की कॉपी ही तैयार करनी है तो वो तो किसी साधारण सॉफ्टवेयर से भी तैयार की जा सकती है। बल्कि इंटरनेट से भी डाउनलोड की जा सकती है। वर्चुअल सीक्वेंसर विशेष किरणों की सहायता से शरीर के अंदर रक्त आदि का अच्छी तरह निरीक्षण करके उसका ज्यों-का-ज्यों आभासी नमूना यानि वर्चुअल सीक्वेंस तैयार करता है। इससे मरीज अपना खून वगैरह का नमूना देने से भी बच जाएगा और टेस्ट की रिपोर्ट भी जल्द मिल सकेगी।''

"सचमुच काफी हैरान कर देने वाली तकनीक है।''-निमिष ने कहा।

"वैसे ये हमारे डब्ल्यूएम प्रोजेक्ट जितना सीक्रेट नहीं है। हमारे साइंटिस्ट इस पर नेचर मैगजीन में लेख भी प्रकाशित कर चुके हैं। ये जल्द ही दुनिया के प्रमुख हॉस्पिटलों में दिखाई देने लगेगी।''

प्रोफेसर के हाथ से सैंपल का मिलान होते ही ऑटोमैटिक दरवाजा अपने-आप खुल गया।

चारों ने डब्ल्यूएम प्रोजेक्ट की बिल्डिंग में प्रवेश किया।

वे एक गैलरी से होते हुए आगे बढ़ रहे थे, जिसमें दोनों ओर थोड़ी-थोड़ी दूरी पर कमरे भी बने हुए थे। किसी कमरे पर मेडिकल रूम तो किसी पर रेस्ट रूम लिखा हुआ था।

“यहां सब सुविधाएं मौजूद हैं।“-प्रोफेसर ने कहा-“कई बार हम डब्ल्यूएम मशीन पर काम करने यहां आते हैं तो कई दिनों तक यहीं रूक जाते हैं। किसी भी चीज के लिए बाहर जाने की जरूरत नहीं पड़ती।“

वो गलियारा एक मजबूत स्टील के दरवाजे पर जाकर खत्म होता था लेकिन प्रोफेसर उससे पहले एक कमरे के सामने रूक गए, जिसके ऊपर कम्युनिकेशन रूम लिखा हुआ था।

दरवाजा स्वत: ही खुल गया। सबने अंदर प्रवेश किया।

सामने एक बड़ी सी स्क्रीन दिख रही थी।

"मैंने तुमसे मल्टीवर्स का एक ठोस सबूत दिखाने की बात कही थी न?''-प्रोफेसर ने निमिष से कहा।

"हां।''

"असल में उस सबूत से''-प्रोफेसर के हाथ में एक रिमोट दिखाई दिया, जिसे उन्होंने स्क्रीन की ओर कर बटन दबाते हुए कहा-"तुम्हारी पुरानी जान-पहचान है।''

तुरंत स्क्रीन रोशन हो गई।

उस पर जो चेहरा दिखाई दिया...

वो स्कारलेट का था।

"हमें स्कारलेट का ई-मेल प्राप्त हुआ था।''-प्रोफेसर ने निमिष से कहा-"उसने हमसे कहा था कि वो वीडियो मैसेज के जरिए हमसे बात करना चाहती है और बात करने के लिए यही समय निश्चित किया था। स्कारलेट से जो हमें टाइम पार्टिकल डेटा मिले थे-जिन पर हमने शुरूआत में उसे अनीता समझकर ध्यान नहीं दिया था-उनसे सिद्ध होता है कि ये किसी दूसरे आयाम से आई है। तो तुम्हें दिखाने के लिए दूसरे आयाम का, मल्टीवर्स के अस्तित्त्व का इससे बेहतर कोई सबूत तो हो ही नहीं सकता।''

स्क्रीन पर स्कारलेट के पीछे नियाग्रा जलप्रपात दिख रहा था।

प्रोफेसर की बात के जवाब में निमिष के कुछ बोलने से पहले ही रूम में स्कारलेट की आवाज गूंज उठी-

"निमिष।''

संजय उसी आईलैंड पर मेन रिसर्च सेंटर से कुछ ही दूरी पर उसी बिल्डिंग के उसी कंट्रोल रूम में मौजूद था, जिससे उन्होंने मिशन एनॉमली की मॉनीटरिंग का काम किया था।

स्कारलेट का मैसेज मेन रिसर्च सेंटर के कम्युनिकेशन में भेजा जा रहा था लेकिन उसे वे लोग अपने कंट्रोल रूम में भी रिकॉर्ड कर रहे थे।

रूम में संजय के साथ मोनिका और आईलैंड का डिफेंस चीफ भी मौजूद था, जिसके स्कारलेट को पकड़ने के मिशन के लिए इंटरपोल व प्रमुख देशों की पुलिस व प्रमुख जांच व सुरक्षा एजेंसियों से सीधे कॉन्टैक्ट थे, जिससे स्कारलेट के ठिकाने का सुराग मिलते ही उसे तत्काल पकड़ा जा सकता।

"वो नियाग्रा वाटरफॉल के पास है।''-संजय ने उत्तेजित स्वर में कहा- "आखिर चुड़ैल का पता चल ही गया।''

मोनिका ने डिफेंस चीफ की ओर देखा, जो पहले ही इंटरपोल और अन्य सुरक्षा एजेंसियों को स्कारलेट को पकड़ने के लिए नियाग्रा जलप्रपात पर घेराबंदी करने के लिए निर्देश देने के लिए हरकत में आ चुका था।

"हम आगे जो बात करने वाले हैं''-स्कारलेट की आवाज मेन रिसर्च सेंटर के कम्युनिकेशन रूम में गूंज रही थी-"उससे पहले मैं आपको बता दूं कि ये मेरा आर्टीफिशियल इंटेलीजेंस रूप है। मतलब ये आपको स्क्रीन पर ही दिख रहा है। मेरे पीछे नियाग्रा फॉल का दृश्य मैंने सिर्फ लाइव वॉलपेपर की तरह लगाया हुआ है। मेरा एआई रूप मेरे दिमाग में फिक्स एक चिप से सम्बद्ध है इसलिए ये वो हर बात कर सकता है, जो मैं आप लोगों से करना चाहती हूं। दूसरे शब्दों में कहूं तो, आप लोग समझिए कि आप मुझसे ही बात कर रहे हैं।''

"तुम्हें एआई रूप की क्या जरूरत आ पड़ी?''-अवनी ने कहा-"अपनी पुरानी काया त्याग दी है क्या?''

स्कारलेट हंसी।

"नहीं''-वो बोली-"मैं इस वक्त कहीं और एक जरूरी काम में व्यस्त हूं। इसलिए तुम लोगों से बात करने के लिए इस रूप का इस्तेमाल करना पड़ा।''

"क्या बात करना चाहती हो?''

"मुझे पता है तुम लोगों के पास मेरे लिए बहुत सारे सवाल हैं। मैं तुम्हारी अंतिम इच्छा मानकर ही इन सवालों का जवाब जरूर दूंगीं। सबसे पहले तो मैं तुम्हारी ये उत्सुकता दूर कर दूं कि मैं कौन हूं और कहां से आई हूं। मेरा नाम स्कारलेट है। मैं दूसरे आयाम से यहां आई हूं। तुम्हारे आयाम को हमारी दुनिया में यूनिवर्स 380 नाम दिया गया है। मेरे यहां आने की वजह थी तुम्हारे समय से जुड़े प्रोजेक्ट को कामयाब होने से रोकना। क्योंकि अगर ये प्रोजेक्ट कामयाब हो जाता है तो इससे बहुत बड़ा खतरा उत्पन्न हो जाएगा। एक ऐसा

खतरा, जिसकी कोई सीमा नहीं है। जिससे होने वाले तबाही का कोई पैमाना नहीं है। जिससे मारे जाने वाले लोगों की कोई गिनती नहीं है। और इस खतरे को रोकने के लिए जरूरी है कि तुम लोगों को समय के साथ खिलवाड़ करने से रोका जाए। समय ब्रह्मांड की संरचना का महत्त्वपूर्ण भाग है। उन प्रमुख धागों में से एक है, जिन्हें बुनकर ब्रह्मांड की रचना की गई है। यहां ब्रह्मांड से मेरा मतलब किसी आयाम से नहीं है बल्कि उस विस्तृत ब्रह्मांड से है, जिसमें समूचा मल्टीवर्स स्थित है। मल्टीवर्स का अस्तित्त्व भी अपने-आप में एक पहेली है। एक रहस्य है। हमारा विज्ञान तुम्हारे आयाम से कई गुना उन्नत है इसलिए हम मल्टीवर्स के बारे में कुछ बातें जानते तो हैं लेकिन मल्टीवर्स के बहुत से रहस्यों से हम भी अब तक अंजान हैं। हमें पता है कि मल्टीवर्स में असंख्य आयाम हैं। इनमें से बहुत-से आयाम एक दूसरे के प्रतिरूप तो हैं लेकिन पूरी तरह नहीं। इन आयामों की समानता को हम 'क्वांटम एंटैंगलमेंट' से मापते हैं। जिन आयामों में ये क्वांटम एंटैंगलमेंट अधिक होता है, उनकी किस्मत, उनका भविष्य भी एक-दूसरे पर निर्भर होता है। जिस आयाम से मैं आई हूं और तुम्हारे आयाम का आपस में यही रिश्ता है। इन दोनों आयामों के बीच क्वांटम एंटैंगलमेंट सबसे ज्यादा है। नतीजा-हमारे आयाम में होने वाली घटनाओं का असर तुम्हारे, और तुम्हारे आयाम में होने वाली घटनाओं का व्यापक असर हमारे आयाम पर पड़ता है।''

वो कुछ पल खामोश रही, जैसे जो कुछ उसने कहा था, उसे उनके दिमाग में जज्ब होने के लिए समय दे रही हो, फिर उसने कहना शुरू किया-

"समय, ईथर और ऐसी ही कुछ इकाईयां हैं, जो ब्रह्मांड की संरचना में प्रयुक्त हुई हैं। इनसे खिलवाड़ करना बेहद खतरनाक है। इतना खतरनाक कि इसका क्या दुष्परिणाम होगा, हम सोच भी नहीं सकते। हम अब तक मल्टीवर्स में कई आयामों के नष्ट होने के साक्षी बन चुके हैं। और ऐसा सिर्फ इसलिए हुआ क्योंकि उन आयामों में तकनीक के माध्यम से समय से छेड़छाड़ करने की कोशिश की गई। जिस भी आयाम में समय-यात्रा जैसी तकनीक विकसित की गई, उसका अंत भी जल्द ही हो गया। और उसके साथ ही''-वो एक पल के लिए रूकी, फिर बोली-"उस आयाम से जुड़े उस दूसरे आयाम का भी विनाश हो गया, जो क्वांटम एंटैंगलमेंट के माध्यम से उससे सबसे ज्यादा जुड़ा हुआ था।''

कुछ पलों की खामोशी के बाद उसने बोलना जारी रखा-

"ये पता चलने के बाद हमारे लिए अपने सिस्टर डायमेंशन यानी तुम्हारे आयाम पर निगरानी रखना बेहद जरूरी हो गया था कि कहीं तुम लोग ऐसी कोई तकनीक विकसित तो नहीं कर रहे। और बदकिस्मती से...तुम लोगों ने वो तकनीक विकसित कर ली है।''

वो फिर खामोश हो गई।

कमरे में सन्नाटा पसर गया।

"तुम्हारे आयाम में इस तकनीक के विकसित होने का परिणाम भी कुछ अलग नहीं होना है।''-स्कारलेट ने फिर कहना शुरू किया- "ब्रह्मांड की संरचना से जुड़े तत्त्वों से छेड़छाड़ का मतलब पूरे आयाम का विनाश। साथ में उस आयाम का भी, जो उससे क्वांटम एंटैंगलमेंट से सबसे ज्यादा जुड़ा हुआ हो। हमारी वैज्ञानिक जानकारी के अनुसार समय-यात्रा एक पूरी तरह प्राकृतिक परिघटना है। प्राकृतिक रूप से होने वाली समय-यात्रा के बारे में हम भी ज्यादा नहीं जानते। ठीक उसी तरह, जिस तरह मल्टीवर्स के तमाम रहस्यों से भी हम अभी तक अपरिचित हैं। लेकिन हम अपने रिसर्च के बल पर इतना जानते हैं कि अप्राकृतिक रूप से समय-यात्रा का परिणाम नए आयामों के निर्माण के रूप में सामने आता है। इससे ठीक उस पल से नए आयाम का निर्माण होता है, जिस पल में समय-यात्रा के माध्यम से पहुंचा जाता है। यानि अगर कोई अतीत में जाता है तो वो ठीक उसी पल से आगे एक नए आयाम में अपनी जिंदगी जीता है। या भविष्य में जाता है तो भविष्य के उस पल से आगे नए आयाम में अपनी जिंदगी जीता है। क्योंकि जिस वर्तमान से वो अतीत या भविष्य के उस पल में पहुंचा है वो तो अपनी जगह मौजूद है। न सिर्फ मौजूद है बल्कि समय में आगे भी बढ़ता रहता है। इस तरह समय-यात्रा से कोई व्यक्ति वास्तविकता में अपने अतीत या भविष्य में जाकर बदलाव नहीं करता बल्कि एक नए, एक छद्म आयाम का निर्माण करता है। एक ऐसे आयाम का निर्माण करता है, जिसे वहां नहीं होना चाहिए था।''

प्रोफेसर ने जो कुछ कहा था, स्कारलेट जैसे उसकी ही पुष्टि कर रही थी।

"इस तरह बने छद्म आयामों की आयु बेहद कम होती है।''-स्कारलेट कह रही थी-"बनने के बाद किसी न किसी तरह से उनका स्वत: ही विनाश हो जाता है। लेकिन जो बात ज्यादा खतरनाक है, वो ये है कि आयामों के विनाश के इस सिलसिले की शुरूआत उस आयाम के विनाश से होती है,

जहां से प्रकृति में ये अवांछित बदलाव शुरू किया गया था। यानि जिस आयाम में समय-यात्रा की तकनीक विकसित की गई थी। इसके बाद मल्टीवर्स में मौजूद उसके सिस्टर डायमेंशन का विनाश होता है क्योंकि वो क्वांटम एंटैंगलमेंट के कारण उस आयाम से जुड़ा हुआ था। इसके बाद समय-यात्रा-या कहना चाहिए कि समय के साथ किए गए अनावश्यक खिलवाड़-के परिणामस्वरूप बने सारे आयाम ताश के पत्तों की तरह ढह जाते हैं।''

"तुम ये सब हमें क्यों बता रही हो?''-अवनी ने कहा।

"ये बताने के लिए कि तुमने मेरे पास और कोई रास्ता नहीं छोड़ा है। तुम्हारी दुनिया में विज्ञान के क्षेत्र से जुड़े लोग आत्मा, भविष्यवाणी जैसी बातों पर यकीन नहीं रखते लेकिन हमारे आयाम में स्पिरिचुअल साइंस को विज्ञान से भी बढ़कर माना जाता है। हमारे लोगों ने भविष्यवाणी की थी कि मल्टीवर्स में हालात बिगड़ रहे हैं। समय से छेड़छाड़ ब्रह्मांड के लिए सबसे बड़ा खतरा है। जल्द ही ऐसे हालात निर्मित होंगे, जिनमें तुम्हारे और हमारे आयाम में से कोई आयाम नष्ट हो जाएगा।''

कमरे में सन्नाटा छा गया।

"तुम लोग समय से छेड़छाड़ कर रहे हो''-फिर स्कारलेट की आवाज गूंजी-"टाइम ट्रैवल जैसी आत्मघाती तकनीक को अपने आयाम में विकसित करके अपने आयाम के साथ-साथ हमारे आयाम के विनाश को भी न्यौता दे रहे हो। इसलिए इसे रोकने का हमारे पास एक ही रास्ता था। और मुझे इसी मिशन पर भेजा गया था। एक निश्चित समय तक अगर मैं डब्ल्यूएम प्रोजेक्ट से जुड़े सभी प्रमुख लोगों को मार देती तो मेरा मिशन पूरा हो जाता और मैं कब की अपने आयाम वापस लौट जाती। लेकिन"-उसने स्क्रीन पर ही निमिष की ओर देखा-"निमिष के कारण मैं मिशन का वो हिस्सा पूरा नहीं कर पाई। अब मेरे सामने बड़ी जिम्मेदारी है। अब जो होगा, वो तुम लोगों के लिए महाविनाश होगा। तुमने मुझे मजबूरन सुपरविलेन बनने पर मजबूर कर दिया है।''

"तुम क्या बकवास कर रही हो?''-अवनी ने कहा-"सिर्फ...सिर्फ किसी भविष्यवाणी के आधार पर तुम लोगों को मार रही हो?''

"तुम ये सब नहीं समझोगी। तुम्हें ये सब समझाना पहली कक्षा के बच्चे को क्वांटम फीजिक्स पढ़ाने के समान है। वैसे तुम्हें बता दूं''-उसका स्वर

ड्रामेटिक हो गया-"जिस भविष्यवाणी की वजह से मैं ये सब कर रही हूं, वो ये भी कहती है कि मल्टीवर्स में जो हलचल हो रही है, भविष्य में जो तबाही होने वाली है-और ये तबाही सिर्फ मेरे और तुम्हारे आयामों तक ही सीमित नहीं है, बल्कि इसकी चपेट में पूरा मल्टीवर्स आएगा-इसे सिर्फ एक शख्स रोक सकता है। और वो एक मसीहा होगा। एक मसीहा, जिससे मेरी मुलाकात इस मिशन के दौरान ही होगी। एक मसीहा, जो मुझे मिशन की शुरूआत में ही मात देकर इस आयाम में रूकने के लिए मजबूर कर देगा। और वही मसीहा तुम्हारे इस आयाम को भी उस महाविनाश से बचाएगा, जो मल्टीवर्स में होने वाली तबाही से भी बहुत पहले होने वाला है-मेरे हाथों।''

सबकी नजरें निमिष की ओर उठ गईं।

"मुझे नहीं पता अभी तक मेरी किसी मसीहा से मुलाकात हुई है या नहीं।''-स्कारलेट ने मुस्कुराते हुए कहा-"लेकिन प्लेन में जिस तरह तुमने मुझे मात दे दी थी और इस आयाम में रूकने के लिए भी मजबूर कर दिया था, उससे ये शर्तें तुम पर ही फिट बैठती हैं। जो भी हो"-उसने गहरी सांस ली, निमिष सोचने को मजबूर हो गया कि एआई रूप भी गहरी सांस ले सकता था? या वो एक आदतन प्रक्रिया थी, जो स्कारलेट का एआई दर्शा रहा था-"मैं अपनी जिंदगी में किसी मिशन में फेल नहीं हुई हूं, मुझे खुद याद नहीं कि मैंने कितने लोगों को मारा होगा। इस बार कोई मसीहा भी तुम लोगों को नहीं बचा सकता।''

"एक मिनट।''-प्रोफेसर ने कहा-"तुम ये कहना चाहती हो कि मल्टीवर्स में ये तबाही इसलिए मच सकती है क्योंकि हमने टाइम मशीन बनाई है? समय-यात्रा की तकनीक विकसित की है?''

"हां।''-स्कारलेट ने प्रोफेसर की ओर देखा।

"तो फिर तुम्हें चिंता करने की कोई जरूरत नहीं है। हमारे बीच कोई दुश्मनी ही नहीं है। टाइम ट्रैवल से होने वाले संभावित खतरों का थोड़ा-थोड़ा अंदाजा हमें भी होने लगा था, इसलिए हमने डब्ल्यूएम प्रोजेक्ट का इस्तेमाल समय-यात्रा के लिए नहीं करने का निर्णय लिया है। हम इसका उपयोग सिर्फ वर्महोल क्रिएट कर एक स्थान से दूसरे स्थान पर जाने के लिए करेंगें।''

"नहीं, प्रोफेसर।''-स्कारलेट का स्वर विषाक्त हो गया-"तुम्हें अंदाजा भी नहीं है कि तुम्हारी टाइम ट्रैवल टेक्नोलॉजी से क्या-क्या हो सकता है। तुम जो कह

रहे हो, वो इस तरह से है, जैसे कोई परमाणु बम का आविष्कार करने के बाद कहे कि अब वो उसके खतरे से परिचित हो गया है इसलिए परमाणु बम का उपयोग विनाश के लिए नहीं करेगा। तुम्हें इस तकनीक को विकसित करना ही नहीं चाहिए था। हम अब जहां तक आ गए हैं, वहां से पीछे नहीं हट सकते। मुझे जिस मिशन के लिए भेजा गया है, उसे मुझे पूरा करना ही है। चाहे कीमत कितनी ही बड़ी क्यों न हो।''

"तुम्हें भेजा किसने है?''-निमिष ने तेज स्वर में कहा।

स्कारलेट के होंठों पर मुस्कान आ गई।

"मुझे जिसने भेजा है, उसे तुम अच्छी तरह जानते हो, निमिष।''-उसने कहा-"वो हमारे आयाम की बहुत बड़ी हस्ती है। बहुत बड़ा वैज्ञानिक है। तुम्हारे प्रोफेसर से भी बड़ा। यहां तक कि हमारे आयाम की सरकार भी दुनिया से संबंधित निर्णय लेने में उसकी सलाह मानती है। और ऐसी ही एक सलाह पर अमल करने के लिए मैं यहां पहुंची हूं।''

"कौन है वो?''

स्कारलेट ने निमिष की ओर देखते हुए ये कहकर वीडियो संदेश खत्म किया-

"वो तुम हो।''

कुछ पलों तक कमरे में सन्नाटा छाया रहा।

"छोड़ो इन बातों को।''-प्रोफेसर ने कहा-"दूसरे आयाम के निमिष को हम नहीं जानते। हो सकता है वो इतना क्रूर हो कि किसी मर्सीनरी को दूसरे आयाम में खून-खराबा करने तबाही मचाने भेज सकता हो।''

तभी प्रोफेसर के मोबाइल पर कोई मैसेज आया।

"स्कारलेट यहीं हैं।''-प्रोफैसर ने उस मैसेज को पढ़कर कहा-"इसकी पुष्टि हो चुकी है।''

"मतलब?''-अवनी ने कहा।

"अभी-अभी हमने उससे जिस वीडियो मैसेज से बात की वो मैसेज किसी और समय से नहीं भेजा गया है। पता नहीं दूसरे समय से यहां मैसेज भेजना पॉसीबल भी है या नहीं। लेकिन अगर वो मैसेज किसी दूसरे समय का होता तो उससे टनों की मात्रा में टाइम पार्टिकल डेटा रिसीव किया गया होता। उसने ये संदेश इसी समय से भेजा है। स्कारलेट''-प्रोफेसर ने उनकी ओर देखा-''हमारी दुनिया में ही है।''

"यहां वो कुछ नहीं कर सकती।''-डॉ. शिल्पी ने कहा-"यहां की सिक्योरिटी बहुत मजबूत है।''

"वो तो है''-प्रोफेसर ने कहा-"लेकिन हमें तो ये भी नहीं पता कि उसे करना क्या है? और जो करना है वो यहीं करना है या कहीं और? वो बस किसी महाविनाश की धमकी दे रही थी।''

कुछ पल उनके बीच खामोशी रही।

"चलो।''-फिर प्रोफेसर ने दरवाजे की ओर बढ़ते हुए कहा-"स्कारलेट को तलाश करने के लिए हमने पहले ही पूरी दुनिया की जासूसी संस्थाओं और पुलिस को लगा दिया है। भले ही वो अब तक न पकड़ी गई हो लेकिन देर-सवेर पकड़ी जाएगी। हम अपने प्रयोग को आगे बढ़ाते हैं।''

कम्युनिकेशन रूम से निकलकर वे सब वापस गैलरी से होते हुए उस बड़े स्टील के दरवाजे के सामने पहुंचे। दरवाजे पर लगे वर्चुअल सीक्वेंसर ने प्रोफेसर के चेहरे को स्कैन किया, फिर दरवाजा अपने-आप खुल गया।

वो दरवाजा एक बार स्कैन लेने के बाद 20 मिनट तक खुले रहने के लिए प्रोग्राम्ड था।

सबने अंदर एक विशाल हॉल में प्रवेश किया।

पीछे वे जिस गैलरी से होकर आए थे, उसकी छत गैलरी में बने कमरों की दीवार की उंचाई पर बनी हुई थी जबकि वो हॉल उस डोम के आकार की बिल्डिंग के बीचों-बीच स्थित था और ऐसा लग रहा था, जैसे वे गैलरी से निकलकर खुली जगह में आ गए हों. उनके सिर के ऊपर डोम की मजबूत शीशे की विशाल गुम्बदाकार छत थी, जिसके पार आसमान दिख रहा था.

उनके ठीक सामने दीवार में एक बड़ा-सा ऑटामैटिक दरवाजा दिख रहा था।

"ये है डब्ल्यूएम मशीन।''-प्रोफेसर ने गर्व से कहा।

निमिष ने आश्चर्य से उस दरवाजे की ओर देखा।

"इसमें हम वर्महोल का निर्माण कर सकते हैं।''-प्रोफेसर ने कहा-"जो हम अभी करने भी वाले हैं, जिससे किसी को भी दुनिया में कहीं भी भेजा जा सकता है। इस वर्महोल के माध्यम से ही हम कनाडा जाएंगें, जहां मेरी एक महत्त्वपूर्ण मीटिंग है। लेकिन वर्महोल बनाने के लिए एनर्जी की बहुत अधिक मात्रा चाहिए होती है। ये भी एक बड़ी समस्या थी, जिसका हल"-उन्होंने निमिष की ओर देखा-"तुमने कर दिया है।''

"मैंने?''-निमिष ने आश्चर्य से कहा।

"हां, भई। इसीलिए तो तुम हम लोगों के हीरो हो। हमारे इस महाप्रयोग में तुम्हारे इसी योगदान से खुश होकर मैं प्रयोग की पूरी डिटेल की चर्चा तुमसे कर रहा था। दरअसल, इस मशीन को चलाने के लिए बहुत अधिक एनर्जी की आवश्यकता होती है, जिसके लिए हमने आईलैंड पर एक न्यूक्लियर पॉवर प्लांट भी लगवा रखा है। लेकिन उससे बनने वाली बिजली से भी हम महीने में 2-4 बार ही इस मशीन की टेस्टिंग कर पाए। हाल ही में तब, जब अवनी को मिशन एनॉमली पर रवाना होने के लिए यहां से पोर्टो रिको भेजा था।''

"ओह।''

"इसकी अत्यधिक एनर्जी की खपत को देखते हुए हम एंटीमैटर से एनर्जी प्राप्त करने की टेक्नोलॉजी पर भी काम कर रहे थे, जिससे बहुत अधिक मात्रा में एनर्जी प्राप्त हो सकती है। उस टेक्नोलॉजी को विकसित होने में अभी काफी समय लग सकता था। लेकिन उससे पहले ही तुम भविष्य से एंटीमैटर से चलने वाला वो प्लेन ले आए। डॉ. शिल्पी ने''-प्रोफेसर ने प्रशंसात्मक भाव से डॉ. शिल्पी की ओर देखा-"भी उस प्लेन से एंटीमैटर की एनर्जी को यूज करने वाले इंजन को निकालकर इतने कम समय में ही उस टेक्नोलॉजी को समझते हुए उसे डब्ल्यूएम मशीन में इस्तेमाल करने के लिए तैयार कर लिया। आज हम इसी का परीक्षण करने वाले हैं।''

"इसमें कोई खतरा नहीं है?''-निमिष ने पूछा।

"नहीं। सिमुलेशन टेस्ट किए जा चुके हैं। मशीन तो पहले भी कई बार टेस्ट की जा चुकी है। बस एंटीमैटर से चलने वाला जो नया इंजन डॉ. शिल्पी ने इसमें लगाया है, उसका टेस्ट किया जाना बाकी है।''

"मशीन परफेक्ट है।''-डॉ. शिल्पी ने कहा-"घबराओ मत, निमिष।''

"अब तक न्यूक्लियर प्लांट की एनर्जी से भी इसमें दो मिनट से ज्यादा के लिए वर्महोल नहीं बनाया जा सकता था।''-प्रोफेसर मुस्कुराते हुए डब्ल्यूएम मशीन के दरवाजे के बगल में लगी एक छोटी स्क्रीन की ओर बढ़ते हुए बोले-"लेकिन एंटीमैटर से अपार ऊर्जा प्राप्त की जा सकती है। भविष्य के सी-प्लेन से मिला एंटीमैटर भी अगले कई महीनों के लिए हमें वर्महोल से जुड़े प्रयोग करने के लिए पर्याप्त है।''

प्रोफेसर ने स्क्रीन पर एक बटन दबाया। तुरंत स्क्रीन रोशन हो गई।

उन्होंने कुछ और बटन दबाए। स्क्रीन पर 'वर्महोल इन प्रोग्रेस' लिखा हुआ आने लगा।

डॉ. शिल्पी हाथ बांधे हुए उत्सुकता से ये सब देख रही थी।

तभी निमिष की नजर उसकी कलाई पर पड़ी।

हाथ बंधे होने के कारण उसकी दांयें हाथ की आस्तीन थोड़ी ऊपर खिंच गई थी और कलाई पर एक अजीब-से लकीरों वाले टैटू की झलक दिख रही थी।

निमिष उसकी ओर झपटा।

लेकिन वो दूर थी।

शिल्पी ने फुर्ती से अपने कोट की जेब से एक गन निकालते हुए प्रोफेसर को शूट कर दिया।

निमिष उसके पास तक तो पहुंच गया था लेकिन शिल्पी का गन वाला हाथ बिजली की तेजी से घूमा और उसके चेहरे से टकराया। निमिष को लगा जैसे उसका पूरा जबड़ा हिल गया हो। वो फर्श पर ढेर हो गया।

गिरते हुए भी उसने शिल्पी को पकड़ने की कोशिश की लेकिन शिल्पी बड़ी सफाई से एक ओर को हट गई।

फिर उसने गन अवनी की ओर की, जो अचानक हुए इस हंगामे से स्तब्ध-सी थी।

हॉल में फिर फायर की आवाज गूंजी।

गोली अवनी के सीने में लगी।

वो भी प्रोफेसर के बगल में ही फर्श पर ढेर हो गई।

"नहीं।''-निमिष अवनी की ओर हाथ करके इतनी जोर से चिल्लाया कि पूरे हॉल में आवाज गूंज उठी।

उसकी चीख के जवाब में शिल्पी खिलखिलाकर हंसी।

उसने अपने कान के पास हाथ ले जाकर अपना मास्क उतार दिया।
वो स्कारलेट थी।

निमिष घिसटते हुए अवनी के पास पहुंचा।
"नहीं।''-वो उसका सिर गोद में लेकर आंतकित भाव से बोला-"नहीं।''
वो मर चुकी थी।

"ट्रांसमिशन मशीन से मैं कहीं भीं पहुंच सकती हूँ।"-स्कारलेट ने कहा-"तुम्हारी सिक्योरिटी मेरे सामने बेकार है। मैं यहाँ उसी दिन आ गई थी, जिस दिन तुम्हें और अवनी को यहाँ लाया गया था। तुम्हारी डॉक्टर शिल्पी को मैंने उसी वक्त ठिकाने लगा दिया था। अफसोस की बात है प्रोफेसर। तुमने खुद ही अपने लोगों की तबाही को दावत दी है।''
कहकर वो वापस जाने के लिए घूम गई। प्रत्यक्षत: उसका मकसद सिर्फ प्रोफेसर और अवनी को ही मारना था। निमिष को न मारने की बात पर वो अब भी कायम थी।
निमिष स्तब्ध-सा अवनी के चेहरे को देख रहा था, जिसे देखकर लग ही नहीं रहा था कि वो मर चुकी थी। लग रहा था, जैसे वो सोई हुई हो।
तभी निमिष की कलाई पर प्रोफेसर का हाथ कस गया। वो भी घिसटते हुए उनके पास आ गए थे।
"उसे...उसे रोको।''-प्रोफेसर ने टूटती सांसों के बीच कहा-"न्यूक्लियर...पॉवर...प्लांट...।''
वो अपनी बात पूरी नहीं कर पाए। उनकी गर्दन भी एक ओर को ढुलक गई।
स्कारलेट के कदम ठिठक गए।

वो झटके के साथ मुड़ी।
"क्या?''-उसने तेज स्वर में कहा-"क्या कहा इन्होंने?''
निमिष ने उसकी ओर देखा।
"वही''-वो बोला-"जो तुम करने की सोच रही हो। लेकिन मैं तुम्हें करने नहीं दूंगा।''
"न्यूक्लियर पॉवर प्लांट?''-स्कारलेट कुछ पलों तक चेहरे पर अविश्वास के भाव लिए उसे देखती रही-"मैं न्यूक्लियर पॉवर प्लांट को निशाना बनाना चाहती हूं?''
"हां।''
स्कारलेट इतनी जोर से हंसी कि पूरा हॉल गूंज गया।
उसकी हंसी निमिष के कानों में पिघले सीसे की तरह उतर गई।
लेकिन उसने कुछ नहीं कहा। वो खामोशी से उसे देखता रहा।
"न्यूक्लियर...''-कुछ देर बाद वो अपनी हंसी पर काबू पाने की कोशिश करते हुए बोली-"न्यूक्लियर प्लांट? तुम्हारे प्रोफेसर साहब को लगता था मैं उस प्लांट को निशाना बनाना चाहती हूं?''
निमिष ने कुछ नहीं कहा।
"क्या होगा न्यूक्लियर प्लांट तबाह करने से?"-स्कारलेट ने कहा-"ज्यादा से ज्यादा ये आईलैंड तबाह होगा। यहां रेडियेशन फैल जाएगी। कितने लोग होंगें इस आईलैंड पर? 500? 1000? नहीं। तुम्हारे प्रोफेसर साहब को लगता था कि वे समय के साथ खिलवाड़ कर सकते हैं। और ऐसा करके वे पूरे मल्टीवर्स को विनाश की ओर धकेल रहे थे। लेकिन ये उनकी गलतफहमी थी। ठीक उसी तरह, जिस तरह उन्हें मरते वक्त ये गलतफहमी थी कि मैं सिर्फ इस आईलैंड को तबाह करना चाहती हूं।"
"क्या करना चाहती हो तुम?"-निमिष ने शांत स्वर में कहा।
"इस पूरी दुनिया को खत्म करना चाहती हूं। तुम्हारा आयाम हमारे आयाम से क्वांटम एंटैंगलमेंट से जुड़ा हुआ है। तुमने समय के साथ खिलवाड़ करके जो विनाश का सिलसिला शुरू किया है, वो तुम्हारे आयाम की तबाही से शुरू होगा और उसके बाद हमारा आयाम भी तबाह हो जाएगा। भविष्यवाणी भी यही कहती है। लेकिन भविष्यवाणी के अनुसार अब इन दोनों में से कोई एक आयाम ही रह सकता है। इसलिए मुझे मजबूरन तुम्हारे आयाम के विनाश का रास्ता चुनना पड़ा।"

“आयाम का विनाश?”

"प्रोफेसर ने''-उसने डब्ल्यूएम मशीन की ओर इशारा किया-"इंजन को स्टार्ट कर दिया है। अब वर्महोल बनेगा। एंटीमैटर की ऊर्जा से वर्महोल को बनने में कोई दिक्कत नहीं होगी। लेकिन वर्महोल को लगातार एंटीमैटर से ऊर्जा मिलती रहेगी, क्योंकि इस मशीन को सिर्फ प्रोफेसर या अवनी ही बंद कर सकते थे, जिनकी धड़कनें मैंने बंद कर दी हैं। आधे घंटे तक एंटीमैटर की ऊर्जा मिलती रहने के बाद वर्महोल बेकाबू हो जाएगा। उसके बाद होगी''-उसने मुस्कुराकर निमिष की ओर देखा-"होगी तुम्हारे आयाम के विनाश की शुरूआत। लेकिन चिंता मत करो। तुम्हें उतना दर्द भी नहीं होगा, जितना प्रोफेसर और तुम्हारी''-उसने फर्श पर पड़ी अवनी की लाश पर नजर डाली-"गर्लफ्रैंड को हुआ। आर्टिफिशियल वर्महोल को अगर समय पर न रोका जाए और उसे एंटीमैटर जैसे शक्तिशाली स्त्रोत से ऊर्जा मिले तो उसका परिणाम एक ही होता है। वर्महोल खुद एंटीमैटर से ऊर्जा खींचना शुरू कर देगा और एक ब्लैक होल में परिवर्तित हो जाएगा। फिर सबसे पहले ये डब्ल्यूएम मशीन ढहेगी। उसके बाद ये पूरी फैसिलिटी। फिर ये पूरा आईलैंड। फिर पूरी पृथ्वी। उसके बाद ब्लैक होल तुम्हारे पूरे ब्रह्मांड को निगल जाएगा। लेकिन ये सब इतनी तेजी से होगा कि तुम्हें सोचने का समय भी नहीं मिलेगा। दर्द होना तो दूर की बात है। यानि तुम्हें एक बहुत आसान और दर्दरहित मौत मिलेगी, जो सबको नहीं मिलती तो एक तरीके से''-उसने बड़ी अदा से निमिष की ओर देखा-"तुम्हें मेरा शुक्रगुजार होना चाहिए।''

निमिष दो लाशों के बीच बैठा था। जिनमें से एक अवनी की थी।

और स्कारलेट उसके सामने खड़ी होकर पूरी दुनिया को लाशों के ढेर में बदलने की बात कर रही थी।

वो जब-जब उसके सामने आई थी, मौत का संदेश ही लेकर आई थी।

"वर्महोल''-उसने धीरे से कहा-"ब्लैक होल में बदल जाएगा?''

"ब्लैक होल के बारे में तुम लोगों की समझ बच्चे जैसी है। तुम उसे उतना ही समझते हो, जितना तुम्हारे विज्ञान ने उसे समझ सकने लायक तुम्हें सक्षम बनाया है। हमारे आयाम में हम ब्लैक होल को एक यूनीवर्स-ईटर या आयाम-भक्षक के रूप में जानते हैं। एक महाविनाशक प्राकृतिक हथियार, अननोन इनफिनिट वास्ट से अनावश्यक आयामों की सफाई करने वाली एक इकाई, एक आपदा के रूप में। तुम्हारे लिए ब्लैक होल तारे की एक अवस्था

है। लेकिन हम जानते हैं कि ब्लैक होल एक आयाम में उत्पन्न होते हैं, जब उस आयाम का समय पूरा हो जाता है। और ये उस पूरे आयाम को अपने में समाहित कर लेते हैं।''

"बिग क्रंच।''-निमिष बुदबुदाया।

"क्या?''

"विज्ञान की एक थ्योरी है, जिसके अनुसार ब्रह्मांड सिर्फ विस्तारित ही नहीं हो रहा है बल्कि एक सीमा तक जाने के बाद इसमें वापस संकुचन होना शुरू हो जाएगा। और ये संकुचन इतना अधिक होगा कि ब्रह्मांड फिर पूर्व की उसी मूल अवस्था में लौट आएगा, जब बिग बैंग के माध्यम से ब्रह्मांड की उत्पत्ति हुई थी। इसे ही बिग क्रंच कहते हैं।''

"हां। कुछ-कुछ ऐसा ही है। ये ब्लैक होल किसी आयाम का विनाश करने के लिए जब उत्पन्न होते हैं तो इनकी प्रबलता इतनी अधिक होती है कि ये कुछ ही क्षणों में पूरे आयाम को अपने में समाहित कर लेते हैं। लेकिन इसके बाद इनकी प्रबलता बेहद कम हो जाती है। और आयाम को समाप्त करने के बाद ये उससे उत्पन्न हुई रिक्त जगह में नहीं रहते। वो जगह दूसरे आयामों की उत्पत्ति के लिए खाली हो जाती है। किसी आयाम का विनाश करने के बाद ब्लैक होल किसी दूसरे आयाम की किसी आकाशगंगा में पहुंच जाते हैं। तुम अपने ब्रह्मांड में जितने भी ब्लैक होल और सुपरमासिव ब्लैक होल देखते हो, वे सब किसी-न-किसी नष्ट हुए आयाम के प्रतीक हैं। उस आयाम के अवशेषों को अपने भीतर समेटे हुए हैं। हालांकि एक पूरे आयाम का विनाश करने के बाद उनकी प्रबलता इतनी कम हो गई है कि वे अपने आसपास के ग्रहों, तारों आदि को भी बेहद धीमे-धीमे ही अपने अंदर खींच पा रहे हैं।''

“इतने बड़े आयाम इतने से ब्लैक होल में समाहित हो जाते हैं?”

“किसी किताब को जलाओ। तुम्हें कितनी राख मिलेगी?”

निमिष ने कुछ नहीं कहा।

“प्लेन में तुमने मुझे रोक लिया था।“-स्कारलेट के होंठों पर मुस्कान थी-“मैं सचमुच तुम्हें मसीहा समझने लगी थी। लेकिन तुम...।“

तभी कमरे में जैसे बिजली-सी कौंधी।

निमिष ने बेहद फुर्ती के साथ कोट की जेब से गन निकालकर स्कारलेट को शूट कर दिया।

वो लड़खड़ाकर फर्श पर ढेर हो गई।

निमिष उठा और उसके पास पहुंचा। उसने गन अब भी स्कारलेट की ओर कर रखी थी।
"दूसरी...बार...।''-स्कारलेट ने धीमे से कहा। उसके सीने पर जहां गोली लगी थी, ढेर सारा खून बहकर उसके कपड़ों को लाल कर रहा था।
"दूसरी बार क्या?''-निमिष ने कहा।
उसने सिर उठाकर निमिष की ओर देखा। उसे देखकर ही लग रहा था कि उसे सिर उठाने में भी बेहद तकलीफ हो रही थी। लेकिन इसके बाद भी उसके होंठों पर मुस्कान थी।
"तुमने...''-वो उसी तरह धीमे स्वर में बोली-"दूसरी बार...मुझे मार दिया। दूसरे आयाम से आई...एक सुपरसोल्जर को। लेकिन...क्या फायदा? कुछ ही देर में तुम...और तुम्हारी दुनिया के सारे लोग...मरने वाले हैं...। जिन्हें बचाने के लिए तुम कुछ नहीं कर सकते। तुम्हारे पास मुश्किल से 20-25 मिनट...का समय है। तुम्हारे बदले की ये कोशिश...बेकार साबित हुई।''
"कोई नहीं मरेगा।"-निमिष ने कहा-"तुम्हारे अलावा।"
"इसका ठीक...उल्टा होगा...। मैं नहीं मरूगीं...मैं...मर नहीं...सकती।"
उसकी आंखें बंद हो गई।
वो मर चुकी थी।

निमिष ने उसकी लाश को उठाया और दरवाजा पार करके गैलरी में स्थित मेडिकल रूम में पहुंचा।
रूम काफी बड़ा था, जिसमें मरीजों के लिए चार बैड लगे थे। उसने स्कारलेट को उन्हीं में से एक बैड पर लिटा दिया।
मेडिकल रूम में एक स्ट्रेचर भी था। निमिष उसे लेकर हॉल में पहुंचा। उसने पहले प्रोफेसर को शव को उठाकर स्ट्रेचर पर लिटाया। फिर अवनी के शव को भी उठाकर प्रोफेसर के शव पर ही लिटा दिया।
तभी उसे जोर का चक्कर आया। वो गिरने का हुआ।

ये क्या हो रहा था?
अचानक उसे अपना शरीर बुखार से तपता महसूस हुआ।
ब्रिज सीरम!
तो क्या सीरम अपना असर दिखा रहा था?
उसका अंत करीब आ चुका था?
जैसा अभय के साथ हुआ था?
नहीं। स्कारलेट ने कहा था कि जिन लोगों पर ब्रिज सीरम का प्रयोग किया गया था, सबकी मौत अलग-अलग तरह से हुई थी। किसी की दर्दनाक, तो कोई शांति की मौत मरा था। जो शांति से मरे थे, उन्हें कभी भी अटैक आ सकता था।
शायद उसका भी समय आ गया था।
लेकिन उसे मरने से पहले एक जरूरी काम करना था।
वो फिर अपनी पूरी ताकत समेटकर उठा और स्ट्रेचर को धकियाते हुए वापस मेडिकल रूम में पहुंचा।
फिर उसने अवनी की लाश को उठाकर एक बैड पर लिटाया। प्रोफेसर की लाश को स्ट्रेचर पर ही रहने दिया। फिर मेडिकल रूम में मौजूद ब्लड ट्रांसफ्यूजन के उपकरणों से स्कारलेट का खून प्रोफेसर और अवनी को चढ़ाने की व्यवस्था करने लगा।
कुछ ही देर में स्कारलेट का खून प्रोफेसर और अवनी के शरीर में जा रहा था।
ज्यादा नहीं। एक यूनिट ही काफी होगा।-उसने सोचा।
स्कारलेट को बैड पर मजबूती से बांधने के बाद उसने उसे एक बेहोशी का इंजेक्शन भी लगा दिया।
फिर दीवार के पास जाकर फर्श पर ही बैठ गया और दीवार से पीठ टिकाकर इंतजार करने लगा।

अवनी की आंखें खुलीं।
उसने हैरानी से इधर-उधर देखा, फिर जल्दी से उठ बैठी।

एक तरफ फर्श पर निमिष दीवार से टिका हुआ बैठा था। उसके चेहरे से वो बहुत बीमार लग रहा था। उसकी आंखें लाल हो रहीं थीं। लेकिन अवनी को देखकर उसका चेहरा खिल उठा।

“अवनी।“-उसने धीरे से कहा।

अवनी ने कमरे में नजर दौड़ाई। स्कारलेट के शरीर से जुड़े पाइप से अपने शरीर में खून आते देखकर उसे मामला समझने में देर नहीं लगी।

उसने फुर्ती से अपने हाथ से पाइप की सुई निकाली और निमिष के पास पहुंची।

"निमिष।''-वो आतंकित स्वर में बोली-"क्या हो रहा है तुम्हें?''

"शायद...शायद मेरा वक्त आ गया है।''

"तुमने...तुमने हमें स्कारलेट का खून चढ़ाया।''-अवनी हौलनाक स्वर में बोली-"लेकिन खुद को क्यों नहीं?''

"तुम भूल गईं...।''-निमिष की आवाज कमजोर होती जा रही थी-"उसने कहा था...ब्रिज...सीरम का प्रयोग...ऐसे व्यक्ति पर नहीं कर सकते...जिसके खून में लाइफ पार्टिकल मौजूद हों...दोनों सीरम को...एक साथ खून में मिलाने के भयंकर परिणाम हो सकते हैं।''

अवनी विस्फारित नेत्रों से उसे देख रही थी।

"इसके अलावा''-निमिष के होंठों पर फीकी मुस्कान आ गई-"चाहे वो...कितनी बुरी ही सही...मैं उसे...मारना नहीं चाहता था। दो यूनिट खून तो निकाल ही चुका था...अब क्या उसका...पूरा ही खून निकाल लेता।''

अवनी जानती थी कि वो वजह नहीं थी। वजह वही थी, जो निमिष ने पहले बताई थी।

"तुमने मुझे ये देखने के लिए बचाया?''-वो भरे गले से बोली-"इससे तो अच्छा था, तुम मुझे बचाते ही नहीं।''

"मैंने तुम्हें...इसलिए नहीं बचाया।''-निमिष ने दरवाजे की ओर इशारा किया-"जाओ...जाकर वर्ल्ड मेकर को रोको...। डॉ. शिल्पी के भेष में...स्कारलेट ने वर्ल्ड मेकर में लगाने वाले इंजन को...मोडीफाइड किया था...एंटीमैटर की बेशुमार ऊर्जा से...वर्महोल की जगह ब्लैक होल...बनेगा, जो...जो इस पूरे आयाम को निगल लेगा...तुम...और प्रोफेसर ही उसे...रोक सकते हो...जाओ।''

प्रोफेसर भी जीवित हो चुके थे और उनके पास आ चुके थे। कुकू की रिकॉर्डिंग देख-सुन चुके होने के कारण वे भी लाइफ पार्टिकल्स के करिश्मे से वाकिफ थे। इसलिए उन्हें भी समझते देर नहीं लगी कि निमिष ने उन्हें कैसे बचाया।

अवनी की आंखों से आंसू बहने लगे।

प्रोफेसर ने अवनी की बांह पकड़कर खींचा।

"नहीं।''-अवनी होंठ भींचकर सिर इनकार में हिलाते हुए बोली-"नहीं।''

"चलो।''-प्रोफेसर ने कहा, उनका स्वर दृढ़ था-"निमिष ने हमें बहुत बड़ी जिम्मेदारी दी है। उसने हमें इस दुनिया को बचाने के लिए दोबारा जिंदा किया है। हमारे पास समय कम है।''

निमिष की आंखें मुंदी जा रहीं थीं लेकिन वो उन्हें खुली रखने की कोशिश कर रहा था। वो चाहता था कि अवनी और प्रोफेसर के कमरे से बाहर निकल जाने तक वो खुद को संभाले रख सके।

"जाओ, अवनी''-उसने अपनी आवाज को स्थिर रखने की कोशिश करते हुए बोला-"प्लीज...तुम्हें ये करना ही होगा...तुम्हें मेरे लिए ये करना होगा।''

अवनी की आंखों से झर-झर आंसू बहने लगे थे।

"अब समझ में आया।''-निमिष के होंठों पर मुस्कान आ गई।

"क्या?''-अवनी के मुंह से निकला।

"तुम्हें जब मैंने...पहली बार देखा था...एयरस्ट्रिप पर...मुझे लगा मैं किसी...फरिश्ते को देख रहा हूं...अब एक फरिश्ता ही दुनिया को...बचा सकता है...वो मसीहा...जिसकी स्कारलेट बात कर रही थी...वो मैं नहीं हूँ...वो तुम हो अवनी।''

अवनी की आंखें और भी ज्यादा डबडबा उठीं।

निमिष ने आंखें मूंद लीं। अवनी को देखने के बाद उसे मरने का भी कोई अफसोस नहीं था। वो सुकून से इस दुनिया से जा सकता था।

आवेग में आकर अवनी निमिष के ऊपर झुक गई और उसके होंठों पर होंठ रख दिए।

कुछ पल बाद उसने अपना चेहरा निमिष के चेहरे पर से हटाया तो निमिष की आंखें बंद हो चुकीं थीं।

अवनी के होंठ कंपकंपाने लगे, आंखें लरजने लगीं, उसके चेहरे पर भय और अविश्वास के मिले-जुले भाव थे।

उसका हाथ निमिष के कंधे पर रखा हुआ था, जो अंजाने में ही ढलक कर उसके सीने पर आ गया।

धड़कनें बंद हो चुकीं थीं।

कुछ पलों तक कमरे में बोझिल=सा सन्नाटा पसरा रहा।

फिर अवनी के चेहरे पर दृढ़ता के भाव उभरे।

उसने अपनी आंखें पोंछीं और हल्के से निमिष के गाल को थपथपाया।

"तुम्हें कुछ नहीं होगा।''-वो धीमे से बोली-"मैं बस अभी आई।''

पीछे खड़े प्रोफेसर की आंखें भी नम हो गईं थीं।

वो जानते थे कि वे लोग अब निमिष को खो चुके थे।

वे बेहद विडंबना की स्थिति में थे।

उनकी आंखों के सामने उनकी जान बचाने वाले की मृत्यु हो चुकी थी, वहां वर्ल्ड मेकर के कारण अनगिनत जानें दांव पर लगी थीं, पूरी दुनिया ही खत्म होने के कगार पर थी, लेकिन उन्हें लग नहीं रहा था कि अवनी निमिष के पास से हटने वाली थी।

और न उनसे अब उससे चलने के लिए दोबारा कहते बन रहा था।

लेकिन उन्हें आश्चर्य हुआ, जब अवनी उठ खड़ी हुई और रूम से बाहर निकल गई।

उसके चेहरे पर एक गम्भीरता, स्थिरता के भाव थे।

प्रोफेसर ने एक नजर निमिष पर डाली, फिर वे भी दरवाजे से बाहर निकल गए।

वे दोनों हॉल में पहुंचे।

अचानक एक धमाका हुआ। जमीन थरथरा उठी।

“कैपेसिटर।“-प्रोफेसर ने कहा-“एंटीमैटर से एनर्जी के अत्यधिक बहाव को डब्ल्यूएम मशीन तक पहुंचने से रोकने के लिए चार कैपेसिटर लगे हैं। लगता है उनमें से एक उड़ गया।”

अवनी जल्दी से डब्ल्यूएम मशीन के दरवाजे के बगल में लगे पैनल पर पहुंची और वर्महोल बनने की प्रोसेस को रोकने की कोशिश करने लगी।

लेकिन वो कमांड को ओवरराइड नहीं कर पा रही थी।

"ये नहीं रूक रहा है।’’-उसने प्रोफेसर से कहा।

"मुझे देखने दो।’’-प्रोफेसर ने कहा।

वो एक ओर हट गई।

प्रोफेसर ने कमांड को ओवरराइड करने के लिए दो-तीन कमांड दी।

लेकिन स्क्रीन पर यही मैसेज आ रहा था कि प्रोसेस फुल थ्रॉटल में है।

अब वर्ल्ड मेकर को रोका नहीं जा सकता था।

एंटीमैटर से वर्ल्ड मेकर में जा रहे ऊर्जा के अपरिमित बहाव से किसी भी वक्त ब्लैक होल बन सकता था।

स्कारलेट का महाविनाश का वादा पूरा होने में अब कुछ ही देर थी।

निमिष की आंखें खुलीं।

उसे अपने शरीर में कुछ बेहद अजीब-सा अनुभव हो रहा था।

कुछ ऐसा, जैसा उसने पहले कभी महसूस नहीं किया था।

उसे पूरे शरीर में करंट दौड़ने जैसा महसूस हो रहा था। उसका शरीर ऐसे तप रहा था, जैसे उसके पूरे शरीर से आग निकल रही हो। लेकिन साथ ही उसे अच्छा भी लग रहा था।

वो अपने-आप को बेहद हल्का अनुभव कर रहा था।

कुछ बहुत अजीब हो रहा था।

उसने अपने चारों ओर निगाह दौड़ाई।

वो हवा में था।

फर्श से करीब दो फीट ऊपर।

उसने अपने हाथों को को सामने लाकर देखा। उसके हाथों से सफेद चमकदार रोशनी जैसी निकल रही थी। जैसे उसके हाथ चमक रहें हों।

उसके हाथ अब पतले भी नहीं थे। पहले जैसे ही स्वस्थ्य थे। उसका पूरा शरीर अब पहले की तरह स्वस्थ्य था।

ये सब क्या हो रहा था?

उसने नीचे फर्श की ओर देखा। फिर अपने शरीर को नीचे धकेलने की कोशिश की।

वो सहजता से नीचे उतर आया।

उसे अपने कानों में लगातार एक सीटी की आवाज सी बजती सुनाई दे रही थी।

प्रोफेसर और अवनी को वहां से गए ज्यादा देर नहीं हुई होगी।

उनका ध्यान आते ही उसे अपने पूरे शरीर में रोमांच और भय की तेज लहर-सी दौड़ती महसूस हुई।

भय?

डर की क्या बात थी?

डर तो उसे आईलैंड पर स्कारलेट से हुए टकराव के दौरान मौत के बिल्कुल करीब पहुंच जाने पर भी नहीं लगा था।

फिर अभी उसे किस चीज से डर लग सकता था?

इस वक्त तो वो खुद को इतना शक्तिशाली महसूस कर रहा था, जितना उसने जीवन में कभी नहीं किया था।

उसने आंखें बंद करके अपना ध्यान केन्द्रित करने की कोशिश की।

उसे ऐसा महसूस हुआ, जैसे दुनिया खत्म होने के कगार पर हो।

साथ ही उसे अपने अंदर सैंकड़ों ज्वालामुखी जैसे धधकते महसूस हुए।
इतना ताप, जितना कोई इंसान बर्दाश्त नहीं कर सकता था।
वो कण-कण को महसूस कर सकता था।
अपने-आप को। उस कमरे को। बाहर गैलरी पार करके उस हॉल को, जिसमें वर्ल्ड मेकर मशीन थी। उसमें खड़े प्रोफेसर और अवनी को भी महसूस कर सकता था। वर्ल्ड मेकर को रोक पाने में असफल होने के कारण उनकी निराशा को भी महसूस कर सकता था।
उसके बाहर उस पूरी फैसिलिटी को। पूरे आईलैंड को। उससे आगे समुद्र को। ऊपर विशाल आसमान को। उससे आगे पृथ्वी का चक्कर काटते कृत्रिम उपग्रह। सौरमंडल में भ्रमण कर रहे अतिविशाल पिंड। कुछ पृथ्वी से छोटे। तो कुछ पृथ्वी से भी विशाल ग्रह।
वो उन सबको ऐसे महसूस कर रहा था, जैसे वो सब उसके ही शरीर का हिस्सा हों।
उसके दिमाग के एक-एक न्यूरॉन में जैसे हजारों-हजार परमाणु बमों के एक साथ विस्फोट हो रहे थे।
उसका अस्तित्त्व बिखर गया।
और कण-कण में बदलकर दूर-दूर तक चला गया।
उसके शरीर का हर कण न जाने कितने प्रकाशवर्ष की गति से सफर कर रहा था। या शायद प्रकाशवर्ष से भी कई गुना तेजी से।
उसे बहुत कुछ दिख रहा था।
अचम्भित कर देने वाले दृश्य।
असंख्य स्थानों पर असंख्य घटनाएं उसकी आंखों के सामने घटित हो रहीं थीं। सब कुछ बिजली से भी तेज गति से हो रहा था। लेकिन वो सब कुछ ऐसे देख पा रहा था, जैसे सब स्लो मोशन में चल रहा हो।
लेकिन वो सब कुछ एक साथ नहीं देख सकता था।
उसने अपने दिमाग को केन्द्रित करने की कोशिश की।
वो जो कुछ भी देख रहा था, उसे अच्छी तरह देखना चाहता था। समझना चाहता था।
वो लैब...।
हां, वो बंद आंखों से भी लैब को अच्छी तरह देख पा रहा था।

बल्कि उसे ऐसा लग रहा था, जैसे वो बंद आंखों से लैब को और भी अच्छी तरह देख सकता था। लैब के एक-एक कण को महसूस कर सकता था। दीवारों में लगी टाइल्स के कणों को, उनके अंदर कहीं गहराई में विचरते सूक्ष्म जीवों को-ऐसे-ऐसे जीव जो उसने जीवन में पहले कभी नहीं देखे थे-को देख सकता था। उन कणों के भी अंदर और सूक्ष्म अवस्था में अणुओं को, परमाणुओं को, परमाणुओं के अंदर प्रकाश पुंज की तरह विचरते इलेक्ट्रॉनों को देख सकता था।

नहीं।

उसे ये सब नहीं देखना था।

उसका अस्तित्त्व तो लैब से बाहर न जाने कहां-कहां तक बिखर गया था।

वो उस वक्त अपने को एक शरीर की तरह महसूस ही नहीं कर रहा था।

उसे जानना था कि अभी-अभी उसने कणों में बदल चुके अपने शरीर को अनगिनत प्रकाशवर्ष की गति से सफर करके कहां जाते हुए महसूस किया था?

उसने अपना ध्यान लैब से बाहर केन्द्रित किया।

लैब के बाहर आईलैंड का दृश्य उसकी आंखों के सामने स्पष्ट हो गया।

पूरा आईलैंड!

वो जैसे आईलैंड के ऊपर आसमान में स्थिर रहकर पूरे आईलैंड को देख रहा था।

लैब में धमाके हो रहे थे।

प्रोफेसर और अवनी उन्हें रोकने की कोशिश कर रहे थे।

उसे पता था कि वे सफल नहीं हो पाएंगें।

लेकिन उसे जैसे अब इसकी परवाह ही नहीं थी।

वो तो ऐसी घटना से साक्षात्कार कर रहा था, जैसा शायद आधुनिक युग में पूरे ब्रह्मांड में किसी ने नहीं किया होगा।

हवा में स्थिर आईलैंड का नजारा करने के बाद उसने अपना ध्यान और दूर ले जाने का प्रयास किया।

अब वो पृथ्वी से बाहर था।

नीली, सूर्य की रोशनी से चमक रही पृथ्वी के चारों ओर घूम रहीं कई आर्टिफिशियल सैटेलाइट्स बेहद छोटी दिख रहीं थीं।

वो अब पृथ्वी से भी दूर होता जा रहा था।

सौरमंडल से बाहर...आकाशगंगा से बाहर...दूर...और दूर...।
अब उसके सामने एक गोला था, जिसमें अनगिनत छोटे-छोटे प्रकाश बिन्दु जैसे झिलमिला रहे थे।
वो विस्मित-सा ये सब देख रहा था।
तो क्या यही ब्रह्मांड था?
वो गोला उससे काफी दूरी पर था। वो उस गोले से बाहर आ चुका था।
तभी...।
उसे सामने का दृश्य और भी विस्तारित होता दिखाई दिया।
अब जो दिख रहा था, वो उसकी कल्पना से भी ज्यादा विहंगम था।
अभी थोड़ी देर पहले उसने जिस गोले रूपी ब्रह्मांड को देखा था, उस तरह के कई महाविशाल गोले उसके आस-पास मंडरा रहे थे।
निमिष आश्चर्य से उन विशाल गोलों को देख रहा था। वे गोले धीरे-धीरे गति कर रहे थे। ऐसा लग रहा था, जैसे उन गोलों के अंदर अंधेरा भरा हो लेकिन उनके बीच में कई जगह रोशनी के बिन्दु जैसे चमक रहे थे। कुछ बिन्दु बहुत छोटे थे। तो कुछ बड़े भी थे।
निमिष उन्हें देखकर बेहद अद्भुत-सा अनुभव कर रहा था।
क्या वे गोले वही थे, जो वो समझ रहा था...?
निश्चित रूप से वे वही थे।
लेकिन फिर वो उन्हें देख कैसे पा रहा था? इंसानी आंख की क्षमता कितना विशाल दृश्य देखने की हो सकती है?
वो स्तब्ध-सा, मंत्रमुग्ध-सा उस लोमहर्षक दृश्य को देख रहा था।
तभी उसे ख्याल आया।
उसकी आंखों के सामने वे तीन-चार विशाल गोले थे, जो एक-दूसरे से काफी दूरी पर थे।
वहां वैसे और कितने गोले थे?
निमिष ने अपने आस-पास चारों ओर नजर दौड़ाई।
वहां वैसे और भी गोले थे।
लेकिन वो उनकी संख्या नहीं जान सका।
वो चारों ओर से उन रहस्यमयी गोलों से घिरा हुआ था।
सात...आठ...दस...बारह...।
नहीं। वे तो अनगिनत थे।

वे गोले उसके अगल-बगल ही नहीं, ऊपर, नीचे हर जगह थे।

वे धीमे-धीमे गति करते हुए प्रतीत हो रहे थे।

वो उन गोलों के बीच की खाली जगह में कहीं घूम रहा था। या उड़ रहा था।

ये कैसा चमत्कार था?

लेकिन वे सभी गोले एक जैसे ही लग रहे थे। वैसे ही अपने अंदर अंधकार और बीच-बीच में रोशनी के चमकते बिंदु समेटे हुए।

और ध्यान से देखने पर उसने पाया कि उनमें से कुछ गोलों का आकार बड़ा और कुछ का छोटा जरूर लग रहा था।

तभी उसकी नजर दूर एक अंधेरे गोले के पीछे दिख रहे एक सफेद गोले पर पड़ी। लेकिन वो उसके एक हिस्से की झलक ही देख पाया। वो सफेद गोला धीरे से चलते हुए एक काले गोले के पीछे छिपने ही वाला था।

निमिष ने एक बार फिर अपने चारों ओर नजर दौड़ाई। वहां वैसे कई विशाल गोले थे।

लेकिन वो सफेद गोला...?

क्या वो उसकी आंखों का भ्रम था?

नहीं। उसने सचमुच एक सफेद गोला देखा था।

तभी निमिष को अपनी धड़कनें तेज होती महसूस हुईं।

उसे आश्चर्य हुआ। उस अवस्था में भी वो अपनी धड़कनों को महसूस कर सकता था।

उसे महसूस हुआ कि कुछ बेहद आश्चर्यजनक होने जा रहा था। वो कुछ ऐसा देखने जा रहा था, जो शायद किसी इंसान ने कभी नहीं देखा होगा। उसका सामना एक ऐसे रहस्य से होने जा रहा था, जिसे जानने के लिए सारी मानवजाति हमेशा से प्रयासरत रही है।

लेकिन साथ ही उसके मस्तिष्क में पृथ्वी पर, लैब पर वापस लौटने की तीव्र इच्छा उत्पन्न हो रही थी।

वहां विनाशलीला शुरू होने ही वाली थी, जिसे वो ही रोक सकता था।

क्या ये सब किसी तरह का भ्रम था? किसी तरह का नशा? या किसी तरह का नियर डैथ एक्सपीरियेंस?

नहीं!

वो जानता था कि ये सब भ्रम नहीं था।

ये सब सच था।

उतना ही सच, जितना ये कि उसे प्लेन उड़ाना आता था।
उसे दो में से एक विकल्प चुनना था।
या तो उस महान अनजान आश्चर्य को जानने के लिए अपने उस रहस्यमयी सफर पर आगे बढ़ जाए।
या अवनी के लिए वापस लौट जाए।
उसे दोनों में से किसी एक को चुनना था।
उसने फैसला कर लिया।
उसने एक झटके से आंखें खोल लीं।
वो लैब के उसी रूम में मौजूद था, जहां से उसके इस हैरतअंगेज सफर की शुरूआत हुई थी।
उसकी आंखों से तीव्र प्रकाश निकल रहा था।
एंटीमैटर!
उसे सिर्फ वही रोक सकता था।
वो मेडिकल रूम के बाहर गैलरी के पार हॉल में वर्ल्ड मेकर प्रोजेक्ट की विशाल मशीनरी में फ्यूल स्टोरेज में कृत्रिम निर्वात में झूल रहे एंटीमैटर को महसूस कर सकता था। जैसे वो उसका अपना ही हिस्सा हो।
वो कमरे से बाहर निकल गया।

हॉल में प्रोफेसर और अवनी स्तब्ध से वर्ल्ड मेकर मशीन को देख रहे थे। अब तक तीन भयानक विस्फोट हो चुके थे। जो एंटीमैटर से अपरिमित ऊर्जा के बहाव को वर्ल्ड मेकर तक पहुंचने से रोकने के लिए लगे चार में से तीन कैपेसिटर के थे। चौथा भी किसी भी वक्त फट सकता था।
उसके बाद...।

वर्ल्ड मेकर के अंदर से सैंकड़ों बादलों के एक साथ गरजने जैसी भयावह आवाज सुनाई दे रही थी। वो एक असामान्य बात थी क्योंकि वर्महोल का निर्माण करते समय वर्ल्ड मेकर से वैसी कोई आवाज नहीं होती थी।

ऐसा लग रहा था, जैसे वर्ल्ड मेकर के रास्ते विनाश का देवता दुनिया में कदम रखने के लिए दस्तक दे रहा था।

वर्ल्ड मेकर मशीन अब वर्महोल नहीं बना रही थी।

एंटीमैटर की अपरिमित ऊर्जा से अब वहां एक ब्लैक होल का निर्माण होने वाला था, जो सब कुछ निगल जाता।

तभी प्रोफेसर को जैसे उनकी छठी इन्द्रीय ने कोई संकेत दिया। उनका ध्यान अपने-आप पीछे दरवाजे की ओर घूम गया।

पीछे हॉल का ऑटोमैटिक दरवाजा उनके अंदर आने के बाद अपने-आप ही बंद हो गया था।

न जाने क्यों प्रोफेसर को ऐसा महसूस हुआ, जैसे एक पल के लिए सब कुछ शांत हो गया हो।

फैसिलिटी में रह-रहकर हो रहे विस्फोट, वर्ल्ड मेकर से आ रही खून जमा देने वाली बादलों जैसी गर्जना, दुनिया के खत्म हो जाने की चिंता...।

सब कुछ जैसे शांत हो गया।

प्रोफेसर की नजरें दरवाजे से चिपक कर रह गईं।

फिर मजबूत स्टील का ऑटोमैटिक दरवाजा उखड़कर हॉल के बीचों-बीच आ गिरा।

निमिष ने कमरे में प्रवेश किया।

मेन रिसर्च सेंटर के बाहर आईलैंड में भी हाहाकार मचा हुआ था।

मेन रिसर्च सेंटर में रह-रहकर हो रहे धमाकों से सबमें भय की लहर दौड़ गई थी।

कुकू ड्रोन ने अवनी और निमिष की भविष्य यात्रा की जो रिकॉर्डिंग की थी, उसे आईलैंड पर मौजूद कई प्रमुख लोग देख चुके थे, जिनमें संजय और

मोनिका भी शामिल थे। इसलिए वे स्कारलेट की महाविनाश की धमकी के बारे में भी जानते थे।
तो क्या शुरूआत हो चुकी थी?
"यहां बैठने से कुछ नहीं होने वाला"-संजय कंट्रोल रूम में इतने झटके के साथ चेयर से उठा कि चेयर पीछे की ओर गिर गई-"हमें मेन रिसर्च सेंटर जाना होगा।"
फिर वो और मोनिका एक साथ कंट्रोल रूम से बाहर निकल गए।

"निमिष।"
दरवाजा टूटने की आवाज से अवनी का ध्यान भी पीछे की ओर गया। निमिष को देखकर वो खुशी से चीख पड़ी, लेकिन फिर अगले ही पल उसके चेहरे पर खुशी के भावों की जगह आश्चर्य ने ले ली।
प्रोफेसर भी विस्मित से निमिष को देख रहे थे। अब निमिष के शरीर से रोशनी नहीं निकल रही थी लेकिन वो पहले की तरह पतला नहीं था। बल्कि एकदम स्वस्थ्य लग रहा था।
वो प्रोफेसर और अवनी के बगल में-ठीक वर्ल्ड मेकर के सामने-आकर खड़ा हो गया।
"हट जाओ।"-उसने प्रोफेसर और अवनी की ओर देखकर संतुलित स्वर में कहा।
आश्चर्य के महासागर में गोते खा रहे प्रोफेसर तत्काल वर्ल्ड मेकर के सामने से हट गए और उन्होंने अवनी की भी बांह पकड़कर उसे भी साइड में खींच लिया, जो निमिष का वो रूप देखकर जड़वत्-सी हो गई थी।
निमिष ने अपने दोनों हाथ वर्ल्ड मेकर की ओर किए। उसके हाथों से तेज रोशनी की एक लहर-सी निकलकर वर्ल्डमेकर के दरवाजे से टकराने लगी।
प्रोफेसर और अवनी दोनों का मुंह खुला-का-खुला रह गया।

निमिष के चेहरे पर ऐसे भाव उभर आए, जैसे वो पूरी ताकत लगा रहा हो। वो अपने शरीर को भी आगे-वर्ल्ड मेकर की ओर-धकेलता लग रहा था लेकिन ऐसा लग रहा था जैसे कोई अदृश्य शक्ति उसे पीछे धकेल रही हो।

फिर एक प्रचण्ड विस्फोट हुआ।

धमाके से प्रोफेसर और अवनी के पैर फर्श से उखड़ गए। दोनों उड़ते हुए पीछे दीवार से जा टकराए और फर्श पर गिरकर बेहोश हो गए।

निमिष अपनी जगह पर वैसा ही खड़ा था। प्रत्यक्ष रूप से धमाके से उस पर कोई असर नहीं पड़ा था।

हॉल की शीशे की छत एक धमाके के साथ टूट गई।

पूरे हाल में कांच के टुकड़ों की बरसात-सी हो गई।

निमिष ने मशीनी अंदाज में सिर बेहोश पड़े प्रोफेसर और अवनी की ओर घुमाया और डब्ल्यूएम की तरफ किए अपने दोनों हाथों में से एक हाथ उनकी ओर किया। छत से टूटकर गिर रहे कांच के टुकड़े बेहोश अवनी और प्रोफेसर के शरीर से काफी ऊपर हवा में ही स्थिर हो गए। फिर निमिष ने अपने हाथ को हल्की-सी जुम्बिश दी। उनके शरीर के ऊपर रूके कांच के टुकड़े प्रोफेसर और अवनी के ऊपर से हटकर थोड़ी दूर पर जा गिरे।

कांच के टुकड़े निमिष के शरीर पर भी गिरे थे लेकिन उसके शरीर पर खरोंच भी नहीं आई।

उसने एक बार फर्श पर गिरी अवनी और प्रोफेसर पर नजर डाली, फिर सामने देखा।

वर्ल्ड मेकर का अभेद्य दरवाजा उखड़ चुका था। अंदर दीवारें भी टूट चुकी थीं और कई तरह के तार और मशीनी कल-पुर्जे वर्ल्ड-मेकर के फर्श पर

बिखरे हुए थे। कई तार, कलपुर्जे, और भी बहुत-से मशीनों के अवशेष छत और दीवारों से लटक रहे थे।
समय-यात्रा के इरादे से बनाई गई मशीन, जो कि अतीत में या भविष्य में ले जाने की जगह एक नए ही आयाम का निर्माण करती थी...
...नष्ट हो चुकी थी।

निमिष बेहोश अवनी और प्रोफेसर के पास पहुंचा।
वो कुछ पलों तक उनके बगल में खड़ा रहा। फिर धीरे से घूमकर बाहर निकल गया।
बाहर गैलरी के अंत में सेंटर में प्रवेश करने वाला गेट अब भी बंद था। निमिष ने चलते-चलते ही दोनों हाथ सामने करके ऐसा उपक्रम किया, जैसे गेट खोल रहा हो और गेट जोरदार आवाज के साथ टूटकर खुलता चला गया।
रिसर्च सेंटर के बाहर संजय, मोनिका और फेसिलिटी के कई अन्य लोग भी खड़े थे, जो स्तब्ध से उसे बाहर आता देख रहे थे।
निमिष ने उन पर नजर डाली, फिर वो गेट के बगल में लगे वर्चुअल सीक्वेंसर के सामने पहुंचा।
उसने अपना हाथ उसकी स्क्रीन पर रखा।
स्क्रीन तत्काल रोशन हुई। उसने एक पल में ही उसका हाथ स्कैन कर लिया।
फिर वो सीक्वेंसर के सामने से हटकर बाहर की ओर बढ़ा। वो नीचे उतरने की सीढ़ियों तक तो आया लेकिन सीढ़ियों से उतरा नहीं।
उसने अपने दोनों हाथ विपरीत दिशाओं में थोड़ी दूरी तक फैला दिए और ऊपर आसमान की ओर देखा।
फिर सबके देखते-ही-देखते उसका शरीर हवा में ऊपर उठने लगा।

कुछ फीट तक हवा में उठने के बाद अचानक उसकी रफ्तार तेज होने लगी और दूर आसमान में एक सोनिक बूम छोड़ते हुए वो सबकी नजरों से ओझल हो गया।

स्कारलेट जा चुकी है।

जब हम मेडिकल रूम में पहुंचे तो जिस बैड पर निमिष ने उसे बांधा था, वो खाली था।

हमने पूरे आईलैंड पर तलाश किया लेकिन उसका कहीं कोई पता नहीं चला।

शायद वो जिस आयाम से आई थी, उसी आयाम में वापस लौट गई।

वर्ल्ड मेकर मशीन प्रोजेक्ट को नष्ट हुए 10 दिन बीत चुके हैं।

मुझे और प्रोफेसर को उस धमाके में कुछ नहीं हुआ था।

निमिष का नाम मैं इसलिए शामिल नहीं कर रही हूं क्योंकि...

वो तो खुद अब एक चमत्कार है।

उसने जो कुछ किया, उसके बारे में सुनकर लोग विश्वास तक नहीं कर पा रहे हैं।

लेकिन हमारे पास सीसीटीवी कैमरों की रिकॉर्डिंग हैं।

वर्ल्ड मेकर मशीन के साथ जो कुछ हुआ, उसमें हमारा बचना किसी चमत्कार से कम नहीं था। मशीन की स्टील की मोटी दीवारें तक प्लास्टिक की तरह गल गईं थीं।

आश्चर्यजनक बात ये थी कि मशीन के बाहर किसी को कुछ नहीं हुआ था। सब कुछ सामान्य था। सिर्फ एक शक्तिशाली शॉकवेव आई थी, जिसके धक्के से हम दीवार से टकराकर बेहोश हो गए थे।

हम वर्ल्ड मेकर में जो एंटीमैटर फ्यूल के रूप में इस्तेमाल कर रहे थे, वो भी नहीं बचा है।

तो क्या सचमुच एंटीमैटर में विस्फोट हुआ था?

लेकिन ऐसा विस्फोट तो इतना शक्तिशाली होता कि उससे फैसिलिटी तो क्या, पूरा आईलैंड ही धूल में बदल जाता। और समुद्र में भी सुनामी आ जाती।

सुनने में हाइपोथिटीकल लगता है लेकिन शायद किसी तरह से निमिष ने एंटीमैटर के विस्फोट को वर्ल्ड मेकर मशीन के अंदर तक ही सीमित कर दिया था।

वर्ल्ड मेकर मशीन!

जिसकी हालत किसी फैक्ट्री की भट्ठी में डाले गए प्लास्टिक के डब्बे जैसी होकर रह गई है।

मशीन नष्ट होना कोई बड़ी समस्या नहीं है। उसे तो हम चाहें तो फिर बना सकते हैं।

लेकिन उस मशीन के, इस पूरे प्रोजेक्ट के कारण जो हालात निर्मित हुए हैं, उन्हें ध्यान में रखते हुए उस मशीन को फिर से बनाने का फैसला करना अब पहले जितना आसान नहीं रह गया है।

रहस्यमयी ढंग से आईलैंड से चले जाने से पहले निमिष ने वर्चुअल सीक्वेंसर में अपने हाथ का सैंपल छोड़ा था। जिसे एनेलाइज करने पर हमें उसके रक्त में कुछ बेहद छोटे चमकते हुए कण दिखाई दिए।

मेरे और प्रोफेसर के रक्त के नमूनों की जांच करने पर उनमें भी वैसे कण मिले। लेकिन कुछ दिनों बाद वे कण अपने-आप ही गायब हो गए।

स्कारलेट ने कहा था कि लाइफ पार्टिकल एक हफ्ते में अपने-आप नष्ट हो जाते हैं।

तो क्या वे लाइफ पार्टिकल ही थे?

मेरे और प्रोफेसर के शरीर में तो वे स्कारलेट के खून के कारण आए होंगें।

लेकिन निमिष के शरीर में कैसे पहुंचे?

इसका जवाब शायद आने वाला वक्त ही देगा।

निमिष ने शायद जान-बूझकर वर्चुअल सीक्वेंसर में अपने हाथ के स्कैन को छोड़ा ही इसलिए था, जिससे हम उसके शरीर में उपस्थित लाइफ पार्टिकल्स के बारे में जान सकें।

लेकिन यहां पर एक और सवाल उठता है।

वर्चुअल सीक्वेंसर में सीक्वेंस रिकॉर्ड करने का सिस्टम तो है लेकिन रिसर्च सेंटर के गेट पर लगे वर्चुअल सीक्वेंसर का सीक्वेंस रिकॉर्ड करने का सिस्टम डिसएबल था। क्योंकि उसे सिर्फ पहले से रिकॉर्डेड सीक्वेंस की जांच कर उसके आधार पर कुछ खास लोगों के लिए ही लैब का गेट खोलने के लिए वहां लगाया गया था।

वर्चुअल सीक्वेंसर की जांच करने पर हमें पता चला कि उसका सीक्वेंस रिकॉर्ड करने का सिस्टम उसी समय ऑन कर दिया गया था, जब निमिष उसमें अपना हाथ स्कैन कर रहा था।

तो क्या निमिष ने उसे किसी तरह से हैक करके ऑन कर लिया था, जिससे वो अपना सीक्वेंस उसमें रिकॉर्ड कर सके?

सवाल कई हैं। जवाब किसी का भी नहीं है।

प्रोफेसर का मानना है कि मैंने निमिष के शरीर में जो ब्रिज सीरम इंजेक्ट किया था, उसके और लाइफ पार्टिकल के संयोग से उसे ये अद्भुत...क्या कहना चाहिए...शक्तियां मिलीं हैं।

लेकिन हम निश्चित रूप से कुछ भी नहीं कह सकते।

अगर त्वचा के स्पर्श से लाइफ-पार्टिकल्स निमिष के शरीर में पहुंच भी गए तो वे बेहद कम संख्या में होंगें।

शायद वे पार्टिकल्स जितनी भी कम संख्या में पहुंचे थे, उसकी जान बचाने के लिए पर्याप्त थे।

जो कि अच्छा ही हुआ। ईश्वर का बहुत-बहुत आभार।

क्योंकि अगर वैसा न हुआ होता, अगर निमिष में वो असाधारण शक्तियां नहीं आईं होतीं तो ये दुनिया कब की खत्म हो चुकी होती।

और निमिष के वापस न आने से मेरी दुनिया तो खत्म थी ही।

ईश्वर ने दोनों दुनियाओं को बचा लिया।

लेकिन अब सबसे बड़ा सवाल हमारे सामने ये है कि...

निमिष कहां गया?

वो कब वापस आएगा?

वापस आएगा भी या नहीं?
और कितने आयाम हैं?
कितने संसार हैं, जो इस अंतहीन ब्रह्मांड में अस्तित्त्व बनाए हुए हैं?
और उनका हमारे आयाम पर क्या प्रभाव पड़ रहा है?
स्कारलेट ने अपना जो मिशन बताया था, वो जरूर असफल रहा।
वो डब्ल्यूएम के बरमूडा प्रोजेक्ट से जुड़े सभी लोगों और प्रोफेसर को नहीं मार पाई। मैं और प्रोफेसर बच गए।
हमें मारकर वो समय पर हमारे द्वारा किए जा रहे रिसर्च को रोकना चाहती थी, जिसमें वो असफल रही।
ये उसी ने हमें बताया था कि अगर वो हमें नहीं रोक पाती है, समय में यात्रा करने की तकनीक हमारे हाथ लगने से रोकने में असफल रहती है, तो इसकी कीमत उसके पूरे आयाम-उसके यूनिवर्स-को चुकानी पड़ेगी।
और उस स्थिति में उसके यूनिवर्स के लोगों का-जिन्होंने उसे भेजा था, जो तकनीकी के, विज्ञान के क्षेत्र में हमसे कई गुना आगे हैं-अगला कदम क्या होगा?
वो असफल रही.
लेकिन क्या वो वापस लौटेगी?
या उसकी जगह इस बार कोई और आएगा?
हम कुछ नहीं जानते।
अब क्या होगा?
दूसरी दुनियाओं के दरवाजे खुल चुके हैं।
हमने समय से खिलवाड़ करने की कोशिश की।
आने वाला समय हमें क्या दिखाने वाला है?

-समाप्त-

www.ingramcontent.com/pod-product-compliance
Lightning Source LLC
LaVergne TN
LVHW021152160826
845679LV00024B/2091

9798891330061